光文社文庫

文庫書下ろし

不可触領域

鳴海《なるみ》 章《しよう》

光 文 社

この作品は光文社文庫のために書下ろされました。

目次

序章　幽体離脱　8
第一章　絶望島へ　22
第二章　雨街　95
第三章　ＭＩＡ　167
第四章　パラ・ソルジャー　238
第五章　バイバイ東京　311
第六章　不可触領域　385
終章　帰還　460

不可触領域

昔者荘周夢爲胡蝶。栩栩然胡蝶也。
自喩適志與。不知周也。俄然覺、則蘧蘧然周也。
不知、周之夢爲胡蝶與、胡蝶之夢爲周與。
周與胡蝶、則必有分矣。此之謂物化。

（『荘子』斉物論第二）

その昔、わたし荘周《そうしゅう》はうたた寝をしていて、蝶になった夢を見た。
花から花へと舞うように飛び、それは楽しくうっとりするような夢だった。
目が覚めると、元通りのわたしに戻っていた。
ふと思う。今、蝶が眠りにつき、荘周になった夢を見ているのではないか――。

一九九一年十二月二十六日　ソビエト社会主義共和国連邦崩壊
二〇〇一年九月十一日　アメリカ合衆国同時多発テロ
二〇一一年三月十一日　東日本大震災
二〇二一年　ＣＯＶＩＤ‐19、世界的大流行《パンデミック》のピーク／東京オリンピック
二〇三一年……

序章　幽体離脱

現在

最初に女の声が聞こえた。

「起動《アクティベート》」

次に男の声が聞こえた。

「視覚野《ヴィジュアル・コルテックス》？」

「活性してます」

先ほどの女の声が答えた。

「聴覚野《オーディトリ・コルテックス》も？」

「はい。言語野《ランゲージ・フィールド》も活性してます」

「結構」

ぼんやりした頭で思った。

あれ《い》って、本当だったんだ……。

いつのことかはっきりしないけれど、人が死ぬと魂が躰《からだ》を離れ、ふわふわと浮きあがって天井付近にとどまり、死んだばかりの、あるいは死にかけている自分を見下ろすというのを聞いた。

　魂の存在など信じてはいなかった。

　死に至り、脳が活動を停止すれば、すべてが闇に包まれるだけ、眠るのと変わりないと思っていた。違いは、二度と目覚めないという点だけだ。

　鈍く、白い光をはらんだ霧のかたまりを通して声は聞こえていた。下の方から。それで自分が宙に浮いているのだと思った。二メートルくらいか、もう少し高いかも知れない。周囲が見えていないのだから高さを知るすべはなかった。

　人体を離れた魂はふわふわ、天井付近を漂って……。

　遠い記憶の性《さが》で、二メートルくらいなどと思ったのかも知れない。そもそも魂になってしまえば、高さを表す単位など関係ないだろう。いやいや、高さだけでなく、ここがどこか、今がいつか、自分が誰かもすべて関係がない。

　関係ないって？　反問が浮かぶ。関係がないといいながらずっと考えている？　どうして？

　我思う《コギト》、ゆえに《エルゴ》我在り《スム》。

「ランゲージ・フィールドが急に活発化しました」

「わかった。モニターをつづけろ」

「抑制しますか」

「今のところは放っておいていい。視覚野の活性化率は？」

「九十パーセントを超えました」

「OK、OK」

男が満足そうに答えたとたん、すっと霧が晴れ、うつむいて腕を組んでいる姿が見えた。肩幅が広く、胸板が厚い。背も高そうだ。男は淡いグリーンの半透明プラスチック製カバーオールを着て、一体になったフードを被《かぶ》り、フェイスガードを装着していた。高い鼻梁《びりょう》と無精髭《ぶしょうひげ》がまだらに生えた顔の下半分は見えたが、フェイスガードの陰になって目元は見えなかった。

直後、男が顔を上げ、まっすぐにこちらを見たので、ブルーの瞳をまっすぐのぞきこむようになった。

何？　この男、魂が見えるの？　ひょっとして霊能者？　いやいやいや……。

霊能者、霊媒師、ある種の宗教家、超能力者、降霊ができる巫女《みこ》等々、スピリチュアル系であれ、まったく無関係であれ、超常現象をウタい文句にしている輩《やから》は全部ひっくるめて、胡散《うさん》臭い。はっきりいって、インチキだ。

だが、臨死状態に陥り、魂となって躰を脱けだし、宙を漂う身の上になった以上、あながちすべてインチキともいえないような気がしてきた。

青い目が動く。視線を追うと周囲の様子がいつの間にか見えるようになっていた。処置台の上に七、八人がかがみこんでいる。誰もがフード付きカバーオールを着ているので男女の区別すらつかなかったが、雰囲気と自分の状況からすれば、医者と看護師だろう。

ふいに頭に浮かんだ。

救急救命室《ER》――。

処置台を囲んでいる医師、看護師の頭越しに壁に取りつけられた大きなデジタル掲示板が見えた。

協定世界時《UTC》　2031／11／17　17：07：23。
23、24、25、26……。
「ドク」

青い目の男が声をかけ、一人が反応して躰を起こした。そのおかげで処置台に寝かされている躰の一部――右の乳房が見えた。それほど大きくはない。乳房の上部にはたっぷり血を吸ったガーゼがあてられていて、乳頭は剝《む》き出しだ。

「どれくらいかな？」

青い目の男がおずおずと訊《たず》ねる。

「よくて三時間……、そこまではもたないかも知れない。どうせ役に立たないだろうから右足と右腕を切断したけどね」

医師の言葉を聞いて、視線を右腕に向ける。肘の上あたりで包帯が巻かれ、丸くなっている。その先にそら豆形をした銀色の皿があった。血が溜《た》まっていて、切断された右腕が載っている。手の甲の一部が欠け、小指、薬指がない。傷口はぎざぎざになっていた。

かがみ込んでいた一人が躰を起こし、後方のモニターを見やったので右足も見えた。太《ふと》腿《もも》で寸断され、やはり包帯が巻かれて丸くなっている。銀色の皿も切断された足も周囲には見当たらなかった。

頭は無数にも見える導線につながれたヘッドギアに包まれ、目元まですっぽり覆われていた。鼻と口にはチューブが挿入されている。

「三時間ね」

青い目の男が唇をへの字にして小さくうなずく。

「君の目的には充分じゃないのか、ミスター・レナード」

「ノー、ノー」レナードが首を振る。「私の目的じゃない。私の雇い主が望んでいるんだ」

レナードが処置台に目を向ける。

「大したものだよ、ドク。奴らが回収したときには心肺停止状態だった。君たちがあの世から連れもどしたんだからな」

「まずは君たちの……」

医師がいいかけ、ふたたびレナードが首を振る。

「奴らの回収チームがなかなか優秀だった。輸送用ヘリに運びこんで、即刻蘇生処置をしたんだろう。我々はぼろぼろになった肉体を電気仕掛けの循環器につないで、酸素とエネルギーを無駄遣いしないよう右足、右腕を切断しただけだ」

「感染症のリスクも避けなくてはならなかった」

「まあ。それもあるが……」ちらりと肩をすくめた医師がふたたびレナードに目を向けた。

「君のチームはこの患者の意識を把握してるんだろ？　そっちこそ大したもんだ。信じられないよ」

「人間の意識を外に取りだして把握するなんてお伽噺《とぎばなし》だよ。MIA《ミア》にできるのは、たぶんこうなんじゃないかと推測しているだけだ」

「一応、ひと通り説明は受けた。私にはとうてい理解できそうもないが」

わずかに肩をすくめた医師がふたたび処置台の上の患者――たぶんわたし――の上に覆いかぶさるように顔を近づけた。

二〇一九年十二月、中華人民共和国湖北省武漢で病院に複数の肺炎患者がかつぎこまれた。原因と見られるウイルスはすぐに特定された。ＤＮＡを包む球体表面に王冠状の突起が見られたところからコロナウイルス――ギリシア語のコロナが王冠を指す――と同定された。

せき、咽《のど》の痛みをともなう感染症の原因がコロナウイルスであることは一九六〇年代から知られ、ときに高熱をともなうことはあっても六歳までの子供の大半が罹患した。いわゆる風邪と呼ばれる疾病である。まず二種類が特定され、二〇〇〇年代に入って、さらに二つ新型のウイルスが発見されたが、いずれも症状は軽いものだった。

だが、二〇〇二年十一月、状況が変わる。十一月、中国広東《カントン》省でコウモリのコロナウイルスが人に感染し、重症化するようになっただけでなく、翌年七月にかけて三十の国や地域に感染が拡大し、最終的には八百人近い死者を出した、と世界保健機関《ＷＨＯ》は発表している。

この原因が重症急性呼吸器症候群コロナウイルスＳＡＲＳ－ＣｏＶであり、ウイルスと疾患をあわせてサーズという俗称で呼ばれた。

それから十年後の二〇一二年、サウジアラビアでヒトコブラクダに風邪の症状を引き起こすウイルスが人間に感染して重症化する事例が発見され、中東呼吸器症候群コロナウイルスＭＥＲＳ－ＣｏＶと名づけられた。いわゆるマーズである。七年後、ＷＨＯが取りまとめたところによると感染は二十七の国に見られ、死者は二千五百人近い。

サーズの致死率は九・六パーセント、マーズでは三十四・四パーセントである。

コロナウイルスそのものは、人間にとって馴染《なじ》みがあり、二〇一九年末時点で武漢の肺炎患者から見つかったときにもサーズ、マーズの原因となったウイルスが変異したものと考えられ、かつ最初に発見されたのが武漢であるところから当初、国際ウイルス分類委員会はＳＡＲＳ－ＣｏＶ－２と呼んだ。

だが、武漢で見つかったウイルスの感染力はこれまでの経験をはるかに超えた。

翌二〇二〇年二月十一日、ＷＨＯは武漢で見つかったウイルスにＣＯＶＩＤ－19《コヴィット・ナインティーン》の名称をつけた。それまで国や地域、研究機関、研究者、医師らによってさまざまに呼ばれていた名前を統一したのである。二〇一九年に見つかったコロナウイルス《CORONAVIRUS》による疾患《DISEASE》を縮めた符丁である。

ＣＯＶＩＤ－19と名づけながらもＷＨＯは中国の地方病との見解を崩そうとしなかったが、世界中で爆発的に拡大する感染状況を見て、一ヵ月後の三月十一日、世界的大流行《パンデミック》を宣言するに至る。

一方、ＣＯＶＩＤ－19に対するワクチンが開発され、一年後の二〇二〇年十二月には接種が始まっている。これまでワクチン開発から治験を経て、接種まで数年を要していたことから見ると驚異的なスピードといえた。このスピードを実現した背景には伝令リボ核酸《mRNA》の能力を応用したワクチンの開発がある。

ＣＯＶＩＤ－19から感染のきっかけとなるコロナ状突起を作る遺伝子の情報ＲＮＡを取りだし、大量にコピーしてｍＲＮＡを作製、それを別の細胞に注入することでｍＲＮＡがタンパク質を合成してコロナ状の突起を作らせるようにした。細胞内では新たに作られた突起を異物と見なして無力化する受容体が作られ、これが抗体となる。同時に異物そのものを攻撃する免疫細胞が活性化される。

ワクチンを注射した体内にCOVID－19が侵入してきたとしても、すでにできている抗体がコロナ状突起に取りついて無力化し、さらに抗体をすり抜けたCOVID－19が細胞に潜りこんでも今度は免疫細胞が侵された細胞そのものを破壊することで感染の広がりを防ぐ。

mRNAを応用したワクチン開発は、新型コロナが登場する十五年以上も前から進められており、二〇二〇年時点ではサーズやジカ熱といった疾病用ワクチンが実用化されていた。

開発にあたった女性研究者は、一九八五年、当時共産主義国だったハンガリーからアメリカに渡っていた。出国にあたって外貨持ち出しが厳しく制限される中、赤ん坊だった娘のぬいぐるみに全財産を隠し、渡航するというまさに命がけの行動だったのである。

しかし、彼女のRNA研究はDNA研究が主流となる中で、つねに打ち切りの危機にさらされていた。それでも何人かの先行研究者との出会いがあり、二十一世紀に入ってようやくmRNAを使ったワクチン製造の論文を発表するに至った。だが、まるで注目されず、当時所属していた大学が研究施設ごと企業に売却されるなどした。しかし、企業に移ってからも研究をつづけ、二〇一〇年頃からはウイルス性疾病に対するワクチンの実用化に漕ぎつけていた。

　ＣＯＶＩＤ－19の正体を見極めてから一年ほどでワクチン接種が始まったことが驚異のスピードといわれるが、それ以前に開発者の四十年余にわたる研究があり、その上に実用化から十年以上も成果を積みあげてきたのである。

　二〇二一年夏までにｍＲＮＡタイプのワクチン接種は世界的に進み、各国政府はこぞってＣＯＶＩＤ－19の制圧、人類の英知の勝利を高らかに宣言したが、このとき四百万人を超える死者が出ており、同じコロナウイルスによる疾患であるサーズ、マーズに比べ、桁違いという点からしても手放しで勝利とはいえなかった。

　そもそもウイルスは細菌と違って、細胞を持たず宿主に寄生することで増殖していく。細菌より微細であるため、空気感染しやすいだけでなく、ウイルス自体、単独では寿命が短いため、生きのびるためには宿主の細胞に入りこむしかない。しかし、その遺伝子情報が完全に消滅することはなく、一定の条件が整えば、ふたたびウイルスとなり、宿主に寄生することで増殖を始められる。

　遺伝子情報だけは、真空、極寒酷暑、無重力、強烈な放射線、そして無限ともいえる時間の経過にも耐える。つまり宇宙空間でも消え去ることはなく、隕石とともに原始の地球に到達し、条件が整ったところでウイルスとして復活し、原始的な細胞と出会って増殖を開始したのが地球生命の原初とする説もある。

想像を絶する環境下でも消滅しなかったのは、あらたな状況に素早く適応し、変異をくり返してきたためともいわれる。

　ＣＯＶＩＤ－19も発見以来、変異をくり返してきた。変異株が次々と登場するが、あくまでも人間が同定した数に過ぎない。変異が個々のウイルスで起こっているとすれば、変異株はウイルスの数だけ存在する。

　それでもｍＲＮＡを応用したワクチンは変異株の遺伝子情報があれば、四週間から六週間で新たなワクチンを開発でき、同じ生産ラインで製造できた。

　中国で開発されたワクチンは熱、アンモニアなどで不活化したウイルスを人に投与して抗体を作る従来の製造方法であり、ロシアのワクチンは、主にプール熱などを引き起こすアデノウイルスの遺伝物質を細胞につたえるウイルスベクターを利用したタイプで、製造が非常に難しいとされる。つまり中国製、ロシア製ともに従来型製法によるワクチンで、ｍＲＮＡタイプのワクチンの有効性が九十パーセントといわれるのに対し、その効果は五、六十パーセントにとどまると見られ、また、変異株への対処に時間がかかった。

　ＣＯＶＩＤ－19は変異をくり返したが、ｍＲＮＡタイプのワクチンが次々に対処し、パンデミックを抑えこんでいた。二〇二五年の終わり、インドで新たに発生したタイプがそれまでのＣＯＶＩＤ－19変異株に比べ、圧倒的に感染力が強いところから超感染力新型《スーパー・インフェクティヴィティ・ニュータイプ》、ＳＩＮＣＯＶＩＤ－25と命名されたときにも即座にワクチン開発が始まり、治験によって効果が実証されていた。

ＳＩＮが英語で罪という意味にもなるところから、世界中でＳＩＮコロナと通称されたものの、パンデミックには至らず、すぐ忘れられるだろうと誰もが考えていた。

ところが、思わぬところから事態が急変する。

二〇二六年春にはＳＩＮコロナ対応ワクチンの製造は最盛期を迎え、夏には世界中で五十億回分の摂取量が製造される見通しとなっていた。実際、世界最大の生産拠点であるインド西部マハラシュトラ州プネーの工場から出荷され、もよりの港ムンバイの倉庫には数十億回分のワクチンが集荷されていた。

そのムンバイの港湾地区が季節外れの嵐と高波に襲われ、集積されたワクチンもろとも倉庫群が流され、同じ頃、プネーの生産拠点も水没する災害に見舞われた。

二〇二〇年代後半から長雨がつづき、インド西部では二〇二六年の年初から三ヵ月もの間、一日も途切れることなく雨がつづき、その後も数日間の小休止をはさんで雨が降りつづけた。プネーの工場を襲った大量の土砂がムンバイ港湾地区に押しよせたところへ未曽《みぞ》有《う》の嵐が襲いかかった恰好だった。

アメリカ合衆国ミシガン州カラマズーにあるワクチン生産工場は、前年にハリケーンが直撃して生産能力が復旧していなかった。くわえて数年前からベルギー・プールスの工場も後退した海岸線が迫り、移転を余儀なくされていた。

ムンバイを襲った嵐、カラマズーを直撃したハリケーン、プールスへの海岸線の接近はいずれも同じ原因——海水の温度が上がり、海面が上昇したこと——に拠《よ》った。

ＳＩＮコロナであれ、ｍＲＮＡタイプワクチンによって制圧できることがわかっていながらワクチンの生産能力が大幅に落ちこんだ上、ようやく生産できたワクチンも出荷されないまま土砂に押し流されてしまった。

手をこまねいているうちにＳＩＮコロナは世界中に広がり、二〇二〇年をはるかに超えるパンデミックを引き起こした。その間にも海水温、海面の上昇はつづき、二〇二七年にはシベリアとオーストラリア、アメリカ合衆国、南米数ヵ国にまたがるアマゾンの熱帯雨林で発生した大規模火災が二酸化炭素濃度を上げ、気温の上昇を加速させた。

とくにシベリアの森林火災は二年近くにわたってつづき、ついに永久凍土を溶かし、メタンハイドレートとして閉じこめられていたメタンが地表に放出されるに至った。

地球温暖化に歯止めをかけなければ、二十一世紀の終わりには、南北両極が溶けきり、海水面が大幅に上昇するといわれていたが、たった五、六年の間にすべてが同時多発してしまった。

今や二十世紀に比べ、海面は十二メートルも上昇し、海辺の大都市は大半が水没したのである。

現在（ＵＴＣ　２０３１／11／17　17：47：26）

処置台のそばに新たに二人が近づいてきた。一人は小柄で、やや少年っぽい。

恐る恐る近づいてきて、処置台に寝かされたボロボロの肉体を見つめたあと、いっしょに来た相手をふり返って訊《き》いた。

「シュリ姉ちゃん？」

変声期を迎えつつある男の子の声にはどことなく馴染みがあった。

シュリ……、シュリ……。

ふいに浮かんだ。

ロンタイ。

男の子の名前だ。初めて聞いたのは遠い昔……、いや、ほんの二日前のことだ。そう、シュリがわたしの名前だ。

処置台に視線を移した。

ロンタイの名を知る、さらに二十四時間前、わたしはエクアドルの首都キトにいた。頭の中が澄み、明るさが増していくにつれ、記憶が地下茎につながる別の記憶を呼ぶように引きずり出されていく。

やっかいなことに、あのときと同じ頭痛までぶりかえしてきた。

第一章　絶望島へ

1

2031年11月14日／エクアドル共和国キト

南米エクアドルの首都キトの標高は二千八百五十メートル——富士山の七合目に相当する——、首都としては世界で二番目に高い。世界一は同じアンデスの山中にあるボリビアのラ・パスだ。

キトの市街地から東へ二十キロほどのところにマリスカル・スクレ国際空港はあった。空港の南側にある貨物ターミナル事務棟裏の駐車場に停めた四輪駆動車フォード・エクスプローラーの助手席で、伊藤朱璃《いとうしゅり》はこめかみを揉《も》んでいた。

「頭痛か」

ハンドルを前にしたアンリがにやりとして訊く。

「えっ？」

左に目をやった朱璃はようやく自分がこめかみを断続的に押さえていたことに気がつき、膝に載せた短機関銃の上に戻した。

アンリがふたたび訊く。

「キトは初めて？」

「ええ」

「なら無理はない。着いたのは昨日だったな」

「そう」

「高山病だ。ゆうべはよく眠れたか」

「ぐっすりとね」

嘘。

キトがアンデス山中にあるのは知っていた。それでも標高二千メートルを超えるメキシコシティで三日間を過ごしたあとなので、少しは躰が順応していると考えていたが、甘かった。飛行機を降り、入国審査で税関職員の質問に答えようとしたときには、すでに呼吸が浅くなっていた。それでも頭痛を感じるほどではなかったのだが、浅い呼吸は夜になってもつづき、荒い呼吸のせいで真夜中に二度、目が覚めた。

そして今朝、ベッドを出てからは明らかにこめかみから頭蓋骨の中心にかけて鈍痛が脈打つのを感じていたのである。

「特効薬はない」アンリが宣言し、貨物ターミナル事務棟に目を戻した。「馴れるか、さっさと低地に降りるかだ」

「そうね」

あと数時間の辛抱だと自分にいい聞かせ、ふたたび左手をこめかみに持っていきたい衝動を抑えこんだ。今日の仕事が終われば、夕方の便でメキシコシティに戻り、明後日の朝にはアメリカ本土《メインランド》アトランタに飛ぶことになっている。

アンリが朱璃の膝の上にある短機関銃にちらりと目をくれた。

「K《クルツ》だな」

「何？」

「その銃だ。ヘッケラー《H》・ウント《&》・コッホ《K》のMP5K。ケツのKはクルツ、ドイツ語で短いという意味だ」

MP5Kは、短機関銃のベストセラーMP5シリーズのうち、個人防衛火器《PDW》に特化させたモデルで銃身長を十一・四センチと、基本型の二十二・四センチの約半分とし、さらに後部銃床を廃止、代わりに銃口のほぼ真下に前部銃把《フォアグリップ》を設けてある。そのため全長は三十二・五センチしかなかった。

PDWは、元々戦闘機パイロットや戦車兵が狭い空間で取り回しがしやすいように考えだされた武器だ。膝の上のＭＰ５Ｋには、ホルダーで二本一組とした十五発入りの弾倉が差してあった。使用する弾丸は拳銃と共用の９ミリパラベラム弾だ。

ヘルメットや抗弾ベストの能力が向上し、軍や法執行機関だけでなく、犯罪組織、テロリストにも広く普及したことでより威力の大きな弾薬が求められる傾向があり、拳銃弾では不足だとされたが、自動小銃では小型化に限界があったし、何よりサイドアームとして携行している拳銃と弾薬を共用でき、弾薬も調達しやすいところから９ミリ弾の短機関銃を使用する組織は多かった。すべてネットで調べた知識だ。

朱璃は小さく首を振った。

「敵が十メートルも離れれば、狙っても命中しないと思う」

「だから９ミリ弾をばらまくか。ま、正解だ」

警護任務の場合、敵と撃ち合って制圧するより短時間にできるだけたくさんの銃弾をばらまき、逃げだす隙《すき》を作る方が重視される。たとえ拳銃弾ゆえに抗弾ベストで止まっても衝撃は躰に伝わり、息が詰まって動けなくなる。

朱璃はアンリが右腰に着けている拳銃に目をやった。銃口が後ろ、銃把が前になっている。かなりの大型だ。

「回転式《リボルバー》ね」

「流行《はや》りじゃないのはわかってる」アンリが苦笑いを浮かべた。「だけど、マニューリンは昔からの相棒……、古女房みたいなものか。いざというときに物をいってくれる」

「マニューリンって名前？」

「そう。もちろんメーカー名だけどね。いくら銃が好きでも愛銃に名前を付けたりはしない。米海兵隊《USマリンコー》じゃないんだから」

ついで朱璃の目をのぞきこむと付けくわえた。

「それでもベッドには連れこんでいる」

「さすがフランス人」

「そう《ウィ》。だが、イタリア人よりは節操がある。たいていは枕の下に突っこんで朝まで触れることはない」

「イタリア人はどうするの？」

「穴があれば、とにかく突っこまないと失礼だという文化で育っている」

「散弾銃《ショットガン》じゃないと無理でしょ」

「それでもきついかも」

さらりと無視して、ふたたび腰の拳銃に目をやった。

「ところで、左利き？」

「いや、利き腕は右だ」

「逆手で抜くの？」

「まさか。今日は運転手だからね。右手でハンドルを握って、左手で銃を抜いた方が撃ちやすい」

エクスプローラーは左ハンドル車だ。アンリがまっすぐに朱璃の目をのぞきこむ。

「右だろうと左だろうと射撃するのに不便はない。だろ?」

「ええ、そうね」

どっちで撃ってもあたらないという点ではあまり変わりないという部分は嚥《の》みこんだ。

朱璃は正面に見える白っぽい貨物ターミナル事務棟に視線を戻し、ふと思った。

ずいぶん遠くへ来たもんだ……。


エクアドルは日本から見れば、ちょうど地球の裏側にあたる。だが、遠くというのは空間だけでなく、時間という意味でもある。朱璃は元々神奈川県警察の警察官だった。別に正義の味方になりたかったわけではなく、世間をまったく知らないまま結婚してしまうことに不安を抱き、とりあえず社会人になろう、警察であれば、お堅い仕事だろうと選択したに過ぎない。

今から思えば、魔が差したとしかいえなかった。

鵠沼《くげぬま》で生まれ、育った朱璃にしてみれば、もっとも身近にあったのが神奈川県警であり、それだけで応募し、採用試験を受けたらたまたま採用された。大学、大学院で中国語を学び、上海《シャンハイ》への留学経験が採用の決め手になったのも間違いない。朱璃は北京《ペキン》語、上海語、それに留学していたときにルームシェアしていた相手が香港《ホンコン》出身だったため、広東語も流暢に操ることができた。

実際、二年間の交番勤務を経て、配属されたのが川崎市の港湾警察署警備課なのだ。川崎は戦前から外国人労働者が多い街で、戦後も昭和の経済成長期には中国、韓国、東南アジア諸国から人が流入していた。

もっとも朱璃自身は、中国語で身を立てようなどという気持ちはまるでなかった。大学で中国語を専攻したのは単なる気まぐれに過ぎず、その後留学し、大学院まで進んだのも親に経済的余裕があったのと、何がしたいのか明確にできなかったので、目の前にあった道を歩きつづけた結果に過ぎない。

ところが、大学院で修士課程を修了しようとしたとき、すでに二十代半ばを過ぎていることに愕然《がくぜん》としてしまった。博士課程に進み、中国語を研究するつもりなどさらさらなかった。それより結婚し、子供とともに幸せに暮らすことを夢見ていたのだ。

川崎港湾署にいるとき、特殊部隊上がりの中国人犯罪者グループが市内に潜入する事案が発生し、内偵を進め、オーバーステイ容疑で逮捕できるところまで行った。刑事課だけでなく、県警本部公安部外事課からも応援が来た。被疑者《マルヒ》は二人で、十倍近い人員で迅速、安全に確保する手立てを整えた。

中国語に堪能な朱璃は上司、同僚とともにマルヒ確保の最前線に立った。しかし、ここでマルヒたちが短機関銃を乱射して逃走を図り、臨場した警察官五名が死亡する大事件に発展してしまった。

このとき、朱璃は直属の上司が顔面を撃ち砕かれ、即死するのを目《ま》の当たりにしている。

その後、朱璃はマルヒの追及にのめりこんでいった。復讐だったことは否定しない。肚《はら》の底から何かをしたいと思ったのも生まれて初めてだった。そこから警察庁公安部との関係が生じ、ついには移籍するまでになった。配属先が公安部の特別班《スペシャルデビジョン》——略称のSDと呼ばれることが多かった——だった。

外国人犯罪者の凶悪化、武装化が進むのに対応し、武力で対抗するための急先鋒がSDだったが、朱璃はもっぱら情報収集を担当してきた。

特別班は中途半端な存在だった。弱腰《ヘタレ》集団である警察庁は強力な武器を欲したにもかかわらず抱えきれなかった。当初から特別の名を冠し、正式な警察庁公安部の組織とはしなかったのである。SDの実動部隊の訓練を請け負ったのがアメリカの武装警備会社ブラックリバー社だったが、発足から数年後、SDはブラックリバーに吸収されている。

ブラックリバーそのものが損害保険会社を中核とする金融グループにおいて〝力〟を担う一部門で、また世界各国の武力細胞——たとえばSDのような——の集合体だった。

そのうちに世界の方が環境、経済システム、IT等々の分野で大きく様変わりし、今では国家という枠組みはすっかり形骸化するに至っている。持続可能社会がさかんに標榜《ひょうぼう》されたが、持続したのは利権を握って離さない一部の連中——たとえば、グローバリゼーションに乗っかったプラットフォーマーたち——だけでしかなかった。

ブラックリバーは持続可能社会を享受した人間たちの汚れ仕事《ダーティワーク》を担うことで、自らも持続してきたのである。

朱璃もアンリもブラックリバーの一員ではあったが、所属している傘下の武装警備会社は違っていたし、今回キトで顔を合わせたのが初めてであり、おそらく二度といっしょに仕事をすることはないだろう。

今回の警護対象はキトの市民に配られるSINコロナ用ワクチンだった。品薄がつづいているワクチンは価格が高騰しており、金《ゴールド》並みの価値を生んでいた。金が不変であるところに価値があるのに対し、ワクチンはちょっとした環境変化にも脆弱である点が大きく違っている。たとえば、冷凍保存が必須で、常温に戻されれば、数時間で効力を失ってしまう。

SINコロナに感染してから治療するより、ワクチンを使って予防する方がはるかに安上がりなのだ。

「戻ってきたぞ」

アンリが顎《あご》をしゃくる。事務棟の方から体格のよい男が二人、フォードエクスプローラーに向かって歩いてくる。一人は白人、もう一人は黒人であるにもかかわらず双子のようによく似た印象を受けた。半袖のTシャツの上から弾倉パウチを兼ねた抗弾ベストを着て、腰にはこれ見よがしに自動拳銃を差し、ブルージーンを穿《は》いていたが、膝にはプロテクターを巻き、足下はブーツで固めていた。

白人がトム、黒人がジェリー——本名かも知れないし、ただのコールサインかも知れない。アンリにしても同じだ。朱璃はシュリと名乗っていたが、親がつけてくれた名前を大切にしたいという思いからではなく、とっさのときに無用な混乱を引き起こしたくないからだ。

トムとジェリーが左右のドアを開け、後部座席に座った。ジェリーが告げる。

「間もなく出てくる」

「了解」

答えたアンリが、センターコンソールに埋めこまれた無線機のスイッチを入れた。小さなスピーカーからは低いノイズが流れ、次いでスペイン語の交信が聞こえた。朱璃に聞きとれたのは、出発《アクティヴァ》のひと言だけだ。

ほどなく事務棟の陰から白い車が出てきた。ボンネットには青い鏡文字でＰＯＬＩＣＩＡと大書されていた。屋根の上に取りつけたブーメラン形の警告灯は消えたままでサイレンも鳴らしていない。黒のエクスプローラー、冷凍用のコンテナを積んだトラックが現れた。トラックの後方にもう一台エクスプローラーがつづいており、アンリが発進させ、最後尾につけた。

無線機のスピーカーからスペイン語のやり取りが流れた。後部座席ではトムとジェリーがもぞもぞと躰を動かし、鈍く、乾いた金属音が聞こえた。ふり返らなくとも二人が自動小銃を手にしたことがわかる。

エクアドルはまだ治安がいい方だ。過去三ヵ月間でワクチンを輸送しているチームが三度襲われている。いずれもブラジルでのことで、二度はワクチンを守ったが、一度目は警備要員が殺され、ワクチンを奪われていた。ブラジリア市警察がパトカーと特殊部隊の護衛をつけたのだが、その特殊部隊が銃口を冷凍コンテナ車に向けたのだ。パトカーの乗員は見張りと先導役となった。二度目からブラックリバーが警護を請け負い、警察は道案内だけを受けもつようになった。

それでも二度目のときには、外から襲撃を受けた。警察内部に内通者がいたらしく、輸送ルートと時間を正確に把握していた。もっとも襲撃者たちはブラックリバーの警護要員にすべて射殺されている。

パトカーを先頭とする車列が駐車場を出て、コネクトル・アルパチャカ通りに入った。スピードは落としたものの停止することはない。左に目をやると片側二車線の通りに二台のパトカーが斜めに停められ、交通を遮断していた。

車列は次々に右折し、通りを走り始めた。加速する。朱璃はわきからスピードメーターをのぞきこんだ。時速七十マイル——メートルに換算すれば、百十キロを超えている。

「ずいぶん飛ばすのね。警戒のため」

「単なる癖だろう。中南米の連中はどこでも飛ばす」

「中でも一番速いのがブラジルだ」

後ろでトムがいった。

「その中で一番速かったのがアイルトン・セナ」

ジェリーが引き取る。すかさずアンリが口を挟んだ。

「セナよりプロストの方が速かった」

朱璃は何もいわずちらりと肩をすくめただけで前方に目を向けた。

西へ二十数キロ行ったところにあるキト市街地の病院——エクアドルで最大規模で最新設備が導入されている——が目的地だ。経路の大半は、ほとんど車通りのない舗装された山道だと聞いていた。時速百キロ超のスピードを保つことができるだろう。

がら空きの道路であれば、スピードは大きな問題にはならない。周囲に建物はなく、乾いた丘陵地帯を道路が走っている。

四方八方、どこからでも攻撃が可能ということだ。

2

2031年11月14日／エクアドル共和国キト

空港の敷地北端に達すると左に小高く、上部が平らな丘が見えていた。法面《のりめん》は灰色で植林された木がぽつりぽつりと立っているに過ぎない。右側には空港のフェンスがつづいている。

片側二車線で幅の広い路側帯が設けられたルタ・コリャスを疾駆するエクスプローラーの助手席で、朱璃は右に目を向けていた。左側はアンリが監視する。前方にはエクスプローラーを挟んで冷凍コンテナ車が走っている。それぞれの車間距離は車一台分程度でしかない。襲撃者に割りこまれるのを防止するためにほかならない。

時速七十マイルのまま、車列は内側の車線を走り、外側車線を走る車を次々に追い抜いていった。車の数はそれほど多くはない。

朱璃はヘルメットのひさしをほんのわずか持ちあげた。耳の半ばくらいまでを覆うケブラー製ヘルメットをかぶり、しっかりとストラップを留めていた。防護用メガネをかけ、ヘルメットの内側には、短いブームマイクがついたヘッドセットをバンドで固定し、イヤフォンを右耳に挿していた。アンリは左耳に挿している。車内での会話やセンターコンソールの無線機から流れる音声を聞きとりやすくするためだ。

首筋までカバーする抗弾ベストのファスナーをきっちり上げ、膝の上に置いたH&KMP5Kの銃把を右手で握っていた。人差し指は伸ばして、トリガーガードの外に出している。バックアップ用として右腰に9ミリ自動拳銃グロック19を着けていたが、拳銃を抜かなくてはならない事態に追いこまれるとすれば、かなり深刻だ。

いや——フェンスが途切れるのを右目でとらえつつ朱璃は胸の内でつぶやく——銃を振りまわす事態は避けたい。

スピーカーからスペイン語の交信が流れる。一分もしないうちに中央分離帯が途切れたところに停まっているパトカーのわきをすり抜けた。先頭を行くパトカーとの間で異常なしと確かめたのか、あるいは、奥さんは元気かと訊いただけかも知れない。

ルタ・コリャスは一部が有料になっているものの自動車専用道路というわけではなく、数キロごとに中央分離帯が途切れ、Uターンできるようになっていた。それどころか道路わきを歩いている人もいた。

ちらりと目をくれたアンリがいう。

「エクアドルが得意とする種目は競歩」

「空気が薄いから？」

「そう。ここはケニアより標高が高くて、さすがに走るのはしんどいらしい」

ケニアはマラソン王国といわれる。

「ほかにはサッカーかな。子供たちがボールを追っかけて走っている姿をよく見かける」

「さすが南米ね」

朱璃の感想を聞いたアンリの表情は沈痛だった。

「プロサッカー選手なんか誰も夢見ちゃいない。引ったくりをやったあと、逃げられるように子供のうちから鍛えてる。観光客はまず走れない。バッグを盗《と》られて、追いかけても百メートルと走らないうちに倒れこんで吐きまくることになる」

「そんな……」

「それが貴重な、そして彼らにとっては唯一の現金収入だ」

やがて道路が左に湾曲していく。左側は山肌を削られた急斜面、右は視界が開け、点在する集落が遠望できた。

朱璃は昨夜のブリーフィングを思いかえしていた。頭痛をこらえながらだったので、時間があまりにのろのろと過ぎていくのを胸の内で罵《ののし》っていた。

空港から目的地の病院までは距離にして二十四キロ、ほとんどをよく整備された有料道路を突っ走る経路で、所要時間は二十分から二十五分と見積もられていた。道路が比較的新しく見えるのは、空港が十八年前に移転、新たに開港したためだ。

以前は市街地の真ん中にあったため、滑走路の長さに制限があった。その上二千四百メートルもの標高とあいまって着陸の難しさでは世界でもトップクラスといわれた。高い場所に降りようとすれば、空気が薄いため、より高速で降りなくてはならず二〇〇八年にはオーバーランした旅客機が敷地を囲むフェンスを突き破ってあわや住宅街に突っこみそうになるという事故が起こっている。新たな空港は山間《やまあい》の比較的平坦な土地に建設され、滑走路は余裕のある長さになった。

空港の敷地北端に達するまで五分ほどで、そこから山間部に入っていく。以降、十一キロほど山間を蛇行する道路を走り、キト市街地に達する。市街地を西へ走り、病院までの約十キロが最後の行程となる。交通量は増えるだろうが、パトカーが先導するので大きな遅延はないだろうと見られていた。

左曲がりのU字コーナーでほぼ百八十度向きが変わる。それから山肌に沿ってゆるやかに蛇行する道路を進むとふたたび左カーブに突きあたった。今度はほぼ九十度曲がる。右側の法面はコンクリートで補強され、左側には平らな草地がわずかにあり、その先は落ちこんでいた。アンデス山脈を走る道路は崖を削り取って作られているのがよくわかる。

直角のカーブを抜けるとエンジン音が一段と大きくなった。勾配がきつくなっているのだ。

ふたたび左に曲がるU字コーナーに入り、出て、ほんのわずか直進しただけで今度は右回りのU字のカーブに入ったかと思うと橋の上に出た。結構深い谷だ。底に流れている川の名前も昨夜のブリーフィングで聞いたような気がしたが、思いだせなかった。

頭痛のせいにした。

橋を過ぎ、曲がりくねった道路を進む。左側の法面もコンクリートで補強されていて、その上に露出している山肌が目映《まばゆ》いほどに白く、草木がちょぼちょぼと生えているに過ぎなかった。山肌が削られ、露出している崖はどこもかしこも白い。

ずっとコンクリートによる法面の補強がつづいているのを見ると道路が険しい山を削って作られたのがわかる。

分岐点を知らせる緑色の看板が路上にかかっていた。直進すれば、キト。分岐点まであと一キロだ。看板の下を通りすぎ、ふたたび左カーブ。ずっと上りがつづいている。頭痛がきつくなった気がしたが、こめかみを揉むことはしなかった。どうせ無駄だ。アンリがいう通り馴れるか、もっと標高の低い土地に戻るしかない。

分岐点に差しかかった。右にそれていく道路は屋根に赤色灯を載せた白のピックアップにふさがれ、手前には数台の車が停まっていた。

「事故でもあったのかしら」

朱璃がつぶやく。ちらりと目をやったアンリだが、何もいわなかった。キトに向かう直進に支障はないようだ。立体交差をくぐり、右回りのインターチェンジに入った。ほとんどスピードを落とさないので躰が右側のドアに押しつけられる。北東方向から延びてきた道路に合流しかかったとき、アンリがいった。

「左を見ろ」

顔を向けた朱璃は目を剝いた。合流する先の道路を二台のオートバイが走っている。どちらも白いカウリングに赤いラインが鮮やかに入っていて、同じ恰好をしたライダーが乗っている。

革製らしい鈍い光沢を放つ黒のつなぎに、グリーンのヘルメットが顔全体を覆っている。赤い目は大きく、口元には銀色のマスクをしていた。手袋とブーツはヘルメットに合わせたグリーンで腰には白く太いベルトを巻いていた。赤いマフラーが後ろに流れ、ひらひらたなびいていた。

絶句しているとアンリがいった。

「カメンライダー」

日本語にぎょっとする。

「君たち日本人には馴染みだろ？」

「そうね。私よりだいぶ上の世代に人気があった。よく知ってるわね」

「子供の頃、ケーブルテレビに日本のアニメやトクサツばかり流しているチャンネルがあった。わりと好きだったんだ」

「へえ」朱璃は身を乗りだし、二台のオートバイを見やった。「コスプレかしら」

「さあ」

合流する先の道路は前がわずかばかり詰まっているようだが、理由はすぐにわかった。二車線のうち、朱璃たちの車列が合流する右車線がパトカーによってふさがれているのだ。ワクチンを載せた冷凍コンテナ車をスムーズに走行させるためにほかならない。

面白いのは、朱璃たちの車列が走ってきた道路と、合流する先の道路はどちらも二車線だったが、合流すると四車線になる。ワクチン輸送がなければ、どちらを走ってきてもすんなりと合流できるようになっているのだろう。

車列は速度を緩めることなく、四車線のうち、もっとも内側に入り、そのまま走りつづけた。二人の仮面ライダーは置き去りにされた恰好になる。

朱璃は後ろをふり返った。

トムとジェリーが胸元に自動小銃を構え、険しい表情をしている。小さくうなずき、すばやく笑みを浮かべて前に向きなおった。

たしかにコスプレに感心している場合ではない。

「クソッ《メエルド》」

吐きすてたアンリがアクセルを目一杯踏みこみ、ハンドルを左に切った。加速したエクスプローラーが中央分離帯ぎりぎりに迫る。その間に窓が降りていた。すぐ前を行くエクスプローラーは右の車線に出て、冷凍コンテナ車を追い越しにかかる。

アンリが左手でリボルバーを抜き、撃鉄を親指で引き起こした。

道路はきつく左にカーブしており、前を行くパトカー、一台目のエクスプローラー、冷凍コンテナ車だけでなく、対向車線も見通せた。アンリがどの時点で気がついたのかはわからない。

罵ったのは対向車線を一台の大型オートバイが接近してくるのを発見したためだ。オートバイは合流点で見たのと同じ赤いラインの入った白いカウリングを装着し、黒いつなぎ姿のライダーが乗っている。赤い大きな目、銀色のマスクが朱璃にもはっきり見てとれた。

朱璃はあえぐように口を動かしたが、声は出なかった。咽だけでなく、全身がしびれたようになっていた。

オートバイが中央分離帯の切れ目で左に傾き、前輪をパトカーに向けたときには、ライダーは両手でハンドルをつかんだまま、シートの上に足をそろえて載せていた。パトカーの乗員が対向車線から切れこんできたオートバイに気がついたのは、衝突寸前だったに違いない。無線機は沈黙したままだったし、わずかに右に車首を動かしたところへオートバイが突っこんだ。

アンリのリボルバーが二度吠えた。

しかし、寸前でライダーはシートを蹴り、空中高く跳んでいた。五、六メートルもの高さに達したかと思うと両足を空に向けて伸ばし、躰をひねる。

コスプレじゃなく、本物？

朱璃はぶるぶると首を振った。

まさか……。

パトカーのすぐ後ろを走っていたエクスプローラーは左にハンドルを切り、外側車線を越え、路側帯に入る。だが、冷凍コンテナ車は急ブレーキをかけた。減速したコンテナ車の運転席の屋根に空中で躰をひねって方向を変えたライダーが見事に着地し、両足を開いて踏んばる。

コンテナ車のドアが左右に開いて二人の男が飛びだす。

先行しかけていた一台目のエクスプローラーがタイヤを激しく鳴らし、車体を斜めにしながら急停止し、次々にドアが開いた。コンテナ車の屋根に仁王立ちになったライダーが右手を振る。何も見えなかったが、エクスプローラーの左側ドアから飛びだしたドライバーと警護員の一人がのけぞり、サイドウィンドウが粉々に砕けた。

アンリは一切減速しようとせずコンテナ車との距離を詰める。後ろではトムとジェリーが窓から身を乗りだそうとしていた。

そのときアンリの後ろに座っていたトムの姿が消えた。

ふり返った朱璃は開いた窓の外にライダーの姿を見た。中央分離帯とエクスプローラーの間に大型バイクをねじこんだライダーは、先ほど合流点で見かけた二台のうちの一台だろう。

　何が起こっているのかわからなかった。いや、特撮ドラマそのままの出来事に脳がまるで反応できないのだ。

　ライダーが体重百キロを軽く超えそうなトムの躰をつかみ、車外に放りだす。対向車線に投げだされたトムが路面に叩きつけられる寸前、突っこんできた大型トレーラーにはねられ、さらに数十メートルも弾《はじ》きとばされる。血煙が広がり、千切れた手足が右に左に散らばる。トレーラーのタイヤの悲鳴が空気をつんざき、ゴムの焼ける臭《にお》いが立ちこめた。

「シュリ」

　アンリが怒鳴る。我に返った朱璃は短機関銃を持ちあげ、ライダーに向けた。だが、安全装置のレバーを押しさげようとしているうちにライダーが手を伸ばし、アンリが車外に出していた左腕をつかむと簡単に引っぱり出された。

　ほとんど同時にジェリーまでも車外に放り出される。もう一人のライダーが車の右側に迫っていたのだ。

　運転者を失ったエクスプローラーは左に車首を振り、ちょうど中央分離帯の切れ目を突っ切って対向車線を横断し、フェンスを突き破って飛びだし、横転する。

　朱璃は悲鳴を上げていた。

朱璃はまばたきした。ぼやけていた視界がはっきりしてくる。最初に見えたのはフロントガラスの上半分を覆っている砂だ。

何が起こったのかを考えるのはあとだ。そろそろと両足を下ろす。朱璃の感覚にすれば、上げる、だった。道路わきのフェンスを突き破って横転し、砂地に突っこんだエクスプローラーの助手席でシートベルトに縛りつけられ、上下が逆になっている。

天井の黒い内装材を両足で踏みつけ、尻をシートに押しつける。体中に痛みが走ったが、失神するほど激しくはない。左手でシートベルトの留め具を探り、ロックを外した。体重が両足にかかったが、支えられた。

天井の上に膝をつき、助手席のドアを見た。窓は閉まったままだ。右を見る。運転席は空っぽで、窓が開いている。エンジンは止まっていた。さらにあたりを見まわした。自分が何を探しているか、ようやく気がついた。短機関銃はどこにも見当たらない。

両手を天井につき、四つん這《ば》いになって運転席の窓から抜けだす。

躰を起こし、ひっくり返ったエクスプローラー越しに道路を見やる。オートバイと衝突したパトカーは横向きになって止まり、その先に一台目のエクスプローラーがある。二台目のエクスプローラーは見えなかった。おそらく冷凍コンテナ車の向こう側にあるのだろう。

ふいに重々しいエンジン音がして、朱璃はコンテナ車の運転席を見た。ハンドルを握っているのはライダーの一人だ。あとの二人はコンテナ車の前後に立って、周囲を警戒している。

銃声も爆発音もない。

コンテナ車がゆっくりと動きだし、中央分離帯が途切れた部分に車首を突っこんでUターンする。路上にいた二人のライダーはそれぞれのオートバイに戻るとエンジンをかけ、コンテナ車につづいた。

朱璃たちが走ってきた道路も対向車線側も現場を挟んで両側に車が渋滞していた。どの車のドライバーも呆然《ぼうぜん》と、あるいは恐怖にとらわれ、襲撃現場を見ているのだろう。Uターンしたコンテナ車と二台のオートバイはゆうゆうとがら空きの道路を下っていき、やがて見えなくなった。

朱璃は一歩一歩踏みしめるように砂地を歩き、ポールがなぎ倒され、破れたフェンスの金網をまたいで通った。

風が吹き抜けていく。空気は薄く、乾燥しているにもかかわらず血の匂いが濃密で生々しい。そこここに血溜まりが広がり、防弾チョッキを着た巨漢たちが奇妙な恰好に躰をねじ曲げ、倒れていた。ある者はうつ伏せに、ある者は天を見上げていたが、うつろな目がすでに何も見ていないのは明らかだ。

ふと目の前に転がっているブーツに目が留まった。誰のものか今となっては知りようがない。ふいに咽元が熱くなり、朱璃は奥歯を食いしばった。

ブーツには中身が入っていた。

パトカーを見やる。フロントガラスを突き破って助手席の警察官が飛びだしている。運転席側の窓ガラスは血まみれで中をのぞくことはできなかった。

中央分離帯に近づく。

下唇が勝手に持ちあがり、震えた。

アンリはうつ伏せになっていた。抗弾ベストが血にまみれていた。理由はすぐにわかった。

頭がもぎ取られているのだ。

歩きだそうとして、爪先が何かを蹴飛ばす。カラカラと音を立てて、埃《ほこり》まみれのリボルバーが路上を滑っていった。

3

2031年11月15日／アメリカ合衆国ジョージア州

あと数秒で死ぬとしても、本人は知ることができない。だから日常と変わらないごく他愛ない馬鹿話に興じていても不思議はない。だが、ドライブレコーダーの普及により、見知らぬ他人にのぞかれるのは珍しくなくなった。

五十インチほどの高精細ディスプレイから流れる、脳天気な大笑いを聞きながら朱璃はわずかに顔をしかめた。

やがて画面の右端に、対向車線を走ってくる白いカウリングをつけた大型オートバイが現れる。グリーンのヘルメットに大きな赤い目がはっきり見てとれるが、大笑いしている方もネタになったジョークを口にした方も、その存在に気づいていない。

二人はともにエクアドルの警察官で、すでにこの世にはいない。

今、朱璃が見ているのは、あのとき――たった二十四時間前というのが信じられなかった――、車列を先導していたパトカーの車載カメラが最後に撮影した映像だ。

三人の仮面ライダーに襲撃されたとき、パトカーと冷凍コンテナ車に二人ずつ、三台のエクスプローラーに四人ずつ、合計十六人がワクチン輸送にあたっていた。そのうち半数が即死、コンテナ車の二人は無傷で朱璃は打ち身と擦り傷程度で済んだが、残り五人は意識不明の重体だ。死者、ケガの有無にかかわらず全員がワクチンの届け先だった総合病院に搬送された。

朱璃は診察を受け、全身をくまなく検査されたあと、マリスカル・スクレ国際空港に逆戻りし、メキシコシティを経て、アトランタまで飛んだ。すべて病院に来ていたブラックリバー関係者の指示による。二度のフライト中、何とか眠れたのでアトランタに到着したときには頭痛はおさまっていた。

朱璃は目をすぼめた。

中央分離帯が画面の右側、下側にはパトカーの白いボンネットが映っている。対向車線を急速に近づいてくるオートバイが左に揺れ、前輪がまっすぐにパトカーに向けられる。次の瞬間、ライダーがひょいとシートの上に両足をそろえて立ち、跳んだ。パトカーの乗員がオートバイに気づき、大声を上げたときにはライダーの姿はなかった。

相棒の叫び声にもう一人が訊く。

〝何《ケ》?〟

オートバイがボンネットの中央に衝突し、フロントガラスが白濁したところで画面が暗転した。

殺風景な部屋だった。アトランタ空港に迎えに来た小柄な白人女性とメガネをかけたアジア系男性の二人組に声をかけられ、あとはいわれるままに車に乗せられて、やって来た。市街地を走ったが、アトランタに来たのは初めてだったので、どこをどう走ったのか、まるでわからない。地下駐車場に入り、エレベーターで二十五階までのぼった。階数がわかったのは、エレベーター内にある表示を見たからに過ぎない。

もう一つ、知ったことがある。エクアドルとアトランタは同じタイムゾーンにあるので時差がない。

窓をブラインドでふさいだこの部屋の、楕円形に配置された会議用テーブルの一角に座るようにいわれた。目の前には大型テレビがあった。女性だけが残り、シェイクスピアと名乗った。偽名だろうが、あまりにも有名な名前は案外本名かも知れない。

斜め前に座ったシェイクスピアがノートパソコンを開き、キーボードを叩くと大型テレビの電源が入り、再生時間は二十分だといわれた。何の説明もなかったが、パトカーの車載カメラの映像であることはすぐにわかった。そして仮面ライダーが出現する直前、あと八秒といわれたのである。

朱璃はシェイクスピアに目を向けた。

「今のは車列を先導していたパトカーの前方を撮影していた車載カメラの映像。わかるわね？」

「ええ」

「次は同じくパトカーに搭載されていたカメラの映像だけど、レンズは後ろ向きになっている。衝突の寸前から再生する」

「了解」

再生が始まった。またしても大笑いが流れる。後方にはエクスプローラー、冷凍コンテナが映っている。叫び声、「ケ」と訊き返す声につづいて大きく重い音とともに画面が揺れた。パトカーが停止し、エクスプローラーが画面の左側へ避けるのが見えた。

そこでシェイクスピアが映像を一時停止する。

「アルファが即座に反応しているけど、オートバイには気がついていたのかしら？」

アルファは一台目のエクスプローラーに付与されていたコールサインだ。二台目はブラボー、朱璃たちが乗りこんでいた三台目、最後尾がチャーリーだ。

「さあ、映像を見ただけじゃ何ともいえませんね」

「無線を通じて、何か警告はあった？」

朱璃は首を振った。

「いえ」

「後ろにも同じような恰好をした運転者が乗っていたバイクがあったのよね？　それも二台」

「ええ」

「気づいていた？」

「アンリ……、チャーリーのドライバーは。道路の合流地点で追い越したとき、日本の子ども向けドラマの主人公とそっくりだといってた。それで私に知ってるかと訊いてきて」

「それで？」

「知ってはいるけど、詳しくないと答えた。古いドラマなんで」

「そのことをアンリはアルファ、ブラボーに警告した？」

記憶をたどった。ほんの一瞬だが、頭痛まで蘇《よみがえ》ってくるような気がしたが、わずかな痛みもなかった。朱璃は首を振った。

「いえ。コスプレじゃないかと我々は考えました。あまりに馬鹿げた恰好なんで」

唇をわずかに歪め、シェイクスピアが素《そ》っ気《け》なくうなずく。

「たしかに」

「でも、三台目が見えたとき、アンリは警戒しました」

「ほかの車両に警告した？」

「その余裕はなかったと思います」

「そうね。あなたが乗っていたエクスプローラーの車載カメラの音声記録では、アンリが警告したようには思えなかった」

シェイクスピアがわずかに身を乗りだしてくる。瞳はライトブルー、きちんと整えられた髪は明るいブロンドだ。瞳と髪の色に、明るい水色のスーツと白のシルクシャツがよく合っている。

「銃声は聞かなかった？」

「はあ？」

なぜ、いきなり銃声のことなど持ちだしてきたのか、わけがわからなかった。しかし、シェイクスピアが黙って見つめ返している。

「アンリがリボルバーを抜いて二発撃ったのは聞きましたが、それだけです。ほかは……」朱璃は首を振った。「記憶にありません」

シェイクピアがうなずき、大型テレビを手で示した。一時停止が解け、ふたたび再生が始まった。

エクスプローラーにつづこうとしたコンテナ車が、車首を沈ませながら急ブレーキをかける。停止した直後、屋根の上にライダーが降りたった。

「見たんでしょ？」

シェイクスピアの問いにうなずく。

「ええ。ライダーはオートバイのシートに立って、それからジャンプした。五、六メートルくらい跳びあがった」

「高さは八メートル。アルファのカメラがとらえていた映像から解析した。対向車線から進入してきたとき、バイクの速度は時速十七、八マイルまで落とされていた。衝撃が大きかったのはパトカーの方がほとんど減速してなかったせいよ。バイクに気づいて、右にハンドルを切ってブレーキを踏んだみたいだけど、間に合っていない。それで衝撃が大きかった」

ライダーが伸ばした両足を天に向け、躰を回転させたのを見ていた。まるであの特撮ドラマそのもののような動きだ。

画面の右側には急停止したエクスプローラーが映っていて、ドアが開くのが見えた。ドライバーと後部座席の左側に座っていた警備要員が飛びだしてくる。どちらも自動小銃を手にしていた。

そのときコンテナ車の屋根に乗っていたライダーが右腕を振りおろし、エクスプローラーから飛びだした二人がのけぞるのが見えた。

一時停止をかけたシェイクスピアが、ビニールの小袋に入れた銀色のボールを朱璃の前に置いた。目を上げる。

「これは?」

「現場で回収された。鋼鉄製のベアリングボール。直径〇・三インチ」

「銃弾ではない?」

シェイクスピアがうなずく。

「録画を見たうちの人間がいうには、少なくとも毎秒三千フィートに達していなければ、エクスプローラーの屋根は撃ち抜けないって」

「三千フィート?」

「軍用ライフルが撃つ弾丸の初速並み。もう一度訊く。銃声を聞いてない?」

ちらりと大型テレビに目をやり、シェイクスピアに視線を戻した。

「答えは同じ。アンリが拳銃を撃ったとき以外には聞いていていない」

「わかった」シェイクスピアが大型テレビに目を向ける。「ベアリングボールを投げたってことよね、この怪人が。ライフル弾並みの速度で」

朱璃たちが乗っていた最後尾のエクスプローラーには、チャーリーのコールサインが付与されていた。

車列はパトカーを先導として、エクスプローラー・アルファ、冷凍コンテナ車、エクスプローラー・ブラボー、チャーリーの五台で、いずれも車間距離は車一台分でしかなく、時速百キロを超えるスピードからすれば、充分とはいえないが、パトカーをのぞいてドライバーは訓練を受けたブラックリバーの社員たちなので不安はなかった。

パトカーの前方カメラの映像から始まり、後方カメラ、次いでアルファ、ブラボーの車載カメラ映像を見てきて、チャーリーの前方映像を見終わり、後方に移っていた。八本目の映像だが、肝心な部分のみを切り取ってあるので一本あたりせいぜい数十秒でしかなく、時おりシェイクスピアが一時停止して、朱璃への質問を挟んだものの、部屋に入って三十分ほどしか経《た》っていない。

朱璃は大型テレビを見つめていた。車載カメラは車内を撮影してはいなかったものの、音声は拾っていた。

〝メェルド〟

アンリの罵声が聞こえる。後ろ向きのカメラは後部ラゲッジスペースの扉上部に取りつけられているため、声は遠かった。だが、朱璃はあのときすぐ横で聞いている。アンリの声もトーンも鮮明に記憶していた。

車体が中央分離帯に接近する。前方を走っていたブラボーが冷凍コンテナ車の右に出て追い越しにかかり、アンリは加速して左から追い抜こうとしていた。エクスプローラーのハンドルを切り、アクセルを踏みこみながら左手で抜いたリボルバーを撃った。二発の銃声がはっきり録音されている。

朱璃はわずかに目を細め、記憶をたぐりよせた。アンリが撃ったとき、すでにライダーは宙を舞っていたはずだ。

いったんは右に車首を向けたコンテナ車が急停止し、ドアが開いて、男が飛びだしてくる。灰色の制服を着ていた。

「運送会社は別途契約だった」シェイクスピアがいった。「ワクチン輸送には危険がともなうと説明してあったし、その分報酬も高かった。だけど襲撃者と撃ち合う分までは支払われていない」

コンテナ車を放置して逃げだしても、問題にはならないという意味だろう。

チャーリーは走りつづけ、停止したコンテナ車の前に出ようとしていた。この録画を見る前に確認した前方カメラ映像には、コンテナ車運転席の屋根に乗ったライダーが腕を振るところが映っていた。アルファに向け、スチールのボールを投げつけたところだと今では推測できる。

そのとき後方カメラは、後続する大型トレーラーの左右に二台の大型オートバイが現れるのをとらえていた。

シェイクスピアが一時停止をかけ、朱璃に目を向ける。見返した。

「このとき後ろの二人組は何をしてたのかしら？　後方は警戒してなかった？　おかしな恰好をしたライダーたちを確認してたんでしょ」

たたみかけてくるシェイクスピアに朱璃は眉根《まゆね》を寄せた。

答えはわかっていた。まるで特撮ドラマの中にいるような光景に気を呑まれ、呆然としていたのだ。アンリと朱璃はもちろんのこと、トムとジェリーも同じだったろう。グラスファイバー製のよくしなる棒《ポール》もなく、いきなり身長の何倍もの高さに跳びあがるのを目の当たりにすれば、誰もが同じ心理状態に陥るだろう。

さらにシェイクスピアが訊く。

「少なくともアンリはミラーで後ろを見ていたはずでしょ？」

朱璃はちらりと首をかしげたが、何もいわなかった。

「ＯＫ、いいわ。たしかに度肝を抜かれるシーンだった」

度肝を抜かれる？――胸の内で皮肉っぽく反問する――その場にいなかったあなたに何がわかるっての？

シェイクスピアが言葉を継ぐ。

「これもコスプレかしらね。日本のお子様向けテレビドラマの主人公でしょ？」

「そう」

「見方によってはドラマそのものね。ネットで調べてみた。動画サイトで古いドラマも少しだけ見たのよ。このライダーたちは正義の味方よね。今回の襲撃は悪魔の軍団をやっつけているように見えなくもない」

朱璃はシェイクスピアを睨《にら》みつけた。脳裏には中央分離帯でうつ伏せになっていたアンリの姿が過《よぎ》っていった。首がなく、血まみれで……。

シェイクスピアが表情を消して見返す。

「まさか自分たちが正義だなんて思ってやしないでしょうね？　わが社はエクアドル政府と世界保健機関《WHO》からワクチン輸送の警備を請け負っただけ。今ではゴールド以上の価値があるワクチンはさまざまな組織に狙われている」

「ワクチンを待っている人たちがキトにいた」

朱璃の言葉にシェイクスピアが首を振る。

「キトだけじゃない。世界中にいる。だから価格が高騰している。わが社にしても逆の側からオファーがあれば、必要なメンバーを集めて、ワクチン強奪に動いていた。単なる契約仕事というだけ」

「それじゃ、命を落とした仲間たちは浮かばれないわね」

「仲間？　浮かばれない？」シェイクスピアが鼻を鳴らす。「わが社にとって要員を殺されたのは痛手には違いない。アンリにしても、そのほかの連中にしても軍や警察の訓練を受けてきた。そこそこに優秀な兵士であることは認める。だけどそれに見合うペイはしてきた」

「お金で解決するわけじゃないでしょ」

何をいってるんだか、と胸のうちでつぶやいた。

シェイクスピアは笑わなかったし、鼻も鳴らさなかった。

「誰にも行き場はなかった」

「どういうこと？　帰る家がないってこと？　家族はいないの？」

「彼らは特殊技術者だ。射撃、破壊、暗殺に長《た》けていた。それを売っていくしかなかった。だけど、それぞれの故国の軍や警察では必要とされなかった。技術は高かったけど、歳《とし》がいきすぎていた。パフォーマンスは落ち、ペイだけが上がっていた。そして誰にも終わりは来る。彼らが引退して、のんびり暮らせたと思う？　山深い中の湖畔にロッジを建てて、そこで静かに余生を送るって……。無理よ。ひりひりした現場を求めたのは彼ら自身、わが社は彼らの渇きを癒やしてあげただけ」

知らず知らずのうちに朱璃は唇の内側を噛《か》んでいた。シェイクスピアがつづける。

「拳銃使《ガンスリンガー》いなのよ。そんな風にしか生きられなかった。歳をとるほどに反射神経は鈍っていき、いつか自分より早く撃てる奴に出会って、射殺される」

「まるで古き良き時代の西部劇みたいね」

朱璃の言葉に一瞬躰の深いところに生じた痛みに耐えるような顔つきをしたシェイクスピアだったが、何もいわずノートパソコンのキーを叩いた。ふたたび再生が始まる。一気に距離を詰めてくる大型オートバイが映っている。

朱璃は画面を見つめたまま、ぼそぼそといった。

「ジェリーとトムは後部座席の窓から身を乗りだそうとしていた。二人とも後ろのオートバイに気がつかなかったのかな」

「それはわからない。冷凍コンテナ車が残っていれば、ある程度は事情がわかったかも知れない。運転席とは別に、コンテナの後ろには二基のカメラが取りつけてあった。右と左にね。後ろとある程度側方の視野も確保できた」

だが、コンテナ車は奪われてしまった。

〝シュリ〟

大型テレビからアンリの切迫した声が流れた。映像には左後ろの窓から引っぱり出され、対向車線にまで放りだされたトムが大型トレーラーにはねられるところが映っていた。

録画は道路を外れたエクスプローラーがひっくり返るところまで映っていた。そこで再生が途切れ、道路に向かってふらふら歩いて行く朱璃の姿は映しだされなかった。

シェイクスピアが告げる。

「WHOから新たなオファーが来た。幸いあなたは無傷だ」

「次の仕事は……」

いいかけた朱璃をさえぎるようにシェイクスピアがいう。

「日本に行って、人探しをする仕事。承《う》ける、承けないはあなたに選択肢がある」

そういってシェイクスピアがノートパソコンをひっくり返し、ディスプレイを朱璃に向けた。

どこかの街角で撮影したもののようだ。防犯カメラの映像をキャプチャーしたものかも知れない。映っているのは少年だ。写真の下に名前が出ていた。

中村龍太。

「なかむらりゅうた」

何気なく口にしていた。

「ロンタイ」

シェイクスピアが言いなおす。朱璃は目を上げた。

「母親が台湾出身なの。だからそう呼んでいた」

「人探しって、この子を探すってこと？」

「そう」

「何をしたの？」

「承ける気があるなら説明《ブリーフ》する」

他見を禁ず《ニード・トウ・ノウ》——いつも通り手順には違いない。朱璃はノートパソコンを見つめたまま、うなずいた。

「OK、承ける」

当然とでもいうように素っ気なくうなずいたシェイクスピアがシュリの前にスマートフォン、イヤフォンを一つ、リストウォッチを並べた。

4

２０３１年11月16日／東京湾上空

スマートフォンに連動するリストウォッチを目の前に持ってきた朱璃はタップした。

漆黒の文字盤に淡いブルーの数字で、アメリカ合衆国東部標準時《EST》で午後二時五十八分と表示された。もう一度タップ。協定世界時《UTC》に切り替わる。さらにもう一度。日本標準時《JST》では午前四時五十八分になる。

次いで前の座席の背に埋めこまれたディスプレイの前でさっと手を振った。電源が入る。新型コロナウイルス感染症がパンデミックを引き起こして以来、機器類に触れることなく入力できる非接触型が広く普及している。次いでとなりの席——大きな赤い×印を印刷したカバーが掛けられている——に置いたデイパックのポケットからワイヤレスイヤフォンを取りだして左耳に挿しこむ。

たまたまニューヨークから乗った便を運航しているのが日本の航空会社——統合をくり返し、何とか生きのびた一社——だったので日本に近づくとテレビ放送を受信できた。前席の背に埋めこまれた再生装置が故障していなければ、使うのは自由だが、音声を聞きたければ、自前のイヤフォンを接続させるしかない。唯一残ったサービスともいえるし、オーディオビジュアル機器を取り外す経費を節約して放置されていただけともいえた。

スチュワート国際空港で乗りこんだのは、ボーイング７８７の貨客タイプだった。機体前方四分の一ほどに百席近くあり、後方四分の三と胴体下部は貨物室になっている。客室とは名ばかりで、高級食材や貴金属、高価で精密な電子機器の隙間に人間が押しこまれているようなものだ。

もっとも乗客は朱璃を含めて七人でしかない。

メキシコシティからアトランタに着いたのがほぼ二十四時間前、そこでシェイクスピアと名乗る女に指示を受け、アトランタからニューヨークに飛び、十二時間前に貨客機に乗りこんだ。そのうちキトからメキシコシティまでの約五時間、メキシコシティからアトランタまでの四時間、アトランタからニューヨークまでの二時間半、そしてニューヨークから東京までの十二時間のフライト中はほとんど目を閉じていた。

　エコノミークラスのシートを可能なかぎりリクライニングさせ、できるだけ楽になる姿勢を探りながらだが、何とか眠ることができた。いくつもの夢を見ていた気がする。アンリや、トムとジェリー、人間とは思えない動きをしたライダーたちが登場したが、思いかえさないようにした。意識にのぼらせなければ、記憶に残ることもほとんどない。

　エクアドル、メキシコ、アメリカ、日本と飛んだが、いずれの便も貨客機だった。そもそも旅客機を飛ばしている路線がほぼ全滅している。どの便でも人間は貨物の一種とみなされ、食事、飲み物、その他サービスは一切ない。体重と手荷物の合計が規定内であれば、食べ物、飲み物を持ちこむことはできたし、コクピットクルーと共用のトイレは使うことができる。睡眠時間を稼ぐにはかえって都合がよかった。

　首から背中にかけて強《こわ》ばっている。歩くといってもせいぜいトイレに立つ程度だったが、あとは座席で足を動かしたりして血流をうながしてきた。

　午前五時ちょうどに早朝のニュース番組が始まった。

番組タイトルが消え、スタジオに立つ三人のキャスターが映しだされる。女性を真ん中にして、左右に男性が立っている。女性はクリーム色のワンピースに白っぽいジャケット、向かって左側の男性が紺色のスーツにきっちりとネクタイを締めているのに対し、反対側の男性は白のポロシャツに水色のジャケットを羽織っていた。年齢は女性が三十歳前後、スーツ姿の男性は四十代半ば、右の男性は二十代といったところだろう。

〝おはようございます〟

三人が声をそろえていうのがイヤフォンの中に聞こえ、つづいて女性のアップになる。セミロングの黒髪をきっちり整え、頭の後ろで一つにまとめていた。上品な細い金のネックレスがきらりと光った。

〝十一月十六日、おはようニッポンの時間です。現在の相模原市の天候は雨、気温は三十七度です。雨は昼にはやみますが、気温は四十二度まで上昇すると予想されています。お出かけになる際、そして室内でもこまめに水分補給するなどして、引きつづき熱中症対策にお気をつけくださ い〟

画面がスーツの男に切り替わる。

〝厚生労働省が昨日午後八時の段階でまとめた、日本国内における二十四時間のＳＩＮコロナの新規感染者数は百十五名、死亡者は二百八十二名です。また、厚労省の基準による重症患者の数は一万八千五百七十二名で、前日からの増減はありません〟

ＣＯＶＩＤ－19と呼ばれた新型コロナウイルスが猛威をふるった十一年前に比べれば、

新規感染者数は二十分の一ほどだが、これは分母ともいうべき日本の人口が六千万人をわずかに超える程度にまで減少し、そのうえ八割以上がすでにＳＩＮコロナに感染しているためでしかなかった。

ふたたび女性キャスターがアップになる。化粧は控えめで、きれいな顔立ちをしているが、反発を買うほどの美人ではない。左右の男性キャスターにしても健康的であり、容姿は十人並みだ。年配の方が知的なタイプ、若い方はいかにもスポーツマンという印象を受ける。

よくできてる――目をすぼめた朱璃は胸の内でつぶやいた。

ディスプレイ上では三人は生身の人間にしか見えなかったが、背景となっているスタジオもひっくるめて、人工知能《AI》が視聴者の声というビッグデータを基に合成した映像だった。番組は神奈川県相模原市に置かれた公共放送本局からの放送という体《てい》だが、すべてがコンピューターグラフィックス《CG》である以上、実際にどこで映像が作られているかは誰にもわからなかった。

女性キャスターが深刻そうな表情で告げた。

〝シベリアの永久凍土の火災が止まりません〟

真に迫り、危機感がひりひり伝わってくるが、見ている側の心情を映したに過ぎない。

しかし考えてみれば、生身の人間であったとしても、思いつめたような表情が心の動きをそのまま表しているかはわからない。つまりよくできたCGであったとしても、視聴者にとっては似たようなものだ。

それにCGキャスターなら、大多数の視聴者が好感を抱くように面差《おもざ》しを設計でき、スキャンダルを起こさない。恋愛、結婚、出産、さらには不倫や酒気帯び運転もしないし、裏切った恋人をサバイバルナイフで刺したりもしない。

オレンジがかった口紅を塗られた女性キャスターの唇が告げる。目はまっすぐにカメラを見つめていた。音声と唇の動きは自然だ。化粧や表情だけでなく、顔そのものがニュースの内容、そのときどきの流行に合わせて微妙に変えられているという。

女性キャスターが言葉を継いだ。

〝すでに一年八ヵ月にわたってつづいている火災の勢いは、今なお衰えを見せません〟

永久凍土を覆っている森林が燃えているのではなく、永遠に凍りついているはずの地面そのものが火を吹いているのだ。地中に閉じこめられていたメタンが溶けだし、噴出しているだけでも大気中のメタン濃度を上昇させているというのに、そのメタンに引火し、熱と大量の二酸化炭素を排出している。

二酸化炭素は温室効果ガスともいわれ、地球温暖化の元凶とされて久しいが、メタンはさらに温室効果を高める。二十一世紀に入る頃から地球温暖化による危機は国、地域、団体を問わず声高《こわだか》に叫ばれてきたが、一向に歯止めがかからず、二〇一〇年頃から今世紀末には両極が溶け、海面が大幅に上昇するといわれた。

しかし、実際は今世紀末どころか、二〇三〇年には両極が消滅し、海水温が上がり、海面は場所によって五から十二メートルも上昇したのである。とくに二〇二五年からの二、三年に起こった気候変動は人類の予想をはるかに上回る規模で起こった。

海面が十二メートル上昇すれば、海岸線は大きく内陸部に進む。そして世界中の大都市が海岸線に沿って発達してきた。十五世紀から十七世紀にかけ、ポルトガルやスペインを中心とする海洋国家が七つの海を支配し、発展を遂げた大航海時代から海は富をもたらしてきたのだ。

日本も海面上昇の直撃を避けられなかった。すでに東京、大阪、名古屋は水没していた。とくに首都圏は房総半島、三浦半島の一部をのぞいてすっかり海の底だ。

耳元に流れつづける深刻な、それでいて毎日同じことのくり返しに過ぎないニュースを聞き流しながら朱璃は窓を覆っていたシールドを上げ、顔を近づけた。目映い光に目を細める。

空はどこまでも青く、明るかった。

ふと思う。

青空なんて何ヵ月ぶりだろう。

機内のスピーカーとイヤフォンから同時に声が流れた。

〝当機はこれより次第に高度を下げます。悪天候が予想されており、大きく揺れることが予想されますので今一度シートベルトをご確認ください〟

客室乗務員が告げているのではなく、自動音声が流れているだけだった。路線バスに乗っていて耳にする、〝次、停まります〟というアナウンスと変わりない。それでも朱璃はシートベルトの留め具にそっと触れ、きちんと留まっているのを確かめると身を乗りだすようにして下をのぞきこんだ。

一面、雲が広がっている。表面はなだらかではなく、白く輝く積乱雲が無数にそそり立っている。十一月だというのに……。

ぼこぼこした雲海に近づくほどに貨客機は右に左に細かく揺れながら積乱雲を避け、何とか切れ目に潜りこもうとしていた。綿のような雲がせり上がってきて、窓を覆い、機内がうす暗くなる。人間も所詮は貨物、機内灯は消されたままだ。

一瞬、雲が途切れ、朱璃は息を嚥んだ。巨大な回廊に飛びこんでいた。地球が誕生して、何億年かが過ぎ、大気と水が表面を覆った頃から存在する見渡すかぎりの城壁だが、つねに歪み、曲がり、ふくれあがって、ほんのひとときも同じ形をとどめない。全長六十メートルを超える貨客機も雲の洞窟にあってはちっぽけな存在に過ぎず、その中で為《な》す術《すべ》もなくシートベルトをしめ、知らず知らずのうちに肘かけを握りしめている自分はもっとちっぽけだ。

さらに高度が下がるのを感じた。

窓が分厚い雲に覆われ、機内が真っ暗になる。

貨客機が雲から吐きだされ、灰色の視界が開けると、朱璃は身を乗りだし、ウィンドシールドにひたいを寄せて下をのぞきこんだ。一面、漆黒の海が広がっている。窓の下辺から上に向かって無数の波が重なり合い、白い傷跡のような波頭がうごめいていた。東から西へ向かって飛行しているのはわかっていた。だから波は南から北に向かっている。同じ方向に向かっているので、まるで暗い大河を見下ろしているような気がする。

進行方向に沿って薄い雲が凄《すさ》まじい速度で流れていった。

視線をあちこちに飛ばし、一心不乱に探していたくせに目的のものを見つけたとたん、胸の底がすこんと抜けたような気分になった。

東京スカイツリー……。

頂点まで六百三十四メートルの鋼鉄製のツリーは、脚部から四分の一ほどが海水に浸かっていた。それでも衝突警告灯がいくつか、けなげに瞬《またた》いていた。

眼下に広がる真っ黒な海はかつての首都東京なのだ。

首都で全域が水没したのは東京とベルリンだが、ベルリンにしても東京ほど広範囲にわたって海底になったわけではない。ワシントン、ロンドン、パリ、北京は市街地の半分ほどが海に嘸まれながらもすべてが沈むのはかろうじて免れていた。

日本の首都圏でいえば、東京が小平市、八王子市、町田市以東、いわゆる多摩丘陵をのぞいてほぼ水没、神奈川県は相模原市、伊勢原市の西部、秦野市にまで海が迫り、三浦半島の一部が顔をのぞかせているに過ぎない。皮肉なことに長年海無し県と揶揄《やゆ》されてきた埼玉県だが、所沢市、飯能市などをのぞいて海の底に沈んだ。茨城県南部から千葉県にかけての大部分が海となり、房総半島南部がぽっかり浮かび、巨大な島になっている。

朱璃は目を上げた。暗い灰色の空と漆黒の海のツートーンになっていたが、水平線はモノクロームのグラデーションにあいまいに溶けこんでいる。激しい雨が降っているせいだろう。

左に視線を移した。窓の半分以上はたわんで上下する主翼と巨大なエンジンに塞《ふさ》がれている。たとえ機体後方の座席だったとしても、低く垂れこめた雲と強い雨のせいで遠くまで見通すことはできなかっただろう。

『絶望島《ホープレスアイランド》』

シェイクスピアの声が脳裏を過《よぎ》っていった。正式な地名でいえば、房総半島だが、今では俗称の房総本島《ほんとう》の方が通りがいい。内房の館山市市街地から外房の南房総市東岸にかけて水没し、房総半島南端部が寸断され、南房総島《みなみぼうそうとう》と呼ばれるようになったためだ。

絶望島という言葉には日本政府に対する強烈な皮肉がこめられている。成田空港から南へ四十キロほどくだった山中に、出入国管理庁の大規模収容施設が建設されたことに由来する。

大規模施設が建設されたきっかけは、オーバーステイで出入国管理庁の施設に収容された外国人女性が病死したことにあった。国内外から人権侵害と激しく批判された日本政府は、成田空港との交通アクセスがよい国立の大型感染症対策センターに新たな収容施設を併設することを決定したのである。

感染症対策センターは、十一年前に流行した新型コロナウイルス感染症の重症患者を収容することを目的に建設されたのだが、完成した二〇二三年当時にはワクチンが普及し、年に一度接種を受けていれば、インフルエンザ並みに対処できるようになっていた。そのため無用の長物と化していたのである。

設備、スタッフの両面で医療体制が整っており、重症者の入院だけでなく、中等症、軽症の患者を受けいれ、経過観察するための宿泊施設も充実していた。空の玄関口である成田空港にも近かったため、違法残留外国人の収容施設を増やすことは一石二鳥とみられた。しかも従来にない大型施設だったため、全国各地に散らばっていた在留外国人のうちでもオーバーステイの常習者、複数回の違法入国など悪質とみられた外国人をまとめて収容することができた。

元々感染症対策センターであったため、山中の人家もまばらな土地に建てられており、いったん収容されると生死を問わず出身国へ送還されるところから、被収容者や家族、支援者の間で絶望の丘と呼び交わされるようになった。

開所して五年後の二〇二八年、大きな転機に見舞われた。ＳＩＮコロナウイルス感染症の広がりと、折からの世界的な水害によるワクチン工場への大打撃によって世界中で重症化する患者が急増した。元々一ヵ所で三千床を超える重症者用ベッドがあったところから、首都圏のみならず関東一円、一部東海地区の患者まで搬送されるようになった。

そこに年々大型化した台風が襲うようになった。とくに深刻だったのは短期間に発生した複数の台風が太平洋上で融合し、百年に一度、二百年に一度といわれる規模となって毎年、何度も襲来するようになった点だ。

それでもＳＩＮコロナの重症患者、違法残留外国人のどちらも受け入れ先がないという理由でほかの場所へ移送することができなかった。そして二〇二〇年代後半、首都圏が徐々に水没する中、打開策を打ち出せなくなった日本政府は、国連、国際的な人権団体の救援、支援を受けいれるようになった。

そして二〇二〇年代の終わりには首都圏がほぼ水没する事態に至り、絶望の丘と呼ばれた一帯をはじめ、房総半島南部が島と化した時点で、日本政府は地域住民の自治をある程度認め、管理については人権団体に委譲するとした。住民の中には不法に入国した者も多数いたはずだが、緊急避難によるものであり、住民自治は人道的処置の一環だと政府は強弁した。

当然のことながら不法入国の外国人や、ＳＩＮコロナ患者が日本国内に自由に入ることはできず、島外の一般人が島に入ることも原則禁止された。島の周辺には海上保安庁の巡視艇が常時配置され、監視活動を実施していたのである。

それでも日本政府が島の全域を諦めたわけではない。そこには一九九七年に開通した千葉県木更津市と神奈川県川崎市を結ぶ東京湾アクアラインが大いに関係している。

アクアラインは、川崎側から約九キロの海底トンネルと、木更津側から四・四キロの洋上橋梁で構成され、海底トンネルの中間には風の塔という通風口が設けられていた。海底トンネルの出口には、海ほたるという施設が設けられた。

二〇一〇年代後半から海面上昇が懸念され、まず風の塔が上方に延ばされる工事が始まった。なおも海面上昇が止まらなかったため、洋上橋梁をチューブで覆い、海ほたるは一部を水密構造として管理用施設が残され、万が一の場合には緊急避難場所として使用されることになった。だが、二〇二〇年代後半、かつての海ほたるは完全に水没、一般車両の通行が禁止されるに至っている。

房総本島、南房総島には数万人が居住しているといわれたが、実数は必ずしも明確ではなかった。単に日本政府が公表しなかっただけである。かろうじてアクアラインの付け根にあたる木更津市を中心とする島北西部の一部地域を高い塀で囲い、警察や自衛隊による防御ラインとした。いつしか塀は、G《ゴルフ》ライン——Gは防御《ガード》と政府《ガバメント》の頭文字とささやかれていたが、日本政府はどちらも認めていない——と呼ばれるようになっていた。

朱璃は窓から離れ、シートに背をあてた。スマートフォンやリストウォッチ、イヤフォンを受けとったあと、シェイクスピアが中村龍太は絶望島にいるといった。朱璃は訊き返した。

『ロンタイが島にいるのは確実なのね？』

『それは間違いない』

『どうやって島に入ったの？』

『送られた。彼の母親が不法残留していたから』

『お母さんといっしょに？』

朱璃の質問にシェイクスピアは肩をすくめた。

『はっきりしたことはわからない。その当時の記録はずいぶんと失われている』

『それじゃ、どうやって彼を見つけるのよ』

『タロウ・ウラシマが知っている』

シェイクスピアの口から浦島太郎の名前が出てくるのは驚愕《きょうがく》を通り越して、いやな夢を見ているときのようなちぐはぐな感じがした。

『カメといっしょにパレス・ドラゴンで暮らしている』

竜宮城《パレス・ドラゴン》で亀といっしょに……、って物語はデタラメだし、どうして亀だけ日本語でタトルではないのか。

そのときの疑問がまた湧きあがってくる。

シェイクスピアは浦島太郎――おそらく暗号名《コードネーム》だろう――を訪ねれば、ロンタイの行方《ゆくえ》を教えてくれるといった。竜宮城の位置はわかっており、日本に到着すれば、現地担当者《ハンドラー》が情報を準備しているという。また絶望島への潜入の手はずも同じハンドラーが手配しているとのことだった。

とりあえずは日本に着いて、ハンドラーに会うしかない。すべてはそれからだ。

揺れる機体の中で朱璃はシートに頭をつけ、目を閉じた。眠気が湧きあがってきて、朱璃を押し包んでいく。

しかし、二十分もしないうちに貨客機は横田にある在日米軍基地に着陸した。成田、羽田ともに水の底、埼玉県入間市にある航空自衛隊基地は水没こそ免れたが、滑走路が短い上、空港施設も貧弱なので民間の国際線は横田基地の一部を借りて使用していた。

日本の領土内であるにもかかわらず……。

5

2031年11月16日／横田基地

「次、どうぞ」

男性係官の指示に従って朱璃はカウンターの前に進み、パスポートの上に真っ白で何も書かれていないプラスチックカードを載せ、差しだした。係官がちらりと朱璃を見る。肩にループのついた白シャツの制服、胸ポケットにはラミネートされた身分証を着けている。身分証の右上には、小さく赤いλ《ラムダ》マークが刻印されている。

二〇〇一年九月十一日、アメリカで同時多発テロが起こってからというもの、各国の入国審査に十指指紋採取の手続きが加わった。それから約二十年後、今度は新型コロナウイルス感染症がパンデミックを引き起こし、一時は世界中で一般人の行き来が禁止される事態となった。

その後、ワクチンの普及や各種感染対策によって出入国が再開されてからも検疫はかつてに比べて格段に厳しくなり、ＳＩＮコロナウイルス感染症の流行と慢性的なワクチン不足に陥ってからは、海外からの入国時に二週間の経過観察が課せられるようになっていた。今ではパスポートにワクチン接種証明書を添付することが常識化している。

ブラックリバー社傘下企業の社員は、全員がワクチン接種と定期検査を受けており、その証明がホワイトカードに電磁情報として収められている。カードは六ヵ月間有効で、更新のためには検査を受ける必要があった。それゆえ入国審査の際にはカードを提示すれば、さまざまなチェック、経過観察などの面倒な手続きがすべて免除されるようになっている。

在日米軍横田基地に設けられた臨時の出入国管理窓口では、一般の乗客はパスポート、接種証明のチェックを受けたあと、検疫所に進むようになっていたが、カードがあれば、すんなり通りぬけられるはずだった。

係官がパスポートを開くことなく、カードとともに朱璃に押しかえし、左の方——検疫所とは反対側——を示していった。

「そちらの部屋に入って、中にいる係官の指示に従ってください」

ついで顔を上げ、朱璃の後ろにいた乗客に向かって、次、どうぞと声をかけた。

デイパックを左肩にかけ、朱璃は指示された扉に進んだ。自動的に扉が開くと、中は狭い部屋で中央にテーブルがあり、コピー機のような機器が置かれ、テーブルに男女二人、奥の扉のわきに男性一人の係官がいた。パスポートコントロールの係官と同じ制服姿で同じ身分証を吊り下げている。

女性が声をかけ、手を差しだした。

「パスポートとワクチン接種証明をお願いします」

朱璃は手にしたパスポートとホワイトカードを重ねて差しだした。受けとった女性係官はパスポートを開く前に目の前の機器を手で示した。上面がガラス張りになっている。

「スキャナーに両方の手のひらを置いてください。指は開いて、指先までしっかりとつけて」

掌紋検査であることはわかったが、今まで入国時に受けたことはない。怪訝《けげん》に思ったが、デイパックを足下に置き、両手をスキャナーに置こうとしたとき、奥の扉が開いて二人の男が入ってきた。先に入ってきたのは同じ制服を着た中年男で、すぐ後ろにぼさぼさの髪をしたひょろりとした男がつづいた。

二人目の男を見て、朱璃は目を見開いた。

オタケ——SDで装備、補給を担当していた男だ。本当の姓は大竹《おおたけ》なのだが、サブカルチャーを中心とする情報に通じていて、オタ芸百般免許皆伝を自称しており、そこから仲間内ではオタケで通っていた。顔を合わせるのは、七、八年ぶりだ。まるで変わらないようだが、よく見れば、増えた白髪や顔のたるみに気がつく。

時間は降り積もっている。誰にも等しく……。

「チェックはいい」

中年の男が声をかけ、女性係官が振り向いたが、黙ってうなずくと朱璃にパスポートとホワイトカードを返してきた。受けとる。

小さくうなずくオタケに近づいた。

「お帰り。話はあとにしよう」

「わかった」

二人そろって奥の扉を出て、手荷物カウンターでキャスター付きのスーツケースを引き取り、廊下や壁に記された案内に従って歩く。建物の外に出て、広大な駐車場に入った。黙って歩きつづけるオタケの後に従う。

オタケが小さな白い車のドアに鍵を差しこんだ。

「スーツケースは後ろの座席に」

後部扉を開け、スーツケースを入れると助手席に乗りこんだ。シートベルトの金具を留めている間にオタケがエンジンをかけ、車を出す。料金所を抜けて走りだしたところでオタケがいった。

「とりあえず間に合ってよかった」

「間に合ったって、さっきの掌紋検査のこと？」

「そう。ラムダ社の連中だったろ」

「身分証にマークが入ってたね」

「あの会社の来歴は知ってるだろ」

「ええ」

ラムダ社は元々シンガポールの企業が母体となっているが、現在ではサービス網は世界中に広がっている。発祥は二〇〇〇年代末、アメリカで起業した私設運転手——日本では白ナンバーのタクシー、通称白タクとして違法行為となる——と顧客を結びつける情報サービス業にある。その後、二〇一〇年代半ばには世界中に同種の配車サービス業が誕生した。とくに中国では、登録したドライバー数千万人、顧客五億五千万人という巨大ビジネスに成長したのである。

乗客だけでなく、貨物輸送にまでサービスの領域が広がり、より効率的に配車や輸送を行うため、各国主要都市の交通状況を把握するようになり、この情報が新たなビジネスとして成長していった。資本が集中したことによって周辺事業の買収を進め、陸上交通では車だけでなく鉄道、さらには航空機、船舶などでも同じようなサービス事業を展開するようになっていった。

そうした買収先の一つにシンガポールのラムダ社があった。ラムダ社がほかの交通情報サービス業者と違っていたのは、国際空港における出入国管理業務を請け負っていた点にある。二十一世紀に入り、テロ対策、感染症対策などで乗客の個人情報を収集し、危険性を見いだす必要が年々高まっていった。しかし欧米、日本などでは、個人情報管理がうるさく対テロ、感染症の拡散予防を目的といっても個人情報保護の壁にぶつかった。その点、シンガポールで発祥し、中国系の交通情報サービス企業傘下に入ったラムダ社の情報は詳細にして精確無比という点で群を抜いている。

テロ対策、感染症対策に手を焼く一方、プライバシー侵害の批判を避けたい各国政府はシンガポールの会社であること、つまりは中国に本社を置いていないからとラムダ社と契約を結んだ。日本政府も二〇二〇年代半ばには一部出入国管理を業務委託するようになり、その後丸投げに近い状態になっている。

オタケが言葉を継いだ。

「だが、中国の企業であることに変わりはない。ブラックリバーのカードがあれば、出入国管理も税関もフリーパスになるはずで、掌紋を採られるいわれはない」

「私の個人情報を守るわけね。でも、なぜ？」

「絶望島の出入りを管理してるのもラムダグループだ。これから潜入するわけだろ。たとえ死体になっても掌紋は採れるからな」

「死体ね、なるほど」

朱璃はうなずき車内を見まわした。

「古い車ね」

「一九八八年式のモーリスミニクーパーだ」

「おお、昭和の外車か。さすがオタケ、旧車好きでもあるわけね」

「まあ、旧車も趣味の一つだが、こいつは特別製でね。スズキアルトワークスのＦ６Ａエンジンを積んでる」

「はあ？」

「ミニクーパーの車体にアルトワークスのエンジンを載せる名人が愛媛にいるんだよ。そりゃ見事にきっちり合わせる」

「何か得があるんでしょうね」

「モーリスミニのエンジンは元も八百四十八ccだったんだけど、その後、あまりに非力なんで九百九十七ccにまでボアアップされた。それでも五十五馬力がいいところさ。だけどF6Aならノーマルでも六十四馬力ある……、っていうか法律で制限されてた。多少手を加えれば、百九十二馬力まで絞り出せるんだ」

「それじゃ元々のエンジンの四倍近いじゃない」

「おれはそこまでチューンしてないけどね」にやりとしたオタケだったが、真顔になった。

「キトでは大変だったな」

「見たの？」

「見た。映像が回ってきた。昔の日本製特撮ドラマとなれば、おれ以上に詳しい人間はいない。すぐに本部から分析依頼が来た」

「それで？」

「あくまでも映像を見たかぎりの、おれの個人的見解だということをあらかじめ念頭に置いてほしいんだが、あのスタイルは最初期……、つまり昭和四十六年四月に開始されたライダーをよく再現してあった」

「初号機ってこと？」

朱璃の答えを聞いたとたん、オタケが口元を歪め、首を振った。

「それは別のアニメだ。我々上級者になると一号ライダーと呼んでいた。しかし、当時はスーツアクターではなく主演俳優がそのままコスチュームを着て演じていたんだが、撮影の最中に大怪我《おおけが》をして……」

朱璃はふっと眠気が差してくるのを感じた。


「ずっと眠ってたろ？」

駐車場に停めた車の中でオタケがいった。

「聞いてたわよ。私がエクアドルで見たのが初号機だったわけでしょ」

「クソッ、こいつ、最初っから寝てやがった」

オタケは朱璃の左腕、肘の少し上辺りをゴムバンドで縛りながら吐きすてる。ダッシュボードの時計に目をやった。横田基地を出て、三時間半が経過していたが、まだ午前中だ。車中、大半を眠っていたのは事実だ。ニューヨークから日本に向かう貨客機の中だけにかぎらずエクアドルからメキシコ、メキシコからアメリカメインランドのアトランタに飛び、そこからニューヨークに移動して日本行きの便に乗るまでの間も大半を眠って過ごしたが、手足を伸ばしてはいない。睡眠はまるで足りていなかった。

「たまに目を覚ました。ずっと山の中を走ってたわね。ここ、どこ？」

「熱海」

オタケの答えに朱璃は眉根を寄せた。

「どうして？」

「海岸の南端、漁港だ」

「どうして？」

同じ質問をくり返す。

「ここらは海岸まで崖が迫っているから水没を免れた。今は漁港として使われている。どんな状況にあっても人間は食わなきゃならない」

ふたたび朱璃が口を開こうとすると、オタケがうなずいた。

「わかってる。竜宮城へ行くんだ。海を渡っていかなきゃならないだろ。ここから船に乗る」

朱璃はダッシュボードの時計をちらりと見やった。

「結構時間がかかったね。熱海なら……」

「高速道路は使えない。ところどころ通行止めになっているし、走行するには特別な許可が必要だ。それにNシステムは警察が民間企業に委託するようになった」

Nシステムは高速道路をカメラで監視し、事故や災害の発生に備えている。それだけではなく、走っている車の車種、ナンバー、ドライバーの顔まで鮮明に撮影することができた。

はっと思いあたった朱璃はひと言圧《お》しだした。

「ラムダ?」

「そういうこと」

オタケが朱璃の左前腕、肘に近いあたりの内側をぽんぽんと叩き、ラテックスの手袋をはめた指先で静脈に触れた。こりこりとした感触を確かめるように指を動かし、目を上げる。

「いいか」

「オーケー、やってちょうだい」

オタケが注射針を右の親指と人差し指で挟んでいる。注射針には三センチほどの細いチューブがついていて、チューブは幅二センチ、長さ五、六センチほどの容器につながっていた。容器は縦に真っ二つにした円柱のような形状をしている。

すっと針先が皮膚に沈む。痛みはほとんど感じない。半透明のチューブに血液が逆流するのが見えた。

「おかしな痛みを感じないか。指先に痺《しび》れとかは？」

「どっちもない」

「よし」

オタケが静脈に突きたてた針を覆うように絆創膏を貼り、半円柱容器の平たくなった部分を前腕の内側に置いて、その上からテープを巻き始めた。

「これ、本当に必要なのかな」

「いざっていうときには朱璃を楽にしてくれる」

「楽にしてくれるって、まるで自殺用みたいじゃない」

容器は注射器で、前方の三分の一に薬液が入っていた。後方の三分の二は二層構造になっていて二種類の液体が入っている。容器の後端を強く押すことで、膜状の隔壁が破れ、液体が混じり合い、ガスが発生する。ガスは容器前方寄りのプランジャーを圧し、薬液を朱璃の静脈に注入する仕組みになっていた。

次いでオタケがバッグから取りだしたのは、9ミリ自動拳銃グロック19を差したホルスターと二本の予備弾倉を入れたパウチが着いているベルトだ。

「お馴染みね。馴れてるのはありがたい」

「射撃の腕は上がったか」

オタケの言葉に首を振る。

「忙しくてなかなか練習する時間が取れなかったもので」

「おれも射撃はうまくない。うまい奴はさっと抜いて、ズドンと撃って、標的に命中させられる。訓練もあるが、元々の才能があって、その上に錬磨と経験を積む。どう足掻《あが》いたっておれや朱璃が追いつけっこない」

朱璃はちらりと肩をすくめたが、オタケは気にする様子もなくつづけた。

「ガンスリンガーはある種の才能……、というか呪いを受けてるんじゃないか、とおれは思う。うまいから鍛錬が苦じゃなく、楽しい。だけどいつかもっとうまい奴に出会う。それまで撃ちつづけるしかない」

「つい最近シェイクスピアって女に同じことをいわれた。芝居好きなのかも知れないけど、コードネームを選ぶならもう少し考えようがあるでしょ」

「一発で相手が憶《おぼ》えるという利点がある。それに案外本名かも知れないぜ。皆がコードネームを使っていれば、本名が盲点になる場合もある。日本にだって、夏目《なつめ》さんや太宰《だざい》さんはいるだろう」

「そういうことか。で？」

朱璃はオタケが手にしているグロック19に目をやった。

「見た目はノーマルなナインティーンだが、シアをいじってある。切り替えレバーなし、フルオート専用だ。単発、三連射はすべて指切りで調整する」

「つまり？」

「相手に突きだして、引き金をひけば、弾倉内の二十発、薬室の一発、合計二十一発がたてつづけに発射される」

キトで持たされた短機関銃を思いだす。小型で、車の中で振りまわすのに都合がいいというだけで、銃としての威力は二の次だった。しかし、使うことはなかった。

銃とベルトを受けとり、朱璃は訊いた。

「ところで、キトのライダーって本物だったと思う？」

「本物じゃない」オタケの返事は早かった。「本物なら八メートルのジャンプをするのにトランポリンが要る」

「いえ、そういうことじゃなくて……」

「わかってる。おれもいろいろ調べているが、まだつかめない。朱璃に注射を用意したことにも関わってくるんだけど、改造人間が跋扈《ばっこ》しているらしい。絶望島にはこれまでにも海上保安庁や海上自衛隊の潜水士たちが侵入を試みているんだが、一度も成功していない。溺死体となって上がってる」

朱璃は左腕を上げた。

「これがあれば何とかなる？」

「わからんよ。その注射は四十八時間有効だ。さて脱出方法はわかってるな」

「二十四時間後、潜入したのと同じポイントに迎えが来る。変更がある場合は、こいつにメッセージが届く」

朱璃はシェイクスピアから渡されたスマートフォンを振って見せた。

「それ、ブラックリバーから渡されたんだな？」

オタケが訊き、うなずくと目の前に手を出してきた。

「ちょっと貸してくれ」

「構わないけど」

朱璃は生体認証でロックを外し、オタケに渡した。

「何をするつもり？」

「おれとの秘話回線を設定しておく。朱璃の居場所はブラックリバーに筒抜けだろうが、そこはいじらない。おれがよけいなことをしてるのを勘づかれたくないんでね」

「ブラックリバーに？」

「今回の仕事をオファーした連中に、といった方がいいかな。ブラックリバーがいろいろな会社や組織、個人営業の傭兵たちの寄せ集めだってのはわかってるだろ？」

「ええ」うなずいた朱璃はオタケが差しだしたスマートフォンを受けとった。「オタケは今回のミッションとは別の仕事を請け負ってるってわけ？」

オタケがふいに真顔になり、身を乗りだしてくる。朱璃は思わず身を引いた。

「何よ」

「おれを信じてくれるか」

「わかった」

「それじゃ、何も訊くな。朱璃の安全については、おれなりに保険をかけてる。だけど、今は何も話せない」

今まで見たことのないほど真剣な顔つきだ。

「わかった。とにかく私は浦島太郎に会って、中村龍太を見つけて、絶望島から連れだす」

「死ぬなよ」

「もちろん」

オタケが拳銃と弾倉を着けたベルトを小さくて黒いリュックサックに放りこみ、ジッパーを閉じた。防水仕様になっているようだ。朱璃に手渡す。

「それじゃ、港に行くことにしよう」

「了解」

「おっと。これを忘れちゃいけないな」

そういってオタケが胸ポケットから薬の箱を取りだした。

「酔い止め。海は荒れてるようだから。水なしで大丈夫だからとりあえず一錠服《の》んでおけよ」

「乗り物には結構強い方だけどな」

そういいながらも朱璃は従い、パッケージを開けて一錠を口に入れた。大きめの錠剤だったが、何とか服みくだす。

車を降りた二人は道路を渡り、かつてのホテル――窓はすべてベニヤ板で塞いである――のわきを抜けた。ホテルのすぐ前まで海面が迫っており、ずらりと小型漁船が並んでいる。

「あれだ」

オタケが一艘を指した。舳先《へさき》にえんじ色のヤッケ、胸当てのついたゴム製の胴長を履いた人が立っていた。いかにも漁師という感じだが、女性だった。

「よろしくお願いします」

オタケにつづいて、朱璃も一礼して名乗った。相手がにこやかに答える。

「お待ちしておりました。私、カメと申します」

あっと声を出しそうになった。シェイクスピアがタトルではなく、カメといったのは人の名前だったからだ。

カメは目尻の下がった優しそうな丸顔をしている。ゴム胴長にヤッケという野暮ったい恰好をしていたが、それでも大きな胸が張りだし、腰がきゅっとくびれているのがわかった。男なら胸底をさわさわ撫《な》でられるような気持ちになるだろう。

ちらりとオタケの横顔を見た。目がカメの胸に釘付けになっている。咳《せき》払いをするとまるでカモメでも追うように空を見上げた。

「急ぎましょう。夕方には海が荒れると予報が出ています。中にヤッケと胴長がありますので、出港準備をしている間に着替えてください」

あわただしく身支度をととのえている間にカメが船を出す用意をした。東京上空に到着してからずっと雨がつづいている。

ほどなく出港となったが、水没しているとはいってもある程度防波堤は機能していたのだろう。外洋に出たとたん、大きなうねりに翻弄されることになる。数十メートルも落とされると胃袋が咽元までせり上がってきたが、何とかこらえることができたのは酔い止め薬のおかげかも知れない。

四時間ほど経った頃、操舵室でレーダーや航法装置のディスプレイの前に立っていたカメが朱璃をふり返る。

「お辛《つら》かったでしょう」

「いえ……、はい」

「あと三十分ほどで着きます。もう少しご辛抱ください」

「わかりました」

「私、今のうちにトイレを済ませておきます。ちょっと離れますが、自動操舵に入ってますからご安心ください」

カメがそそくさと操舵室を出て行った。トイレが船尾にあることは聞いていたが、胸当て、肩紐のついた胴長を脱ぐのが面倒だったので、一度も行っていない。

操舵室から出たカメが船尾に向かったときだった。ふいに船がうねりの底にすべり落ちたかと思うと左から大波が襲ってきた。悲鳴が聞こえたような気がして、朱璃は船尾に目をやった。

カメの姿がない。

操舵室を飛びだし、大きく揺れる船尾に足を踏んばって立つ。波は左舷側から来た。朱璃は右舷に近づき、逆巻く海をのぞきこんだ。

ぎょっとする。船腹に男が張りついていたのだ。男の目は異様に大きかった。口を閉じ、口角を下げたとき、首の両側から勢いよく水が噴きだした。

鰓《えら》？

男がいきなり手を伸ばし、朱璃の手首をつかむと海に引きずりこんだ。

現在（UTC　2031／11／17　17：49：13）

いやだ、この子にも霊能力があるの？

ステンレスの処置台のそばに立った龍太が顔を上げ、じっとこちらを見ている。ほどなくレナードに促され、龍太は話し始めた。

「二〇二六年のことでした……」

二〇二六年といえば、あれがあった年じゃなかったかしら。

第二章　雨街

1

2026年12月／東京都台東区浅草

床に腰を下ろした老人がぼそぼそ話しつづけていた。

「……何か腹立たしかったんだよね。東北で震災があって、二年半くらいだっけ、東京でオリンピックやるってことになっただろ。ようやく瓦礫《がれき》の片付けが終わって、宅地のかさ上げとか整地まで進んで、家を建てようかって時期だったろ。おれはもともと大工だからさ。重機のオペレーターもやってたけど、本業は地ならしじゃなくて、柱立てたり、壁張ったりする方だったんさ。重機のオペレーターっても、ほら、冬場は仕事がないから会社が市から除雪を請け負ってたんだ。それで会社がカネ出してくれて、重機の免許とったんだけだからさ。そんでもほかに仕事ないからブルやらユンボやらで瓦礫片付けて、宅地整備やってたのさ。それが終わって、ようやくってときに東京でオリンピックだろ。きれいな揃いのジャケット着た連中が大笑いしてさ、バンザイ、バンザイって……。どうなるんかな、と思ったよ。したらやっぱり資材が全部東京に持ってかれて」

並んで座っている、もう一人の老人がうなずく。

「おれもむかついた。きれいな顔した元女子アナだか、タレントだかが、オ、モ、テ、ナ、シって、やっただろ。おれ、そのニュース、仮設《カセツ》住宅で見てたんだ。何が、オゥ、モォ、テェ、ナァ、シィだよ、馬鹿にしやがって。こっちは家ぇ流されて、女房と娘夫婦と孫が流されて、歳とったお袋と二人暮らしだったろ。お袋なんかボケッちゃって、今日はうちに帰るのかって訊かれて、うちは流されてないんだよっていったら、ああ、そうかって、そのくり返しだった。毎日どころじゃない。一時間おきくらいにやられてた。そのあとお袋が死んで……、親が死んでほっとしたなんていったらばちが当たるだろうけど、地獄に落ちてもいい。一時間おきに同じ話さ、たまらんよ。それでおれが話をしてる最中にお袋は違うところ見てて、津波が来て、うちが流されて、女房もそのときに死んでって話してる最中に、明日はうちに帰るのかって。あれが地獄さ」

東日本大震災の始まりは、二〇一一年三月十一日午後二時四十六分。一年二ヵ月後の国際オリンピック委員会《IOC》理事会で、イスタンブール、マドリードと並んで東京が開催都市の候補に選ばれた。さらに一年半後、二〇一三年九月にオ、モ、テ、ナ、シのあとで誘致が決定した。

　二人目の老人が一人目を見て訊ねた。

「あのとき、どこにいた？」

「北海道」

「そしたら地震も津波も関係なかったろうさ」

「うん」一人目がうなずく。「復興事業に入ったんだ。おれはずっと札幌の建設会社で働いてたんだけど、地震のあと、常務に誘われたんさ。常務っても社長の次男坊だけどね。そのとき先代はもう会長になってて、長男が社長やってたのさ。前の社長が三男を可愛がってて、それで専務にしたもんだから次男にしたら面白くなかったんだべさ。したから仙台にいい仕事あるって、おれを誘ったんだ。あのときは書類に復興事業って書いておけば、ナンボでも予算が下りたんさ」

「審査とかあったんじゃないの？」

「何もない。書類に復興とさえ書いておけば、役所はハンコついたんだ。だいたい役所の人間がここところに復興って入れれって教えてたんだから。復興予算は国から出てたからな。道にしてみれば、業者が仕事取れば、そんだけ税収になる。うちの会社は大したことなかったけど、そりゃ、役場の人間にもいくらかバックもあっただろうし。そんで常務は五十件だか六十件だか申請したんだ」

「よくそんなに思いついたもんだ」

「簡単よ。中身なんか何も変わらん。役所で申請書のコピーもらってきて、それをまたコピーして……、出す先が違うんだも中身なんか皆いっしょでいいわけさ。そしたら全部通っちゃって、一番びっくらこいてたのが常務だ。その中で一番条件がよかったのが仙台市だった」

「被害がひどかったからな」

「本当はもっとカネとれるところもあったんだけど、そっちは書類出さなかった」

「どこよ?」

「福島。あんた、石巻にいたんだからわかるべさ」

「いや、おれは年寄り抱えてカセツにいて、外に出れなかったから」

二人ともよく似た喋《しゃべ》り方をしていた。声が口の中にこもり、ぼそぼそと低い。中村龍太は両膝を抱えて座り、目を伏せて、向かい側に座っている二人の年寄りの爪先を見ていた。二人とも年寄りだと思ったのは、ちらりと見たとき、どちらも髪も、顔を覆うううっとうしそうなからみ合った髭も、真っ白だったからだ。ほんの一瞬見ただけなので、顔はよくわからない。二人は靴までよく似ていた。大きくて汚いスニーカーだ。靴下を何枚か重ねて履いているのだろう。スニーカーはぱんぱんにふくれあがり、紐はぎりぎりまで広がっている。

龍太は二人の方に目をやらないように気をつけながら天井を見上げた。古びた金属のパイプが何十本も走っている。東京、浅草。日本で初めてできた地下鉄だ。昭和の初めだったかに、東洋で初めてできた。浅草から上野までで、歩いても二十分くらいしかかからないのに、最初の地下鉄に乗るのに二時間待ちの行列ができたという。

金属パイプから水が滴りおちた。水滴を目で追った。すぐ前の水溜まりに落ち、丸い波紋を広げた。

去年七月、スーパー台風が東京を直撃した。八月、九月にも同じような大きさの台風に襲われた。最初の台風は二百年に一度の規模といわれ、八月に来た二番目は少し規模が大きかったようで三百年に一度といわれた。九月以降、気象庁の発表から何百年に一度という言葉が消えた。

そして三つ目の、もっとも巨大な台風が襲ってきたとき、それは起こった——。

石巻が北海道に訊いた。

「あんた、仙台のどこにいたの？」

「ユリアゲ」

龍太はその地名を知らなかったが、石巻にいたという年寄りにはぴんと来たらしい。

「ああ、あそこはひどかったもな」

「おれが入ったときは、田んぼの土を入れ替えてた。海辺の田んぼは全部が全部砂かぶってたんだ。塩気があるから田んぼにゃ使えなかった。だから砂を剝《は》ぎ取って、山から持ってきた土を入れてたんだ。おれはブルで土をならしてた。毎日毎日、な」

「常務だかといっしょにかい？」

北海道がふんと鼻を鳴らす。

「ありゃ、根性なしのズル男《お》よ。仙台ですぐ女とくっついてな。釧路から来てたっていったっけかな。若い女だったけど」

「今はどこに？」

「知らん。その女の親父だか、伯父さんだかが釧路で砂利屋をやってるって、それで常務は誘われたとかいってたけど、それっきりだ。いつの間にか寮からいなくなって携帯もつながらなくなった」

「あんたはずっとユリアゲにいたのか」

「三年くらいかな。四年だったか。田んぼの土を入れ替えたあとは、宅地の造成をやった。地面をかさ上げして、仕事ならいくらでもあった。したけど、ほれ……」

「オリンピックか」石巻があとを引きつぐ。「それはおれにもわかる。ちょうどお袋が死んだ頃だ。石巻にいても仕事もないし。それで東京に出てきた」

ふたたび顔を伏せた龍太は唇を嘗《な》めた。心臓が暴れまわっている。

北海道が受ける。

「東京にしか仕事なかったもんな。どこに住んでいた？」

心臓の鼓動は連続的になり、かすかに痛みをおぼえる。予想はしていた。

「要町だ」

二十一世紀に入ってから東京都豊島区は外国人や単身の労働者の受け入れを進めた。区の方針なのか、理由は龍太にはよくわからない。だが、その地名を耳にしたとたん、ぎゅっと目をつぶり、胸のうちで呼びかけていた。

母《マ》ちゃん《ア》……。

地球は、十六枚のかさぶたに包まれ、かさぶたの下の組織は膿《う》み、ぐじゅぐじゅで熱を持っている、という。熱のせいで組織が対流し、その上に載るかさぶたがあちらこちらと流れていく――プレートテクトニクス理論を卑近にイメージすれば、こうなるのかも知れない。かさぶた同士がぶつかり、あるところでは潜りこんだり、乗りあげたりと、いわばマウンティングをくり広げている。
十六枚のかさぶた――プレートのうち、実に四分の一が寄り集まっているところに日本列島がある。北から北米プレート、東から太平洋プレート、東南からフィリピンプレートが押しよせてくるものの、西にはそれら三枚とは比べものにならない巨大なユーラシアプレートがあり、三枚のプレートとは逆に西へ動く。

巨大なユーラシアプレートとはいえ、三枚のプレートがそれぞれ沈降する力で縁が下へ下へと巻きこまれ、大きく湾曲する。これが時おり反発して、もとの安定した形状に戻ろうとする。千年に一度くらいというから地球の歴史からみれば、ちょくちょくということになる。戻る際、プレートの縁がぶるっと震える。

これが大震災、大津波を引き起こした。

西進するユーラシアプレートの東海岸の一部が剝がれ、太平洋に流れだしたのが日本列島の原材料で、ユーラシア、北米、太平洋、フィリピンと四枚のプレートのせめぎ合いによって寄り集まり、衝突してせり上がり、六千五百万年の間に現在の日本列島となった。押しよせたプレートがせり上がって、伊豆半島が生まれ、四方からの押しつけの象徴が富士山になる。

なおもプレートの浮動はとまらず伊豆半島のあまりが東——太平洋の方へ延びていく。ところが、今度は太平洋プレートにぶつかってふたたびせり上がり、さらに延びる方向を北へ転じた。こうして南と東にダムができ、そこへ北東方面から流れこむ川によって山を削った土砂が流れこみ、関東平野が形成された。

一六〇三年、徳川家康が江戸に幕府を開く。ここから江戸、そして東京の歴史はつむがれていく。

家康は大きな治水を二つ行った。江戸が大都市になっていくためには、どうしても必要だったからだ。

もともと太平洋に向かって延びたダムによってせき止められた土砂が積もってできた平野ゆえ、井戸を掘っても塩辛い水しか出ず、とても飲めたものではない。そこで家康は多摩川から上水を引いた。

もう一つが利根川の流れを変えたことだ。もともと真北から江戸へ流れこんでいた利根川は、坂東《ばんどう》太郎の異名をとるほどの暴れ川だったが、家康は大河の流れゆく先を北から東へ変え、銚子から海へ放出するようにした。

だが、北から東への急激な左カーブは台風によってしばしば氾濫を起こしただけでなく、流されてくる土砂の粒が比較的大きかったため、川の流れがゆるやかになったとたん、川底に溜まった。

川底が盛りあがれば、江戸時代の交通手段であった川舟の通行が妨げられることになる。しかし、江戸時代には充分な浚渫《しゆんせつ》技術がなく、川底を掘りさげられなかった。そのため川幅を広げ、舟を小型化するなどして対応するしかなかった。

また、川底が高くなれば、氾濫の危険が増すため、両岸の堤も高くしなくてはならなかった。とくに下流域では川の周辺の土地より川底が高い、いわゆる天井川が登場し始めたのも江戸時代のことだ。

明治となり、資本主義が導入され、急速な工業化が進んで、製品の積み出しに便利なだけでなく、一大消費地でもあった東京に工場が林立することになる。明治時代に制定された日本の民法で土地の私有が認められるようになったが、この所有権は地面のみならず上空、地下にまで及んだ。第一次世界大戦後、飛行機が一般的になると上空の権利は制限されるようになったものの、地下については野放し状態がつづいた。

地下の権利の中には、地下水の所有も含まれていた。つまりある工場が自社の土地に井戸を掘るかぎり地下水は汲みあげ放題だったのである。また、河川への工場廃液や家庭から出る汚水の垂れ流しが取り締まられることはなかった。

明治、大正、昭和と数多くの工場が地下水を汲みあげ、廃液を垂れ流しつづけた。太平洋戦争後、昭和四十年代までこの状況がつづくことになる。

東京東部の低地域における地盤沈下が問題になったのは、昭和四十年代になってからである。皮肉なことに戦時中の東京空襲によって工場の生産がままならなくなった時期には沈下が止まったが、戦後復興、いわゆる高度経済成長期には、明治以降最大の沈降率を記録することになる。

江戸時代に生まれた天井川と、明治以降の地下水汲みあげによる地盤沈下が相まって、河川のみならず東京湾の海面よりも低い土地——ゼロメートル地帯が東京東部に広がることになった。国と東京都は、堤防を建設したり、河口部の工事を行うなどして対応してきたが、一九四九年のキティ台風、一九五九年の伊勢湾台風などの被害を受け、ついにポンプを使って内側の水を汲みあげ、東京湾に放出する排水機場を設けることとした。

ポンプは一日二十四時間、毎日稼働させなくてはならない。いうなれば、東京は集中治療室で人工心肺をつけられ、かろうじて命をたもっている状態がかれこれ半世紀もつづいていることになる。

排水機場は最大八十ヵ所も建設され、一時間あたりの降雨量が五十ミリであっても対処できるとされた。しかし、二〇〇〇年前後から一時間あたりの降雨量が百ミリ前後に達する事態が起こるようになった。地球温暖化が原因か否かはともかく、実際に雨量が増し、ときにゲリラ豪雨などの現象もともなうようになってきた。

降雨量が増えるのにしたがい堤防をより高く、長くし、排水機場の能力を向上させてきた。いたちごっこといえなくもない。そこへ襲いかかったのが去年、二〇二五年の超大型台風三連発だった。

政府、官庁はすっかりお馴染みとなった発表をした。

このたびの震災は、まことに想定外の事象が重なり――。

去年の台風による高潮で排水機場が水没して機能停止し、東京の東側が広範囲にわたって水害の被害を受けたが、とりわけ深刻だったのは地下鉄が全線にわたって水没したことだ。

龍太は、そのときのニュースで使われた古いアニメ映像を憶えている。猫とネズミが毎日追いかけっこをするというコメディで、作られたのは八十年以上も前だ。その映像の中で冷蔵庫に入れられたチーズが紹介された。

穴だらけのチーズを指して、専門家が東京はこの上にあるといったのである。

前に座っている二人の年寄りの話題が二〇二一年夏に開催されたオリンピックへと移っていったとき、龍太はたまらず起《た》ちあがった。

新型コロナウイルスの感染者数が急増し、緊急事態宣言が出された中で実施されたオリンピックは母の記憶を呼び覚ます。

三度目の台風が襲いかかってきたとき、龍太は母といっしょにいた。

2

2026年12月／東京都台東区浅草

地上出口につながる階段は途中に土嚢《どのう》が積みあげてあった。龍太は左肩にかけたスポーツバッグを揺すりあげ、土嚢に手をかけて登り始めた。土嚢は天井近くまで積んであったが、そこに隙間がある。スポーツバッグを肩から外して方向転換、後ろ向きになって隙間に足を入れる。爪先で探りながらそろそろと進んでいくと膝、腰、やがて肩までが隙間に入る。

スポーツバッグを引きずり寄せ、じりじりと後退する。背中が平らな天井に擦れる。隙間が狭くなるのを感じたが、無理に押しこんでいくとふいに爪先の下に何もなくなった。少しずつ後退して、そろそろと下ろした爪先が何かにぶつかった。

とんとんと爪先をぶつけ、土嚢であることを確かめてからさらに後ずさりした。

去年、すべての地下鉄が浸水によって止まってから、復旧の目処は立っていない。水が引いたところもあるようだが、都心近く、地中深くを走る線路や駅が完全に水没したまま放置されている。水が引かないのは、東京の東半分を埋める水を排出できずにいるためらしい。

天井と土嚢との隙間を抜け、明るくなったところで首をねじ曲げ、地上出口をうかがった。人影はなかった。日中だが、雨のせいで外は暗い。積みあげてある土嚢から降り、石の階段に立ってスポーツバッグを左肩にかけた。

一つ、二つ、三つと石段を登り、出口に立った。激しい雨が半透明のスクリーンとなって立ちふさがっている。左に目をやった。雷門通りは深さ五センチほどの川になって国際通りの方に向かってゆるやかに流れていた。流れを上流にたどっていくと吾妻橋《あづまばし》交差点があった。自動車も人もない。ただ雨が降っているばかりだ。灯《ひ》の消えた信号機が雨にけぶっていた。その先では溢《あふ》れかかった隅田川が吾妻橋の底を洗っているはずだ。

足下に視線を戻す。水溜まりの中、こんもりと盛りあがっている濡れたアスファルトを選んで踏みだす。スニーカーの爪先の中、何日も履き替えていない濡れた靴下の内側でふやけた足の指が広がって路面を捉える。

激しい雨が頭の天辺から肩、とにかく全身に打ちつける。ぐっしょり濡れているのは靴下だけではないから状況は何ひとつ変わらなかった。何日も、何十日も降りつづく雨がこもって、ついさっきまでいた地下道の湿度はどれほどだったろうか。八十パーセント？ 九十パーセント？ ひょっとしたら百パーセント？ 湿度百パーセントというのは水中にいるのと同じじってことじゃないのか。とにかくスニーカーと靴下だけでなく、ボクサーショーツ、カーゴパンツ、Tシャツ、ジャケット、左肩にかけたスポーツバッグと中に詰めこんだボロとガラクタもすべて濡れたままだ。

乾いた衣類を最後に身につけたのはいつだろうと龍太は思った。洗濯したての、洗剤の匂いがする下着やズボン、シャツがさらりと肌に触れたのはずいぶん昔のような気がする。濡れた衣類は雨を避けているうちに水分は抜けるが、脂とも垢《あか》ともつかないべたべたが繊維の奥にまでからみついて、じっとり湿って重い。あらゆるところにカビがはびこり、腐っていた。しかし、いやな臭いはずっと鼻の穴に充満していて、嗅覚がすっかり麻痺《まひ》し、何も感じなかった。

商店も飲食店も頑丈そうなシャッターを下ろしているか、シャッターが破られ、暗い洞窟のような口を開けているかで、人影はまったくなかった。目につくガラスはことごとく割られ、粉砕されていた。何かを略奪した跡ではない。奪う物などとっくになくなっていたので、つまりは何もないから、せめてコンクリート片でも投げこんで、火を点《つ》けた。破壊されたのは、半年前か、一年前か、それすらも想像できなかった。

右手に雷門前の元交番が見えてきた。窓はぽかっと暗く、白茶けた壁のせいで巨大な頭蓋骨が放りだされたように見える。それも火葬された頭蓋骨だ。窓の上の壁には黒い煤《すす》がべっとり張りつき、降りつづく雨に洗い流されもせずにへばりついていた。警察官が配置されなくなった直後、焼き討ちに遭っていた。コンクリート片を投げこみ、火を放った人々は誰もが自由を叫んでいたが、ことさら声高に叫ぶ必要はなかった。常識と、守るべき財産のある東京都民はとっくに避難していて、残っていたのは棄民ばかり、誰からも気にかけられることのない大衆は底なしの自由を手にしていた。

去年の三連続台風の最後、北関東一帯から集まった濁流を一手に引きうけ、押しとどめていた北区岩淵の水門が突如開き、荒川、中川に流されるはずだった洪水が隅田川にも流れこみ、東京の東側、地図でいう右側半分がすべて水没した。

水門が開放されなければ、三連続とはいっても台風がもたらした大雨はこれまで通り荒川、中川を通じて東京湾に排出されるはずだった。一方、もし、水門の開放がなければ、隅田川周辺は無事でも、荒川、中川周辺、とくに堤防が低いとされる東側一帯は甚大な水害に見舞われていただろうと推測されもした。

水門が突如開いたのは、サイバーテロだといわれたが、犯人は一年あまりが経過した今も特定されていない。そのため政府や東京都があえて水門を開き、被害を均等にばらまいたとする噂も根強く残っている。

最悪のタイミングといわざるを得なかった。前月までに襲来した台風のもたらした雨で上流域のダム、中流域の遊水池がいっぱいいっぱいになっているところに、三つ目にして最大の台風が大雨を降らせ、強風が東京湾に津波並みの高波を生じさせたのがちょうど満潮の時刻だったのである。

地域住民の生命を守るため、いずれの地域でも断腸の思いで、やむなく、ダムから放水し、遊水池への入口となる堰《せき》を閉じた。溢れかえった水は一気に駆けくだり、下流域が溢れかえった刹那《せつな》、水門が開いたのである。

警報も避難命令もくり返し出された。だが、ほんの数時間で東京東側の数百万人が住む地域は洗い流され、膨大な濁流が押しよせた河口付近は盛りあがった海にすっかり嚥みこまれていて、行き場を失った水が東京の東半分を水没させた。このとき地下鉄全線、地中を縦横無尽に走るライフライン用のトンネルが水浸しとなり、水害は山の手といわれる地区にも広がっていった。

警視庁は、このとき警察官の三分の一を失い、全国の警察からの応援、自衛隊の救援をあおいだが、被害は全国各地に及んでいて、どこもかしこも復旧どころではなかった。警視庁管内にある百六の交番から一斉に警察官が引きあげたのはこのときだ。しかし、警察官が三分の二残った警視庁はまだましといえた。東京消防庁は六割以上の機能を喪失、救急救命態勢は壊滅に近い状態となった。

政府は茨城、群馬両県に大規模避難所——難民キャンプと悪口をいわれ、またたく間に定着した——を設け、都民と千葉県民の一部を疎開させることにしたのである。

元交番の前を右に曲がり、柱だけになった雷門に向かう。雷門の右の柱はまだ五メートルほど残っていた。左は根元から倒されたまま、放置されている。門の奥、左右には仲見世がつづいているのだが、大半の店が骨組みだけの箱でしかない。

一軒だけ、入ってすぐ右にある立ち食いうどん店だけが営業していた。土砂降りの中、軒先から湯気が溢れ出ていて、湿った空気の中に醬油出汁《だし》の匂いが流れていた。匂いは弱々しかったが、龍太の鼻は敏感になっていた。空《から》っぽの胃袋が震える。だが、所持金はとうに底をついていた。

小さなうどん店だ。カウンターの内側には髪をオールバックにした、細面《ほそおもて》で鼻の尖《とが》った男が手を動かしていた。白い上っ張りを着ている。襟元にお守り袋がのぞいていた。

唇を嚙みしめ、口中に溜まった唾を嚥みくだそうとしたとき、後ろから声をかけられた。

「あ、ちょっといいかな?」

足を止め、ふり返った。

咽がすぼまる。声を漏らしそうになったが、何とかこらえた。

小さな帽子を目深《まぶか》に被り、白いマスクを着けた警察官が立っていた。背が高く、わずかに腰を曲げていた。それでも龍太は見上げなくてはならず、自然と顎が上がった。雨粒が滴りおちる帽子のつばとマスクの間から目がのぞいている。

「はい」

何とか声を圧しだす。

「こんなところで何をしているのかな」

「去年、母とはぐれてしまったのがこの辺りなんです。それで時々探しに来ています」

「そうか、それは大変だ」

眉間《みけん》にしわを刻む警官の声には本当に心配しているような響きがあった。だが、人の好《い》い警官などいない。

「この辺が立ち入り制限区域になっているのは、知ってるかな」

「ええ……、まあ……」

勝手に動きだし、逃げだす方向を探ろうとする眼球を押さえつけ、警官の目を見つめつづける。いつの間にか雷門通りに黒と白に塗られた四輪駆動車が停まっていた。パトカーは大半が車高の高い四駆に切り替えられている。ドアに書かれた警視庁の文字も濡れている。

次に警官が何をいうか予想はついていた。

「身分証か、それに準ずる証明を……」

クソッ――腹の底で罵りながらも表情を変えないように気をつけた。

そのときパトカーの窓が開いて中にいた警官が大声を発した。

「アワノ主任。浅草警察署《PS》のイナダ次長から緊急連絡です」

背の高い警官がふり返る。

「折り返し連絡するといってくれ」

「いいましたけど、ダメだそうです。主任はいつもその手で逃げるからって」

アワノが思いきり顔をしかめたとき、うどん屋の店主が声をかけてきた。

「お客さん、か《い、》け、上がったぜ」

目をやる。店主はまっすぐ龍太を見ていた。警官が龍太と店主を交互に見る。店主は警官を無視して龍太にいった。

「さっさと食ってくんねえかな。うどんが延びちまう」

龍太は警官を見上げた。警官がうなずき返した。

「とりあえず食べてて。ぼくもあとで店に行くから」

そういい残すとパトカーに向かって駆けだした。龍太はうどん屋に向かって歩きだす。

尖った鼻の店主はとても親切そうには見えなかったが、カウンターの前まで行くと目でわきを示した。カウンターの切れ目には隙間が開いていて、かがめば何とか抜けられそうだ。

店主がパトカーの方に目を向けた。

だが、龍太は動けなかった。カウンターに置かれ、湯気をあげているかけうどんに目が釘付けになってしまったのだ。

舌打ちが聞こえ、圧し殺した声がつづく。

「何やってやがんだ、馬鹿。さっさと行きやがれ」

それでも動けなかった。

いきなり鼻先に店主の手が出てきた。玉子が握られている。

「持っていきな。うどん一杯三千円、玉子は八百円だ。うどんはいいとして、玉子の代金は置いてけよ」

「いえ、おれ、カネが……」

「クソォ、どうしておれはこういう役回りなのかね。チクショウ」店主が龍太の手に玉子を握らせる。「生だからな。落とすなよ。歩きながら飲んじまえ。ここを出たら左、浅草《せんそう》寺《じ》の方に行くんだ」

「どうして?」

「おらぁ、浅草《エンコ》の人間よ」

小鼻をふくらませ、わかるだろうという顔をする。わからない。店主がぎゅっと眉根を寄せた。

「さっさと行けてんだ、馬鹿野郎。今朝から機動隊の連中がうろついてやがる。地下道の一斉清掃だろう。さっ」

店主が目を剝く。龍太はカウンターのわきをくぐり抜け、雨の中を走りだした。手の中の玉子がたちまち濡れた。


うどん屋を出てすぐに玉子を飲んでしまい、殻までむしゃむしゃ食べた。玉子のエネルギーが細胞の一つひとつにまで染みこんでいくのを感じたが、ほんの一瞬でしかなく、またすっからかんの胃袋が身もだえした。玉子を飲んでからどれほど時間が経ったのか。空腹のせいだけでなく、濡れた服ですっかり体温が奪われ、がたがた震え、躰にまるで力が入らなくなっていた。

アワノという警官がいった立ち入り制限区域は、地下鉄駅周辺だけで、台東区全体に及んでいるわけではない。去年、三連発台風が襲った直後こそ、避難勧告、避難指示が出たものの、洪水から二週間ほどで住民は戻りはじめた。低く、平らな土地がつづいているので台風でも来ないかぎり水害の可能性は低かった。立ち入り制限は地域住民の安全を守るというより家を失った人々——あの年寄りたちや龍太自身のように——が復旧の目処が立たず封鎖されたままになっている駅構内や周辺の地下施設に巣くわないようにするのが目的だ。

龍太は今、どことも知れない神社の軒下に座りこみ、壁に背を預け、両足を投げだしていた。立ち入り制限をされていない区域とはいえ、警官に見つかり、身分証の提示を求められると面倒なのでパトカーを警戒しながら住宅街をあちらこちらと歩くうちに方向感覚を失っていた。

街並みは暗かった。去年の三度目の台風のあと、二ヵ月ほど停電がつづき、ようやく復旧したものの供給量が大幅に制限されている。街灯は間引きされ、各家庭に供給される電気も生活に必要な最低限度でしかなかった。国と都は一貫して避難の継続を推奨している。早い話、水害に遭った地域には戻ってくるなということだ。避難生活が終了する目処は立っていない。

去年、台風による水害で台東区の東半分が水害に見舞われた際には、とりあえず上野のお山に退避するよう勧告、指示が出た。出せるのは指示までで強制力を持つ退避命令を出す権限は政府にも都にもない。だから住民たちが避難場所から戻りはじめたときにも警戒を呼びかけるのが精一杯だった。

龍太は目の前に右手をかざした。青白く、ふやけた指が震えている。あの、あ、あのときに比べれば、多少は大きくなっているのだろうが、自分ではよくわからない。

母《ママ》ちゃん――。

地下鉄浅草駅の地下商店街に座りこんだ年寄りたちがオリンピックの話で盛りあがっていったときに逃げだしたのは、思い出が湧きあがってきそうだったからだ。

五年前のあのとき、二〇二一年七月三十一日夜、要町のアパートで母が龍太の右手を握りしめ、ネット中継されていたバドミントンの男子ダブルス決勝をスマートフォンで見ていた。決勝は台湾と中国の対戦となった。

台湾生まれの母は当然、台湾ペアを応援していた。

母は、バドミントンという競技は三セットマッチで、一セットは先に二十一点を取った方が勝ちとなる。そして二セットを取れば、試合に勝てるのだと説明してくれた。ルールそのものはよくわからなかった。そのとき龍太はまだ五歳で、バドミントンなど見たことがなかったからだ。画面の左上に赤と白の四角いマークが出ていて、上段の赤が中国、下段の白が台湾の国旗だといわれ、わきに点数が表示されたのでどちらが勝っているのかはわかった。

それに着ているシャツとパンツが台湾は白、中国は赤と国旗と同じだったのでわかりやすかった。試合が始まり、先に点数を取ったのは中国らしかった。何があったのか、どうして中国に点数が入ったのかはわからなかったが、食い入るように見つめる母の横顔があまりに真剣だったので訊くに訊けなかった。二点目も中国に入った。龍太は訳がわからないまま、点数だけを見ていた。

三点先取された台湾ペアがようやく一点を取り返す。

母は左手で龍太の右手を握り、左親指の爪を噛んでいた。

途中でいきなり中継が中断され、絵に変わった。びっくりしていると母が教えてくれた。

『ビデオ判定だよ。審判のジャッジに納得できないときは異議を申し立てることができる』

『ずっとビデオで判定すればいいんじゃないの？』

母は困った顔をしたが、笑みを浮かべ、首を振った。

ずっと中国ペアが先に点数を取っていたが、台湾ペアも一点差くらいで、互いに点を取り合っていた。台湾が追いついたのは十二点目だったが、また先に中国に点数を取られた。ところが、十五点あたりから台湾ペアがリードするようになった。

母がどうしてそれほどまで真剣に見ていたのか、理由がわかったのはそのときだ。台湾ペアの選手がシャツの右袖をめくり、二の腕を掻《か》いた。そこに小さな三日月形の黒い刺青《いれずみ》があったのだ。

龍太は母の足を見た。くるぶしのところに同じ形をした刺青がある。

母はいつも刺青を指して、セイガの証《あかし》といっていた。台湾中部の山岳地帯に住む一族の名前で、政府が定めた土地や村の名前とは違っていた。

一族の者は男は右腕に、女は左のくるぶしに刺青を施した。

3

2026年12月／東京都台東区浅草

三日月形の刺青は、母にとって大きな意味があった。

東京オリンピック2020――開催されたのは二〇二一年だったが――の男子バドミントンダブルスで台湾ペアが勝利し、金メダルを獲ったあと、母はチラシの隅にボールペンで青峨《せいが》と書いた。

『青は青、この峨という字は険しい山という意味』

それから母は、青峨という一族の名は自ら名乗ったのではなく、ふもとの人たちがそう呼ぶようになったと教えてくれた。

『山に住んでると、目の前の岩が青く見えるはずないでしょ。白や黒や茶色や、とにかく岩の色にしか見えない。だけど、遠く離れて、見上げれば、山は青く見える』

『どうして？』

『知らないよ、そんなこと。とにかく青く見える』

そういって母は部屋の壁に貼ってあったカレンダーを指さした。富士山の写真が使われていて、たしかに青く見えた。

母はつづけた。

『昔々のお話。山からふもとの村に下りてきた人がどこから来たのかと訊かれて、ふり返って故郷を指した。青い山脈があったのね。それが青峨の由来』

もっとも母にしたところで山村で生まれたわけではなく、生まれは台湾北端の港湾都市基隆《キールン》だ。母から見れば、曽祖父母の時代に青峨を離れ、基隆に来た。母が生まれた頃、両親ともに働きに出ていて、幼い母を育てたのは祖母であり、その頃はまだ曽祖母が生きていて、日中は女ばかり三代で過ごしていたという。

龍太からすると母の祖母は曽祖母、曽祖母は三代前の高祖母ということになってややこしいが、母の母、本当の祖母をひっくるめて誰にも会ったことがない。そのせいもあって、母がふだん呼んでいたのにならって祖母《ばあ》ちゃん、曽祖母《ひいばあ》ちゃん、本当の祖母を母《マア》ちゃんと呼んで不都合はなかったし、祖母ちゃん、曽祖母ちゃんが日本語で、マアだけが中国語というのも生まれたときから耳にしているので当たり前にしか感じない。

山の中にはたくさんの部族があって、それぞれ集落を作っていただけでなく、言葉すら違ったと母はいった。

『すぐおとなりの村の人と話をしても、外国人に喋ってるみたいに全然通じなかったっていうのよ』

『嘘ぉ』

『そうだね。マアも曽祖母ちゃんからその話を初めて聞いたときには、ロンタイと同じことをいった』

だが、さほど不便はなかったようだ。山間に暮らす人々の生活は後世の人間から見ればつつましいといえたが、元からそこで暮らしていれば、手に入るものを食べ、山に抱かれて眠るのを何代もくり返してきただけだ。

状況が大きく変わったのは、一八九五年――龍太には想像もつかない昔だ――、日清戦争で勝利した日本が清国から台湾を割譲されたことによる。日本は皇民化教育と称して台湾全土で日本語を強要した。皮肉な結果だが、このことが山間の集落に共通語をもたらした。

日本による台湾統治は、日本が敗戦する一九四五年までの半世紀にわたってつづいた。日本の統治が終わったあとも山間部を中心に日本語を使う人が多かった。

『曽祖母ちゃんがいうには、その頃は子供だったから日本軍とかよくわからなかったって。ただとなりの村の人とも日本語なら話ができたので便利だったって』

龍太から見て曽祖母、祖母とともに暮らし、育てられた母は日本語を話すことができた。今にして思う。もし、母が日本語を話せなかったら日本に来ることもなかったし、自分が生まれてくることもなかった。

龍太は左手を鼻先にかざした。手の甲を自分に向け、薬指の付け根に近い背のところを右の人差し指でそっと探ってみた。慎重に、ゆっくりと。指先に触れるようなものは何もなかった。

そこにはマイクロチップが埋めこまれていて、何かデータが入っていると母はいっていた。薬指の背には直径二ミリほどのケロイドがある。マイクロチップは注射されたのだが、針の跡が龍太が成長するにつれて大きくなったらしい。だが、ケロイド周辺をいくら探ってもそれらしい感触はなかった。

オリンピックが終わったときから母にいろいろ教わった。台湾の選手が大陸中国——母は共産党といった——の選手を破って金メダルを獲得したが、台湾だから応援したわけではなく、青峨の印を見たからだといった。

日本が戦争に負けて台湾から手を引いたあと、やって来たのは国民党の連中だ。大きな戦争が終わって二年後、国民党は共産党との戦争に負け、大陸から台湾へと逃げてきたのだ。大陸を奪い返すと国民党は息巻き、その拠点とするため、台湾を実効支配した。

元から台湾に住んでいた人々は自らを本省人と称し、国民党を外省人と呼んだ。しかし、本省人というのは平野部を支配していた連中の自称に過ぎず、青峨や、そのほかの長年山地で暮らしてきた人々を本省人とはいわなかった。単に呼称の問題だけならばいい。だが、仕事や生活の美味《おい》しいところは本省人が独占し、山から来た人々には分けあたえようとしなかった。

それでも外省人、本省人、そして山から来た人々の融合は進んでいったらしい。中にはかたくなに自分たちの暮らしと歴史を守ろうとする人たちもいた。青峨は中でもそういう人たちが多い一族だった。

『誇りがあったからね』

母はことあるごとに、そういった。

たしかに母は基隆の生まれで、基隆は台湾北部の港町だ。出身国が台湾なのではなく、たまたま生まれたのが台湾であり、この区別は重要だとくり返し龍太に教えた。

『お前も青峨の誇りを忘れないで』

母にそういわれるたび、龍太はこっくりとうなずいた。それでも母と同じ刺青を入れろとはいわなかった。龍太の父親は日本人だ。母の教えはあっても純粋な青峨の人間とはいえなかったのだろう。そのことがちょっぴり悔しく、大いに寂しかった。

オリンピックが開催されるまで、龍太は母とともに要町のアパートで暮らしていた。物心ついたときには狭い一室に布団を敷き、母といっしょに寝るのが普通だった。母はアパートの近くにあった命の食堂《ライフ・エイド・キッチン》で働いていた。食堂は頭文字をとってＬＡＫ《ラック》と呼ばれた。ＬＡＫは安価で栄養のバランスがとれた食事を提供するだけでなく、仕事や住居の斡旋《あっせん》をしたり、ときにはひどい扱いを受けている外国人労働者の相談にものった。暮らしに困っている外国人たちの互助組織であり、救済のためのコミュニティでもあった。

オリンピックが開催されることが決まると全国から土木や建築の現場で働く労働者たちが集まってきて、外国人の割合が高くなった。外国人には、研修生と呼ばれる人たちも多く、給料が安いために充分に食べることができなかった。研修生よりも多かったのが不法滞在者だ。彼、彼女たちは現場で重労働を課せられた上、給与の支払いが滞るなどの被害を受けたが、在留資格を持たない者が多かった。

研修生は合法、オーバーステイの労働者は違法という違いはあったが、どちらも奴隷扱いであるには違いなかった。

母は料理ができ、日本語に堪能だったためにLAKで働くことができた。だが、それもオリンピックが閉幕するまででしかなかった。オリンピックが終わった二〇二一年秋、LAKは予告もなく閉鎖された。大家が突然立ち退きを求めたのだ。LAKを支援する弁護士や活動家が動いたが、大家側は建物を売却したとして、逆にLAKを不法占拠だと訴訟を起こした。

在留資格の点で弱みがある外国人たちは、踏みとどまって闘うことが難しかった。母もその一人で、頼れるのは青峨でしかない。アパートを出た母と龍太は江戸川区平井というところにいる青峨の人を頼って引っ越した。

あのまま――龍太はぎゅっと目をつぶった。

去年――二〇二五年九月に三度目の大型台風が襲ってきたとき、中川と荒川の堤防が切れ、洪水が平井一帯を襲い……。

　閉じたまぶたを強い光が撫でていく。

　反射的に龍太は躰を起こし、神社の軒下から飛びだした。雨はまだ強く降っている。植え込みに身を沈め、まぶたを撫でた光の正体を見極めようとする。

　予想した通りパトカーが通りすぎようとしている。母には台湾国籍があったが、龍太は国籍そのものを持っていない。

　夜の底に向かって走りだす。雨がたちまち全身をずぶ濡れにして、龍太の脳裏に去年九月の恐怖を蘇らせていた。

2025年9月／東京都江戸川区平井

　七月、八月につづく九月の台風が接近していたが、前の二つに比べると規模が小さく勢力も強くはなかった。七月の台風は九州に上陸、鹿児島から長崎へ抜け、甚大な被害をもたらし、八月の台風は四国沖から北上、紀伊半島、淡路島を通り、大阪を直撃して、このときも死者、行方不明者が三百人を超える被害を引き起こしていた。

　関東も強い雨に見舞われたが、隅田川、荒川、中川の三河川は関東平野全域に降った雨を集め、太平洋に流し、東京を守りきった。

　不安材料が皆無というわけではなかった。一つには八月から九月へと月は変わっていたが、前回の台風が大阪を蹂躙《じゅうりん》してからまだ一週間と経っていなかったし、九州北方沖から本州西部、中部、東海地方にかけて前線が居座りつづけていたのである。九月だというのに、まるで梅雨《つゆ》時期のような活発な前線で、七月に台風被害を受けた九州、中国、八月に大きな被害の出た関西全域、さらに北陸に強い雨を降らせつづけていた。

この季節外れの梅雨めいた前線が停滞しているところへ、九月の台風が接近してきたのである。それでも当初は、台風の進路が小笠原諸島周辺に接近するもののそこから北東に転じ、千葉、茨城両県の東方沖をかすめる程度で北太平洋方面に抜けるものと予想されていた。

しかし、この台風が近づいてきたとき、西日本に停滞していた前線が東に延び、台風の縁に近づいた。この影響で台風は行く手をはばまれた恰好となり、やがて引きよせられ、前線と台風が融合しはじめた。

停滞する前線によって広く東シナ海、日本海の湿気が集められたところへ太平洋の湿気を含んだ大気を集めた台風が一つにまとまり、急速に勢力を拡大しながら伊豆半島の東側を嘗《な》め、相模湾を南西から北東に横断した台風は神奈川県南部に上陸、その後も前線に引っぱられる形で東京に向かった。

気象庁はそれまでの予想を一転させ、緊迫度の増した注意報、警報を連発するようになっていた。

龍太が母とともに暮らしていたのは、古ぼけてはいたが、鉄筋コンクリート四階建ての雑居ビル二階の一室で、道路一本隔てただけで荒川の堤防に面していた。一間しかない点は要町と変わりなかったものの部屋はわずかに広く、何より建物が頑丈になった。

深夜。テーブルに置かれた母のスマートフォンでは男のアナウンサーが眉の間に深いしわを寄せていた。

〝すでに外は真っ暗です。無理に避難をしようとせず、少しでも命を守る行動を心がけてください〟

母がつぶやく。

「夜が暗いのは当たり前」

アナウンサーが喋りつづける。

〝東京都内のカセンはいたるところでハンランキケンスイイを超えています〟

何をいっているのか、よくわからなかった。

テーブルに手をついて起ちあがった母が玄関に行く。下駄箱に足をかけ、よじ登って上段の棚の扉を開けると中から黒いデイパックを引っぱり出して戻ってきた。

「立って」

「何？」

「いいから」

ちょっとイラッとした感じで母がいう。龍太は起ちあがった。

「手を広げて」

いわれた通りに両手を水平に開いた。前に立った母がデイパックのハーネスを龍太の腕にかけた。デイパックは膨らんでいたが、がっかりするほど軽い。母が背中でハーネス同士を留めた。ぐいぐい締め、息が詰まる。

「苦しいよ」

「我慢しなさい」

デイパックを引っぱり、しっかり固定されているのを確かめた母がいった。

「おやつにしようか」

いくら警報や指示が出ても母子が避難所に行くわけにはいかなかった。オーバーステイが露見すれば、一時は避難所にいられたとしても、水が引けば母は拘束されてしまう。国籍のない龍太にしても事情は変わらず、何より恐ろしかったのは母と引き離されることだ。龍太たちだけでなく、雑居ビルに住むいくつかの外国籍家族にしても事情は変わらない。

母は台所のテーブルにチョコレートやクッキーの箱を並べた。二つのマグカップに熱い茶を入れ、二人は向かいあって食べ始めた。躰の前にあるデイパックが邪魔だったが、食べたり飲んだりできないほどではない。

クッキーを頬張った龍太は母を見た。目が合うとどちらからともなく頬笑《ほほえ》みを浮かべた。

チョコレートに手を伸ばそうとしたとき、どこからともなく重い音が聞こえてきた。

どーん、どーん、どーん……。

音は地響きをともない、床がぐらぐら揺れた。

「地震？」

龍太がつぶやくと母は首を振った。

「わからない。こっちへ来て」

龍太は椅子から立ちあがり、母のそばにいった。母が両腕を広げ、尻を後ろにずらしたので龍太はその前に入りこんだ。母が抱きしめてくれた。母の柔らかな乳房を背中に感じて、どきどきする。久しぶりなのだ。

母がテーブルの上のスマートフォンを取りあげ、龍太の前にかざした。母の細く、しなやかな、でも、荒れた指が動き、アルバムを開く。一辺が一センチほどの小さな写真が横に五列、タイルのように並んでいた。もっとも下の段にある写真はすぐにわかった。つい一週間ほど前、近所の公園で撮ったものだ。龍太と並び、母がスマートフォンを持った右手をいっぱいに伸ばし、自撮りした。

母はしょっちゅう龍太を撮り、三枚に一枚は二人が並んだところを自撮りした。母の指が動き、写真が上から下へと流れていく。小さな写真だが、龍太には自分がどんどん幼くなっていくのがわかった。

ほとんどのカットで龍太は笑っていた。母がスマートフォンを構え、笑ってという。物心ついたときから同じように撮られていたので、いつの間にかスマートフォンを向けられると反射的に笑顔になった。いつも同じ顔、馬鹿みたいと龍太は胸の内でつぶやく。

背景には、要町のアパートや、その頃近くにあった公園、どこかのスーパーやデパートらしき場所が写っている。記憶にないところも多かった。

そのうち母が赤ん坊の龍太を抱き、自撮りしているカットになった。テーブルにつかまって立ち、カーペットに座り、やがて布団に寝かされた。その頃の写真になると龍太は憶えていない。

やがて最初の一枚になった。龍太の姿はなく、母が見知らぬ男と並んでいる。その写真をタップし、拡大する。

ごくりと龍太は唾を嚥んだ。男の細い目が龍太を睨んでいるように見えたからだ。青白い顔をして、笑みはない。前髪に一筋、白い房があった。

「この人は？」

予感があった。だから声がかすれたのだろう。今まで一度も目にしたことのない写真だ。

「お前が絶対に近づいてはならない男」

母をふり返る。母は目を細め、スマートフォンを睨んだままいった。

「お前の父親。だけど、絶対に近づいてはいけない。お前を妊娠していることに気がついた私は、この男から逃げだした」

「どうして？」

しばらくの間、母は龍太を見つめていたが、ひとつため息を吐《つ》くと話しはじめた。

「運命を感じた。飛行機を降りて、ターミナルに向かうとき、左の方に青い山が見えてね。ああ、ここに帰ってきたんだって感じたのね」

「ちょっと待って」龍太は頰張ったクッキーを茶で流しこんで訊いた。「それ、どこ？」

まるでその質問を予想していたように母はうなずくとスマートフォンに触れた。甲高《かんだか》い音声が途切れる。スマートフォンが目の前に置かれた。地図モードに切り替わっている。母が親指と人差し指の間隔を狭めるように動かし、広範囲の地図を表示していった。東京が関東圏になり、日本列島となったが、まだ指の動きを止めない。日本海が出たところで今度は西へと移動していく。やがて中国大陸北西部が映しだされたところで、今度は拡大していった。

「こんなもんかな。だいたい、このあたり」

そういって一点を指さした。

「帰ってきたって、どういうこと？　お母《マ》さん《ア》は台湾で生まれたんでしょ」

「そうだよ。これにはね、青峨の長い長いお話があるのよ」

また出た、青峨だと龍太は思ったが、黙って母の話を聞いていた。窓の外からは台風の不気味な唸りが聞こえていた。

「千年前……」

母がそういったときも龍太は目を見開きはしたが、何もいわず母の顔を見ていた。母がすっと手を伸ばし、龍太の唇の端からクッキーのくずを取って、そのまま龍太の口に押しこんできた。ほんのり冷たい母の指先を唇の間に感じる。

青峨は元々、中国北西部の山岳地帯、神々がいる崑崙《コンロン》と呼ばれる土地に住んでいた、と母はいう。千年ほど前、西からやって来たほかの民族との間に争いが起こり、敗れた青峨の一族は東へ、東へと移動を始めた。やがて中原《ちゅうげん》と称する中国大陸中央の平らな土地に出るが、そこは何千年にもわたって数々の民族、部族が奪いあっていた場所で安住はできなかった。青峨一族は南へ向かい、今でいう台湾へ渡る。

台湾も平野部は元々住んでいた部族が支配していて、山岳部へ入っていくしかなかった。しかし大陸でも険しい山間に暮らしていた一族だったので、山岳部での生活には慣れていた。ようやく平和な暮らしができるようになったという。どこから来たといわれて、山を指さしたところから青峨と呼ばれるようになったのはこの頃からなので、一族の名としては後付けだ。

母が椅子の上に足を上げ、靴下を下ろして左のくるぶしに入れた三日月形の刺青を見せる。

「これを入れるようになったのは、曽祖母ちゃんが教えてくれたところでは、千年前なんだって。土地を争って、負けて、自分たちのふるさとを捨てるとき、せめて一族の証を残しておこうとしたのが始まりって教わった」

靴下を引きあげ、母が笑みを見せる。

「本当かどうかわからないけどね」

台湾の山岳部に住むようになって何百年も経ち、二十世紀になると日本の軍隊がやって来た。それぞれの集落で別々の言葉を使っていたのだが、日本語に統一するよう強制され、それで青峨の一族も、そして母も日本語を不自由なく使えるようになった。

「私はね、こう見えて案外優秀だったんだよ。それで特待生として台北にある理科系の国立大学に進学した」

「嘘ぉ」

「どうして嘘なのよ。もし、私がその大学に進まなければ、お前が生まれてくることもなかったんだからね」

それから母は、龍太の父という男との出会いと、家族には猛反対された、といった。その上で恋愛は障害があるほど燃えるものだとまくしたてた。

「つまり？」

「恋する二人はめでたく結ばれた。少なくともあのときは」

　心臓がきゅっと引き攣《つ》れたように感じた。父親について話を聞くのは初めてだ。母は恐ろしいほど張りつめた表情で龍太の目をのぞきこんだ。

「お父さんは日本人で、私が通っていた大学の研究室にいた。医者で、専門は感染症だったんだけど、そのときは交換留学みたいな形でうちの大学にいたのね」

　母はスマートフォンをタップし、地図を閉じた。ふたたび前髪に一筋白髪が走っている、いやな目つきをした男とのツーショット写真が表示される。

「彼の方が先に私を好きになった。真面目で熱心な人であることは間違いなかったけど、真面目すぎたし、熱心すぎたのね。あとあとそれが問題になるんだけど。そのときは私も若かったし、夢を見てたんだ」

　その後、二人は正式に結婚、その男が中村だったので、母も日本では同じ姓を名乗ることにした。

「崑崙には、彼の仕事の関係で行った。崑崙というのは神々が住む伝説の山だけど、その近くにあった研究所の名前でもあった。彼はそこである研究をしていた」

　母の声は低くなり、怖かった。龍太は生唾を嚥んで声を圧しだした。

「この人はお父さんなのに近づいちゃいけないって、そのケンキュウのせい？」

　母は龍太をぎゅっと抱きしめた。しばらくそうしていたが、やがて中村がどのような研究をしていたかを話し始めた。すべてを理解できたわけではなかったが、龍太はうなずきながら聞いていた。

「そして、あの男は、私とお前まで実験台にした」

「ぼく？」

ぎょっとして訊きかえす。

「そう。お前はもう私のお腹にいた。とにかくお前を守らなきゃと思って、私は逃げだした。彼は追いかけてきた。私が頼れるのは青峨の人たちだけ」

「どうしてその人は追いかけてくるの？」

「実験の内容が秘密だったから。誰にも知られてはならなかった。だから……」

そこでふうっと息を吐いてから母はつづけた。

「私と、お前を殺そうと……」

母がいいかけたとき、ふっと台所の蛍光灯が消えた。母が手にしたスマートフォンのライトを点ける。

「停電だ」

口にしてから馬鹿みたいだと龍太は思った。

「そうね」

母がうなずいたとき、ドア越しに廊下で飛びかう怒鳴り声や悲鳴が聞こえた。龍太は母を見上げた。

「何かな」

「わからない」母が首を振り、龍太をまっすぐに見た。「こっち来て」

母に促され起ちあがった龍太は、いっしょに玄関まで行った。母がふり返る。

「靴、履いて」

「うん」

スニーカーに足を突っこみ、紐を締めあげている間に母もスニーカーを引っぱり出して履いた。紐のないデッキサイダーだ。母がふたたび龍太をふり返り、もう一度デイパックを引っぱる。

「大丈夫そうね」

「きついよ」

「我慢しなさい」母の眼差《まなざ》しは、はっとするほど真剣だ。「きついくらいじゃないと水に落ちたときリュックだけ流されるからね」

「水に落ちたときって……」

どーん、どーん、どーんという重い轟《とどろ》きに龍太の声が途切れる。母がドアノブをつかんで回した。後ろに差しだされた手を握った。母の手は汗ばんでいて、小刻みに震えている。

となりに住む小母《おば》さんが立っていた。母が声をかける。

「何があったんですか」

「わからない」小母さんが母に目を向け、次いで龍太をちらりと見たあと、母に視線を戻してもう一度いった。「わからない」

叫び声と悲鳴が聞こえたのは、そのときだ。廊下の右奥、階段の方だった。一階に住んでいる人のようだ。

「水が入ってきたぞ。水だ」

スマートフォンをかざして前を照らした母が龍太の手を強く引き、階段に向かって駆けだした。その間にも数人の男女が階段を駆けあがっていく。

廊下の端まで来て、階段をのぞきこんだ龍太は息を嚥んだ。

黒い水が渦巻きながら一階と二階の間にある踊り場までせり上がっている。水の間に青白い顔をした子供が見えた。一階に住む女の子だとすぐにわかった。母がスマートフォンの向きを変えたので、黒い水も女の子も見えなくなったが、固く目を閉じた顔は龍太の脳裏に刻みつけられた。

「こっちへ」

母がぐいと手を引く。水は二階の廊下に流れこもうとしていた。

4

2026年12月／東京都台東区浅草

一年前のあの日、母が龍太に躰の前でデイパックをかけさせたのは、そのことを想定していたからなのかはわからないが、少なくともハーネスをきつく締めあげたのは外れないようにするために違いなかった。

雑居ビルの屋上まで逃げたとき、荒川から溢れだした濁流はすでに三階まで達していた。ビルは四階建てで、屋上まで逃げられたのは七、八人に過ぎなかったが、誰もが給水塔の根元にかたまり、互いの手を握り合っていた。龍太は母と、顔は知っているが名前は知らない男の手を握った。

願いは生きのびること、川の水が屋上にまで達しないことだったが、空《むな》しかった。あの重苦しい音が轟きわたった。空を見上げたが、暗いばかりで雷光は見えなかった。そもそも音は川の方から聞こえていた。

押しよせる水がせり上がってきて、手すりをあっさり通りぬけ、屋上に広がり、降りつづく強い雨のせいですでにびしょ濡れになっていた住人たちに襲いかかった。龍太は男の手を握っていた右手をふり払い、両手で母にしがみついた。

母も両手で龍太を抱きしめた。

悲鳴が聞こえたかも知れない。よくわからなかった。いきなり水中に放りこまれた。実際は逆だ。水の塊《かたまり》が龍太と母を嚥みこんだのだ。

躰が浮き、尻がコンクリートの屋上から離れるのを感じた。

母が龍太の頭を両手で抱えこみ、耳元で怒鳴った。

『絶対に生きのびるの、何があっても』

いっしょじゃなきゃいやだといおうとしたが、開けた口に大量の水が流れこんできた。目も開いていられなかった。必死に母にしがみついたが、憶えているのはそこまででしかない。

失神したまま流された龍太が生きながらえたのは、胸の前に着けたデイパックの浮力で顔が水面の上から出ていたからだ。背負っていたのでは、うつ伏せで流され、顔は水に漬かったままだったろう。

いや、生きながらえたのは運がよかったからに過ぎない。

神社の植え込みの下で龍太はスポーツバッグのファスナーを開き、中から黒くて、小さなデイパックを引っぱり出した。デイパックには、あの日と同じように完全防水ケースに入れたスマートフォンと、空っぽの五百ミリリットルペットボトルが入れてある。

スポーツバッグには着替えが入れてあったが、またどこかで手に入れればいい。バッグを植え込みの下に押しこみ、デイパックを胸の前に着けた。背中に両手を回し、ハーネスをつなぐ留め具を固定した。たった一年だが、龍太の躰は大きくなっている。ハーネスは成長に合わせてゆるめてきたが、それでもいざというときには、あの夜と同じように苦しいくらいに締めあげるようにしていた。

龍太は植え込みの下で躰を低くしたまま、四駆のパトカーが通りすぎていった通りに目をやった。降りしきる雨に街灯が滲《にじ》んで見える。街灯は間引き点灯されていて、神社の表門の辺りを照らしているだけで、街並みは闇に沈んでいる。

耳を澄ましたが、聞こえてくるのは雨がアスファルトを打つ音だけ、車のエンジン音はなかった。雨音は龍太の足音も消してくれるはずだ。四つん這いになって植え込みから出た龍太は金属製の柵にたどり着いた。柵の高さは一メートル半ほどでしかない。胸の前のデイパックが多少邪魔になったが、よじ登ることはできた。

最上部までのぼって、柵をまたぎ、道路側にそろそろと降りる。両足をつけ、駆けだそうとしたとき、強い光に照らされた。反射的に顔の前に手を出し、光をさえぎろうとした。

「動くな」

男の声が聞こえた。目の前に出した手の下からのぞきこむと爪先の丸い、ごついブーツが見えた。

ふたたび男の声がいった。

「おやおや」

爪先が近づいてくる。ほんの一メートルほどのところに止まった。光がわずかに下がる。

龍太は手を下げた。

警官の顔が見えた。アワノだった。

「よほど縁があると見える」

龍太は身構えた。次に訊かれるのは名前、年齢、住所だ。しかし、アワノは意表を突いてきた。

「何かあったかい物を食わせてやろう。何がいい？」

「うどん」

反射的に答えていた。歩きまわっている間中、湯気を立ちのぼらせているうどんがちらしていて、そのたびに空っぽの胃袋が身もだえしていた。

「へえ」アワノが目の前にしゃがみこみ、マスクを下ろし、帽子のつばを押しあげた。

「ずいぶん渋いことをいうんだな」

次いで、はっとしたように目を見開く。

「雷門前のうどん屋だな」

庇《ひさし》から溢れ出る湯気と出汁の匂いが同時に蘇り、胃袋が動いて、ぎゅるると音が鳴った。

「カップ麺になるかも知れないけど、うどんなら何とかなるだろう。それに乾いた服が必要だ。持ってるか」

龍太は首を振った。

乾いた服という言葉が瞬間的に脳の芯に撃ちこまれ、とりついて離れなくなった。ここ数日、下着までぐっしょり濡れていた。去年、母と別れてからというもの衣類は何度か手に入れていたが、何日も同じものを着ていることが多く、風呂にもずっと入っていないのでたとえ新品を身につけても肌そのものがじっとり湿っている感じなのだ。

「中古のジャージくらいしかないけど、パンツもシャツも新品だ。まあ、その前にシャワーでも浴びた方がよさそうだけどな。シャワーと飯、どっちが先がいい？」

次いでアワノが苦笑する。案外人の好さそうな笑顔になる。

「これじゃ、新婚さんのコントだ。それでどっち？」

「飯」

うなずいたアワノがまっすぐに龍太を見る。笑みは消えたが、眼差しはおだやかで包みこまれるようだ。

「名前は？」

「中村龍太」

「歳は？」

「たぶん十歳」

「たぶんって？」

「よくわからない。マア……、母さんがいなくなったから」

すらすらと答えているのが不思議でしようがなかった。口が勝手に動いている感じだ。何か考えているのかも知れなかったが、アワノは表情を変えず、あっさりうなずいた。

「じゃあ、まずうどん。それからシャワーを浴びて、乾いた服だ」

「そのあとは？」

「もう遅い。とりあえず布団に入って寝ろ」

「留置場で？」

「へえ」アワノが眉を上げる。「留置場に入らなきゃならないことでもしたのか」

「いや……」

「宿泊施設くらいある。話は決まりだ」

立ちあがったアワノが肩につけたマイクを取り、口元に持っていった。

「浅草地域、アワノ……」

どんと突き上げるような衝撃が足下から来た。

立っていられないほど強い。

さっと血の気《け》が引いた。

アスファルトの路面がぐいっと持ちあがり、足をすくわれた龍太は思わず悲鳴をあげ、尻餅をついた。気味が悪かった。地面が二十センチほどもゆっさ、ゆっさ、ゆっさと持ちあがっては下がる。

アワノの腕が伸びてきて、龍太の頭を抱えこむ。目の前に、さっきアワノが声を吹きこもうとしていた小さなマイクがぶら下がっている。アワノの力は強く、身じろぎもできない。

突き上げるような衝撃が横揺れに変わった。

ゆらゆらゆらゆら……。

揺さぶられる度に声が漏れる。

「うわっ、あっ、ひゃっ」

「うるさい」

「すみません」

「わっ、クソッ」

アワノの腕の力がさらに強くなる。左目の上辺りにＰＯＬＩＣＥと書かれたシールが押しつけられ、地震にあわせてこすりつけられる。痛くてしようがなかったが、アワノの腕力は緩まない。

すぐ近くで金属が軋《きし》み、引きちぎられるような重い音がして目をやる。朱色の鳥居が左右に取りつけられた同じ色の柵ごと道路に倒れ、植え込みを押しつぶす。つい先ほど乗りこえた金属のフェンスが波打っている。

咽もとに酸っぱい塊がせりあがってきて、噎《む》せそうになった。

「げっ」

今度はアワノがおかしな声を発した。腕が緩み、顔を上げる。アワノが目を見開いていた。視線の先を見やると、ぐらぐら揺れていた神社の正面にある石造りの大鳥居が倒れ、柱が大きな石灯籠《いしどうろう》にもたれかかってともに崩れた。

だが、音は聞こえない。音がないのではなく、地鳴り、境内《けいだい》の植え込みのざわつき、建物の揺れが混然となって周囲に満ちているせいだ。時おりガラスが割れるような甲高い音が聞こえる。

アスファルトが不気味にうねっている。

ずいぶんと長い時間が経ったような気がしたが、おそらく一分もなかっただろう。少し揺れが収まった。

アワノが声をかけてくる。

「立てるか」

「大丈夫」

二人は立ちあがった。足の下で地面は揺らぎつづけている。

龍太は周囲を見まわした。狭い道路を挟んで向かいにある古い二階建ての家には亀裂が入り、家の前にとめてあった自転車はすべて倒れている。植木鉢は棚から落ち、道路で砕けて周囲に茶色の破片が散らばっていた。

左に目を転じた。比較的新しい四階建ての住宅は何ともないように見えたが、正面のブロック塀は崩れ、ばらばらになって道路に広がっている。

ふっと街灯が消え、辺りが真っ暗になった。咽がすぼまり、情けない悲鳴が漏れそうになったが、何とかこらえた。

アワノが懐中電灯のスイッチを入れた。

暗闇の中、そこここで青白い光が閃《ひらめ》くのが見えた。

「電線が切れてる。歩くときに注意しないと」そういいながらアワノが周囲を照らしながら見まわす。「近くに高い建物はないから、とりあえず頭の上に何か落っこちてくることはないと思うけど」

また地鳴りが聞こえた。周囲でいっせいに起こり、環《わ》をすぼめるように近づいてくる。

「しゃがめ」

アワノがいい、龍太はあわてて腰を落とした。

どんと突き上げるような衝撃が来て、両足が浮く。アワノが絞りだすようにいう。

「さっきより大きいぞ」

アワノがいった通りにアスファルトがうねり、しゃがんでさえいられずに二人は尻をついた。何度か突き上げるような衝撃が来たあと、ぐらぐらと横揺れが始まった。

二人そろって悲鳴を上げていた。

「あわわわわ」

左後ろで大きな音がして、ふり返った。ついさっき見た古い二階家の辺りだ。稲光《いなびかり》のように垂れさがった電線がスパークし、一瞬周囲を照らす。二階家がつぶれ、もうもうと土ぼこりが広がっているのが見え、すぐ闇に噛みこまれた。

まだ雨が強く降っている。

しばらくの間、胃袋の底を持ちあげるような気味の悪い重低音がつづいた。何かが崩れる音、引き裂かれる音、甲高い弾ける音が重なり合う。不思議と人の声は聞こえない。周囲にはもう誰も住んでいないのかも知れない。

「まわりに人はいないの？」

「いや」アワノの声は苦々しい響きがあった。「去年の台風で江東区や江戸川区で大きな被害が出たとき、この辺り一帯にも避難指示が出た」

「わかる」

「えっ？」

「平井にいたから。川の近くだった。四階建てのビルの屋上に逃げたんだけど、水に嘸まれて、それで母とはぐれてしまった」

「そうだったのか。大変だったな」アワノが顔をしかめて言葉を継いだ。「だけど、ここは無事だった。それで住民が帰ってきたんだ。ずいぶん文句をいわれたよ。お前のいう通りに避難したけど、何ともなかったじゃねえかって」

「何ともなかったら文句いうこともないのにね」

「まあね」

ふたたび強い揺れがおさまる。まだ足下は左右に動いているようだが、二度も強い揺れを経験したあとでは大したことがないように思えた。

二人は恐る恐る立ちあがった。

「ちょっと待って。署に連絡してみる」

アワノが肩から無線機のマイクを外して口元に持っていく。

「浅草地域、アワノから本部」

マイクを耳元に持っていき、首をかしげている。もう一度同じことをくり返したが、ため息を吐いてマイクを肩に着け直した。

「どうしたの？」

「わからない。何の応答もないんだ」

「これから、どうするの？」

「とりあえず署に戻ってみるか。戻れば、何かわかるだろ。ここからなら歩いて十五分か二十分だけど……」

「途中の道路がどうなっているかわからないもんね」

「そういうこと。だけど、歩いているうちにPCに出会うかも知れないし……」何かを思いついたらしく、笑みを浮かべたアワノが龍太に顔を向ける。「日本堤交番がある。ここからなら目と鼻の先だ。交番に行けば、ケイデンも使える」

おそらく警察の専用電話という意味だろう。今は質問を重ねるタイミングではない。交番に向かおうとしたとき、後方で大きな音がした。

どーん、どーん、どーん……。

「何だ、今度は？」

音のした方を見やるアワノがつぶやくようにいった。

「川だ」

「何だって？」

「平井で聞いた音に似てる。この辺りに大きな川ってある？」

「隅田川。おれたちの後ろの方、ちょうど音の聞こえた辺り」

「そこまで何メートルくらい？」

「五、六百メートルかな」

「とりあえず高いところに登らなくちゃ」龍太はアワノの手を取った。「この近くに何かないの？」

周囲を見まわしたが、べったりと闇が広がっているばかりだ。

「この裏に老人ホームがある」

「大きい？」

「八階建て」

「そこだ」

まだ余震で地面が揺れているので走るわけにはいかなかった。それにアワノが首をかしげている。

「隅田川が溢れるのかな。去年の台風ほど今の雨はひどくないが」

「そんなこと、あとで考えればいいじゃん」

アワノのいう老人ホームは神社のすぐ裏手にあった。門を入り、玄関に向かったが、ガラスの自動扉は閉ざされたままだ。アワノが叩き、大声を出したもののホールは暗いままで人の気配はない。

龍太は右手に非常階段があるのを見つけた。

「あれだ。あれを登ろう」

そういうなり非常階段に取りついたが、登り口の柵が閉ざされている。

「不法侵入……、幇助……」

ぶつぶつつぶやいていたアワノが両手の指を組み合わせ、前に出した。

「おれの手を踏んで柵を登れ」

「わかった」

柵を乗りこえ、中に入ったところで留め金を外した。だが、アワノは入ってこようとせずにいった。

「水が来たら階段を登れ」

「あんたは？」

「川の様子を見てくる。ほかの住民も気になるし、本部との通信もある」

「だけど」

「いいから」

アワノは強い語気でいうとくるりを背を向け、門から出て行った。

5

2026年12月／東京都台東区上野

大型テレビに映しだされている銀髪の男は、体内に宿る痛みをこらえているような表情をしていた。

『まずはこのたびの首都直下大地震で亡くなられた方々にお悔やみを、また被災され、不自由な避難所生活を強いられておられる皆さまにお見舞いを、心から申しあげます』

目をつぶり、マイクの前で頭を下げる。記者会見場にも大型テレビが置かれた中学校の体育館にも声はなく、静まりかえっている。

十秒か、十五秒ほどして顔を上げた男の表情は一変していた。両目はきらきらして、力がこもっていた。

画面の下の方には、内閣総理大臣桂《かつら》小太郎《こたろう》とテロップが出ている。

『現在、我が国は国難ともいうべきレベルの危機に瀕しております。二〇二〇年前後からくり返し襲ってくる台風、大雨等による洪水と、このたびの大地震によるものです。我が国から目を転じて地球規模で見ましても超大型の台風、ハリケーンが世界各地で深刻な被害を引き起こしております。さらに年平均気温が年々上昇し、それにともなって海に変化が見られます。海洋生物の生態が変わり、漁業に打撃をあたえ、海水面が上昇しており、我が国でも急速な海岸線の後退が見られます。さらに世界各国、各地で発生している大規模な……、それこそ我が国の国土面積を軽く上回る地帯を焼き尽くす森林火災が発生しております』

言葉を切った総理がまっすぐにカメラを見つめている。

避難所となった上野にある中学校の体育館で龍太はテレビを見ていた。テレビの前には数十人が集まっており、龍太は少し離れたところで一人立っていた。

神社のわきでアワノにつかまった直後、大きな地震に襲われ、そこで重々しい音を聞いた。

どーん、どーん、どーん……。

母と聞いた音によく似ていたところから洪水を連想した龍太は、アワノに逃げることを提案した。神社のすぐ裏にあった老人ホームへ駆けこんだのはアワノに連れられて、だ。非常階段をふさいでいた柵を乗りこえ――アワノが自分の手に龍太の足をかけさせ、登らせてくれた――、上へ逃げた。

アワノは非常階段に登ろうとはせず、隅田川の方へ駆けだしていった。

それから二日が経っている。

龍太にとっては皮肉な結果といわざるを得ない。逃げこんだ先が老人ホームだったために孤立した直後、消防のゴムボートによって入所者や職員、近所から逃げこんできた人々といっしょに救出され、上野の山の上にある中学校まで避難することができたのである。避難所では食糧も与えられたし、混乱のさなか身元確認も住所と名前を告げただけでそれ以上詮索されることはなかった。住所は平井のアパートの所在地として、浅草には母親の知り合いを頼ってきたと答えた。

少なくとも龍太の素性にそれ以上関心を払う者はなかった。大地震、川の氾濫、そして今総理が会見場で話しているような世界規模の災害によって混乱の極みにあるためだろう。避難所では、とりあえず横になれるスペースがあり、最低限の飲用水と食糧が配られた。

隅田川がどのように氾濫したのかは、今見ているテレビで解説された。すべてを理解したとはいえないが、わかりやすいたとえがあった。解説者が縁までいっぱいに水をいれたバケツを揺すってみせたのである。バケツの中で波打った水は簡単に溢れだした。同時に隅田川の両岸で地震による液状化現象が起き、堤防の土台が沈んで低くなった。どれほど頑丈に造られた堤防でも基礎が沈んだのではどうしようもない、といった解説者の顔はひどく疲れているように見えた。

テレビでは総理がふたたび話し始めた。

『地球規模で起こっている現象について、その原因が地球温暖化にあり、温暖化を引き起こしたのが温室効果ガス、二酸化炭素である……』

総理が言葉を切る。目がきらりと光った。

『などということは、今はどうでもいいのです。我々は今起きている状況に対処しなくてはなりません。地震および隅田川氾濫の被災状況を把握することは重要ですが、今は被災された方々の救出、救援が最優先であります』

総理が会見場を見渡す。やはり誰も声を発しなかった。小さくうなずいた総理が右手の人差し指を立てる。

『もう一つ、国民の皆さまにお伝えしなければならない事態があります。我が国では、二〇一九年に発見され、翌年パンデミックを引き起こした新型コロナウイルスについては、希望する方全員にワクチン接種を行ってまいりました。それにより新型コロナもインフルエンザ並みにコントロール下に置くことができ、二〇二三年春には、事態の完全終息を宣言することができ、以降、今年に至るまで毎年定期的な接種を行ってまいりました。すでにくり返し報道されているので、皆さまもよくご存じかと思いますが、ウイルスは毎年、年によっては年に数回変異し、そのたびに流行の兆しが見えました。大規模なワクチン接種によってこうした事態にも対処してまいりましたが、今回の震災により、今月末から来月にかけて予定されていた本年二度目の接種に支障を来す恐れが出てきました。できるかぎりの対処をしておりますが、少なくとも首都圏におきましては接種の開始時期が年末から来年初頭にずれ込まざるを得ない状況にあります』

大きく息を吸いこんだ総理が力強い声でつづけた。

『このたびの首都直下大地震で被災された方の救出、そして避難されている方の支援を最優先とします。同時にＳＩＮコロナ用のワクチン、治療薬の確保を進めてまいりますが、まずは皆さまに感染防止策をお願いしたい。今、東京がかかる甚大な被害を受けた状況下にあって、ＳＩＮコロナウイルス感染症が拡大すれば、被害がどこまで広がるか予想もつかない状態にあります。このため政府は、たった今、全国に対し、非常事態宣言を発します。国民の安全を確保するため、法的強制力をもった非常事態宣言であり、これまでの緊急事態宣言の上を行くものであり、そこまで我が国が追いつめられていることをご理解ください。すべては現在の状況を乗りこえ、国民の皆さまが生き残るための方策であります。乗りこえましょう。我々には必ずできるはずです』

次いで記者からの質問に移り、総理は一つひとつにていねいに答えていった。三人目にひときわ甲高い声を上げげた記者が指名されると、テレビの前に集まっていた人のうち何人かがこれ見よがしに嘆声を漏らした。

「あーあ」

「また、こいつだよ」

「目立ちたがり屋のパフォーマンスか」

次々にテレビの前から人が離れていく。総理は小さくうなずきながら記者の質問に耳をかたむけていた。

龍太もテレビの前を離れた。少し離れたところでしゃがみ込んだ女性が、龍太と同じ老人ホームから救出された女性の入所者に質問していた。かたわらには男性介護士が寄り添っている。

「アワノというんですが、見かけておられませんか」

思わず目を向けた。女性は紺色の防災服を着ており、背中には黄色で警視庁と入っている。女性警官は写真を見せているようだ。

「浅草警察署の地域課員なんですが、おたくのそばを警邏《けいら》中に地震に遭いまして……」

女性警官が手にしている写真をのぞきこみたい衝動に駆られたが、何とかこらえ、ゆっくりと歩きつづける。避難所には何人もの警官が入れ替わり立ち替わり姿を見せている。

アワノという名前に心臓の鼓動が速くなる。浅草警察署ともいっていた記憶があった。

だが、龍太は目を向けないようにして女性警官の後ろを通りすぎた。

「地震直後から連絡が取れなくなっているんです」

体育館を出て、左手にあるトイレに向かう。手洗い場の前に痩せた男が立っていた。上半身裸になって、洗面器に浸したタオルを持ちあげ、絞る。

横顔を見て、足が止まった。

雷門のすぐそばにあったうどん屋の店主だ。鏡越しに目が合う。店主も龍太がわかったようだ。ふり返り、右手を上げる。鏡に映った右腕を見て、龍太は息を噛んだ。

二の腕に三日月形をした、黒い刺青が入っている。


うどん屋の店主が後ろをふり返り、中学校の校門付近に人影がないことを確かめてから
タバコとライターを取りだす。

「どこもかしこも禁煙、禁煙ってうるさいっての。中学生でもあるまいし、どうして一服するのにまわりをきょろきょろしなきゃならねえんだか」

一本をくわえ、火を点けると深々と吸いこんだ。いったんタバコを唇から離し、さらに息を吸いこむ。

そんなに深く喫ったんじゃ、躰に悪そうだなと思ってながめていると、龍太の目の前にタバコを差しだした。龍太は首を振った。

「遠慮するなよ」

「いえ、大丈夫です」

「そうか。なら無理にとはいわないが」

店主はタバコとライターをスウェットのズボンに突っこんだ。もうひと口吸いこみ、煙を吐いてから訊いてきた。

「お袋の名前は？」

洗面所で会ってから学校を出てきた。避難所に指定されている学校は敷地内すべてが禁煙になっている。避難所に指定される以前から公立学校では喫煙できる場所がなかっただろう。出ようと店主はいい、校門の外へ出て、斜め前にあるＪＲ鶯谷《うぐいすだに》駅の前までやって来ていた。その間に龍太は店主の右腕に入っている刺青について訊ねた。店主はあっさり青峨の印だと認めた。

「中村恵梨《えり》です」

「違うだろ」

眉の間に深いしわを刻んだ店主がじろりと龍太を睨む。

「恵梨《フイリイ》」

「珍しい名前だな」

「日本語だとえりと呼べるんで、その方が都合がいいと」

「まあ、あの連中は日本語が得意だからな」

「あの連中って……」

「おれが生まれたのは浅草だ。台湾の山ん中から日本に出てきたのは祖父《じい》さんさ。戦争前だ。それで日本一の繁華街、浅草の台湾料理屋で修業をはじめた」

「やっぱり日本語ができたから？」

店主が笑った。

「戦争前、台湾にいる人間は皆日本人だった。戦争が終わって、日本が引きあげてからの方が大変だったところもある」

とくに青峨は、と龍太は胸の内で付けくわえていた。

パスポートに記されている母の名前はたしかに王恵梨《ワンフィリイ》だが、基隆にいた頃も家の中ではえりと呼ばれていた。えりは日本語だが、中国の風習にしたがって小《シャオ》さな恵梨《エリ》といわれていたらしい。

「お前は？」

「ロンタイ、龍に太いと書いて」

店主が目を見開く。

「おれはタイイエンだ。お前と同じ太いって字に、源はみなもと。戸籍では呉松源太郎《くれまつげんたろう》ってんだが、この名字がいい加減でな。祖父さんが日本に来て、働いた店の真ん前に大きな松の木があったんだってよ。それで自分《てめえ》が元々背負ってる呉って家名に松をくっつけた。親父がおれにつけた名前は呉太源《ウタイイエン》よ」

タバコを吸い、煙を吐きながら呉は鶯谷駅の北側、低くなっている方に目を向けた。

「それにしてもひでえことになったもんだ」

線路を挟んでラブホテルが林立する一帯まで川の水が押しよせている。ネオンサインはまったくなく、街は暗いばかりでぽつり、ぽつりと灯っている街灯の光でかろうじて建物の輪郭が見てとれるに過ぎない。それでいて水面《みなも》は光を反射してうねっているのがわかった。

　呉が顎をしゃくった。

「おれの住処《すみか》は下谷でな。古いマンションだ。五階建てだけど、昭和の長屋を縦にしただけじゃねえかって代物《しろもん》だ。地震が来たときにゃ、もう部屋で焼酎飲んでひっくり返ってた。あわてて飛びおきたぜ。あれだけの地震だ。マンションが崩れると思った」

「大丈夫だった？」

「何とかな。ぎしぎしいってたから水ぅ食らってがらがら崩れたかも知れねえけど」

　呉が深いため息を吐く。

「それにしても水が引かねえな。東京の右っ側《かわ》は水浸しだろ」

　地図でいえば、東を右側といっているのだろうと察しがついた。くり返し流れているニュースによれば、荒川区、台東区、足立区、江東区、江戸川区での浸水被害がひどいようだ。去年水没した江戸川区周辺は、ほとんど復旧していないところへ地震と洪水が襲ってきたことになる。

「東京だけじゃねえ。千葉もめちゃくちゃらしいな。市川から浦安にかけて海辺は沈んで、浦安あたりじゃ、液状化っての？　地面がずくずくンなって高級マンションがばたばた倒れているってじゃないの。まったくよぉ、歯槽膿漏だよ」

「何、それ?」

「ロンタイくらい若いとわからねえだろうけど、歳とるとな、歯茎がいかれて歯がぐらぐらんなって抜けるんだよ。一本抜けりゃお終《しま》いさ。あとは共倒れ……」

「いい歳こいて、中学生《チューボウ》みたいなことしてるな」

後ろから声をかけられ、呉と龍太は同時にふり返った。先ほどアワノについて訊いてまわっていた女性警官が立っていた。

「おやおや、せっかくの浅草小町がそんなでっかいマスクしてたんじゃもったいないぜ」

どうやら顔見知りのようだ。呉は手近なところにあった看板にタバコを押しつけ、火の点いた部分だけを落とすと残りを耳に挟んだ。

「せこい真似《まね》をするんだね」

女性警官がにっと笑う。目尻にしわが寄った。それほど若くはなさそうだ。

「高いからねぇ。知ってる? 今、一箱千円だぜ。一本二十五円だ。半分吸って十二円五十銭、住みにくい世の中だよ。おまけにあちこち禁煙だし」

「ここもそうだ。公共施設は敷地内全域が禁煙になってる」

「いやな渡世だよ、まったく。ところでどうして小町姐《ねえ》さんがこんなところまで出張って……、いや、あんたんとこの縄張《ニワバ》りは全部水の底だったたか」

「そう」小町と呼ばれた女性警官がうなずく。「実はうちの課員何人かと連絡が取れなくなってる。そのうちの一人が最後に連絡してきたのが玉姫稲荷《たまひめいなり》の近所でね。ここには、あそこにある老人ホームから救助された人たちが収容されてるだろ。何か見た人がいないか訊きに来てる」

「仕事を兼ねて身内の捜索か」

「いや、今は非番。地震発生からこっち、ずっと休みなく動きっぱなしだから。ようやく半日休みが取れたんで」

「ご苦労さん。知らずに減らず口をたたいて失礼した」

「いや、かまわない」小町が龍太に目を向けた。「そちらは？」

何と答えたものか迷っているうちに先に呉が答えてくれた。

「うちの常連だ」

「ずいぶん若そうね」

「若くたってうどんは食う」

「へえ、ゲンの店の常連とはね。あんたのところは浅草一コストパフォーマンスが悪いって評判なのに。値段は高級店、でも浅草で一番不味《まず》い」

「何とでもいえ。おれんとこは本物のカツブシ使ってんだ。今や貴重品だよ。だから値段も高くなるし、たっぷり使うってわけにもいかない」

「本物かぁ、しばらく食べてないなぁ」

「水が引いたら、いつでもどうぞ。歓迎するぜ」

ほんの一瞬、小町が呉を見つめた。思いつめたような眼差しに、胸を突かれるような気がした。

「ありがとう。それじゃ」

そういうと小町が背を向け、坂を登っていった。背中を見送りながら龍太は先ほど見せた眼差しの意味を考えていた。おそらく呉のいった水が引いたらという言葉に反応したのだろう。海面が上昇し、東京の右側を流れる三つの川の河口部はいずれも水没している。去年、被災した江戸川区一帯がいまだ復旧の目処が立っていないのは、水が引かないせいなのだ。隅田川にしても河口が海に沈んでいる中、どんどん水が流れこんでいる。いつになったら水が引くものか……。

「おい、お前の母ちゃんの名前、何ていったっけ」

呉が訊いた。

「フイリィ……、ワン・フイリィ」

「聞いたことがあるぞ」呉が腕組みする。「洪水に遭ったのは、去年の九月だよな?」

「そう」

「あいつと会ったのは、今年の初めだから」

ぶつぶついっている。龍太は呉を見上げた。

「たしかワン・フイリィって名前もあったような気がしたが」

「名前があったって、どういうこと？」

「絶望の丘よ。そこで看守やってる奴に青峨がいるんだ。今は故郷《クニ》に帰ってるんだが」

「絶望の丘に？　あそこは日本の政府がやってる収容所でしょ」

「まあ、刑務所《むしょ》みてえなもんだな」

「どうして青峨の人がそんなところの看守なんかやれるわけ？」

「今、この国はがたがたよ。外国人の収容所どころか、刑務所の大半が民営になってて、その仕事を請け負ってるのが中国の会社だ。その会社だって日本での現地採用なんかいい加減だからな。鉄格子挟んで中と外で、前は隣同士だってのがずいぶんいるらしくて……」


現在（ＵＴＣ　２０３１／１１／１７　１８：３０：０５）

「だけど、この呉太源って男が悪い奴だった」

うつむき加減でぼそぼそ話しつづける龍太の顔をのぞきこもうとしているうちに、天井辺りから少し下りたようだ。さっきまで見下ろしていたというのに今は龍太の目の高さほどになっている。

ふいに龍太がわたしの方を見たかと思うと大きく目を見開いた。

レナードが龍太の様子に気がつき、やはりわたしを見る。

「わたしやこの少年を霊能者か何かと勘違いしているかも知れないな。ほら、後ろを見ろ」

手を上げたレナードが指さした方を見やる。壁一面が巨大な窓になっていて、その向こうは回廊になっているようだ。

つややかなガラスには、赤と緑のライトが映っている。その正体がわかって、息を嚥んだ。

背後でレナードが話し始める。

「どうやら先にわたしの話をした方がよさそうだ。そもそものきっかけは、もう二十一年も前にあった。二〇一〇年六月十一日、妻の運転する車に大型トレーラーが突っこんだ。ちょうどミア……、娘を助手席に乗せていた。バレエのレッスンの帰りでね」

ガラスに映っている物体から目を離せないまま、レナードが話しつづけるのにじっと耳を傾けていた。

第三章　ＭＩＡ

1

2010年6月11日／アメリカ合衆国カリフォルニア州

ジェームス・レナードは立ち尽くしていた。

ベッドに寝かされた人の形をした物体は包帯に覆い尽くされ、とくに頭部は分厚く巻かれていたために眼窩《がんか》のくぼみや鼻梁がわずかな凹凸《おうとつ》を形成しているに過ぎなかった。どこをどうすれば、黒くつややかなショートボブの髪——小さな顔によく似合った——や、ちょっと小生意気そうな尖った鼻、聡明にして深い光をたたえたアーモンド形の瞳、絶えず動きつづける生き生きとした唇、細く尖った顎を想像できるというのか。

それでも包帯の上に記憶している面差しを重ねようとしていたレナードの努力を、かたわらに立っている、リムレスのメガネをかけた体格のいい男性医師の言葉がことごとく粉砕した。

「まことにお気の毒です、ご主人。事故の詳しい状況については外で待っている担当の警察官から話があると思いますが、奥様が当院に搬送されてきたときにはすでに亡くなられていました。相手の車は車体の左側、運転席付近に突っこんだようです。運転席はほぼ押しつぶされたようで、奥様は頭部、頸部、左半身を損傷され、即死されたと推定されます。一応、頭部および顔面には合成樹脂製のプレートをかぶせ……」

ハンドルとシートの間で妻――リンダの肉体はぐしゃぐしゃに破壊され、分厚い包帯の下にレナードが何とか見いだそうとしていたかつての容姿はない。包帯を外せば、そこにあるのは工場で大量生産されたプラスチック製の面に過ぎない。皮膚、脂肪層、骨、目、鼻、唇、髪は混じりあい、要は血まみれのオートミールがのっぺりとした容器に詰められているだけということだ。

躰も包帯に包まれていて、その姿はまるでマンガに出てくるエジプトのミイラにしか見えなかった。淡いグリーンのシーツが胸元まで引きあげられている。わずかに右の鎖骨あたりがのぞいていたが、そこには乾いた血がこびりついていた。

レナードはリンダを見下ろしたまま、訊ねた。

「ミア……、娘は？」

「集中治療室で治療を受けています。右腕と肋骨を骨折していますが、深刻なのは脳挫傷です。現在、救命措置を行っています」

脳は頭蓋骨という堅牢な容器の中で、脳脊髄液に浮かんでいる。頭蓋骨の中で剝き出しなわけではなく、柔軟にして丈夫な五層の膜に覆われていた。脳脊髄液は羊水のようなもので、柔らかな子宮のかわりに硬い頭蓋骨に守られて浮かんでいると教えてくれたのは、脳科学者のリンダだ。

もう何年前になるだろう。脳挫傷という言葉がぴんと来ないとレナードがいったときだ。間髪を入れずリンダがわかりやすい例を引いてくれた。

『あなたは今コンビニエンスストアにいて、棚からプラスチックの容器に入ったプリンを取ろうとしている。いい？』

『ああ』

『なぜか手が滑ってプリンを落としてしまった。でも、大丈夫。プラスチックの容器は割れなかった。いい？』

『ＯＫ』

『さておうちに帰ってきて、いざ食べようとシールを剝がしたら容器には傷一つなくてもプリンがぐちゃぐちゃになっている。それが脳挫傷』

なるほど、わかりやすい。

だが、そのリンダがもういない。

医学部にいたリンダと、電子工学を専攻していたレナードとは母校カリフォルニア大学バークレー校で知り合った。同じ研究室にいた友人のパーティーで紹介されたとき、レナードは胸のうちでつぶやいた。

わお、今まで出会った中で一番の美人だ——。

瞬間的に抱いた第一印象は生涯記憶に刻まれると思った。事実、その通りとなったが、正直なところ、もう一つ悲観的な予感もあった。パーティー会場でおざなりな挨拶とお喋りのあとは二度と会うこともない、と。

学生時代のレナードはひょろりとしていて、髪はぼさぼさ、顔はにきびだらけで、度の強い太い黒縁メガネをかけている、イケてないコンピューターオタク系学生の典型だった。高校生の頃までに二人の女の子と付き合っていたものの、どちらにも三ヵ月ともたずにふられていた。

アジア系のリンダ・スーはきらきらしていて、レナードには眩《まぶ》しいほどだった。

初対面の瞬間に予測した通り、学生時代は二度と会うことがなかった。その日のパーティー会場ですら。

再会したのは、レナードが二十六歳のときだ。人工知能に関する学会がモントリオールで開催され、リンダはオンタリオ州の大学で脳科学の研究室にいた。レナードが学会に出席したのは、母校で人工知能について研究していたためである。

まず驚かされたのは、リンダがレナードを憶えていたことだ。その夜、懇親会のあと、レナードはおそるおそるリンダを誘った。リンダがにっこり頬笑んで、ＯＫと答えた瞬間からレナードの靴は地面から一インチほど浮きあがった。

食事をして、市街地にある有名なバーで酒を酌み交わすことになったのだが、立てつづけにワインを呷《あお》ったにもかかわらずまるで酔った気がしなかった。いや、それ以前に意識を半ば失っていて、酒が回っていかなかっただけだろう。

いくら足を踏みしめても暖かな空気の中、ふわふわした雲の上で漂っているようにしか感じられなかった。天国があるとしたらこんな感じだな、と本気で信じた。

六フィート近いレナードからみれば、五フィート三インチのリンダは壊れやすい中国製陶器そのものだったが、つきあい始めてすぐに、見た目とはまるで違うことがわかった。彼女はしなやかさと強《したた》かさを併せもつ強い人間だった。

再会から一年後、二人は結婚した。リンダが妊娠したためである。レナードは母校に近いサンフランシスコ郊外のアパートに住んでいたが、リンダにとっても母校であり、住み慣れた場所でもあったのでいっしょに暮らすのに抵抗はなさそうだった。

結婚の際、二人は確認し合った。お互いに大切なパートナーなのは間違いなかったが、何より大事なのはそれぞれの研究という点だ。

リンダは、自分の研究よりも大切で夢中になれる対象が存在するなど想像できなかったといったが、レナードもまったく同感だった。リンダ二十六歳、レナード二十七歳のときに娘が生まれた。産婦人科のベッドで生まれたばかりの女の子を抱いた妻のところへ行ったとき、ふとリンダがいった。

マリア——。

何もかもがはるかに昔から決まっていたかのようだった。リンダとの出会いも、娘の誕生も、二人と会うのが柔らかな照明の下で、清潔なシーツに包まれたベッドのそばだったことさえも。レナードはすぐに同意し、娘の名はマリアに決まり、ミアという愛称が定着するまでそれほど時間はかからなかった。

だが、今、リンダと出会ってからの時間すべてが消え去ろうとしていた。

「お気の毒です」

「サンキュー、ドクター」

レナードは上の空で答えた。

「警察の話を聞きますか。そのままでこちらにいても呼び入れることはできますが」

「もう少しあと……」レナードは短く息を吐き、首を振った。「いえ、私が外に出ます」

リンダは死んだ。それだけは間違いない。それでも他人の目にリンダをさらしたくはなかった。いずれ警察とも話をしなければならないのはわかっている。レナードは医者につづいて部屋を出た。

ドアの外のベンチに腰かけていた中年の女性警察官が立ちあがった。誠実で仕事熱心であることはすぐにわかった。事故の場所、時間、状況を簡潔だが、ていねいに説明してくれた。だが、レナードは上の空で何一つ理解できなかった。

上の空という状態はそれから二日間つづいた。葬儀は友人たちがすべてを采配し、実行してくれたので、レナードはぼんやりと眺めていただけだった。墓地にリンダの柩《ひつぎ》が埋められ、神父が別れの言葉を口にしたときもぼんやりしていた。

葬儀の夜、レナードは数人の友人としたたかに酔っ払った。目を覚ましたのは翌日の昼過ぎだ。血中にはまだウィスキーが濃密に残っていた。何とか起きあがり、台所に行った。とにかく咽が渇いていた。

冷蔵庫の扉に手をかけようとして、何気なく台所に目を向けたとき、そのまま動けなくなった。コーヒーメーカーのそばに、ほうきにまたがった魔女のイラストが入ったマグカップが置いてあった。まるまるとした少女のような顔をして、とんがり帽子をかぶった姿は魔女というには可愛らしすぎる。ぷっくりふくらんだ頰が当時三歳だったミアに似ているといってリンダが買い、以来愛用していたカップだ。

あの日の朝のまま、コーヒーの入ったカップが置いてあった。

その日はリンダがミアを小学校まで送っていき、そのまま大学に出勤して、バレエ教室が終わったあと迎えに行くことになっていた。レナードは翌月に予定されている学会での発表準備に追われていて、終日研究室にこもらなければならなかった。

いつもと同じ朝だったが、ミアが騒ぎだした。学校に持っていくノートが見つからないというのだ。リンダがミアの寝室に行き、ベッドの下でノートを発見するまで、にぎやかな二人のバトルが聞こえていた。

結局、リンダは朝のコーヒーに口をつける余裕もないまま出かけたのである。放置されたマグカップが朝の情景をまざまざと脳裏に蘇らせた。

すでにリンダはこの世になく、ミアはいまだ集中治療室から出られずにいる。

一昨日まで、目の前にあって、とりわけ幸せだと感じる瞬間もなかったことがひどく罪深く感じられた。

レナードは悟った。

苦痛はつねに現在進行形で、幸せは過ぎ去ってからでないと嚙みしめられない、と。

脳裏に、モントリオールのバーでの光景が蘇る。胸がきりきりと痛んだが、脳裏に浮かんだリンダの双眸《そうぼう》から目を離すことができなかった。丸いガラス製容器の中で揺らめくキャンドルの光を受け、濃い茶の眸《め》はきらきら輝いていた。


1999年10月8日／カナダ・モントリオール

グラスにたっぷりと注がれた赤ワインを、レナードはごくごく飲みほした。グラスをテーブルに置き、かたわらのボトルを取りあげてふたたび満たす。二十六年と半年生きてきて、これほどまでにうまいと感じた飲み物はなかった。有名な銘柄ではなかったが、そもそもレナードはワインに詳しくなかったし、ふだんは酒をほとんど口にすることがなかった。だが、今夜ばかりは飲むそばから次の一杯が欲しくなった。

「つまりぼくの夢は、いつかぼく自身をコンピューターの上に移し替えることなんだ」

「移し替える目的は何？　永遠の命を得るため？」

小さなテーブルを挟んで向かい側には、リンダ・スーの小さな顔と澄み渡った聡明な二つの眸があった。

「正直なところ、永遠の命とかあまり興味がない。想像もつかないから。ただ少しばかり便利になるんじゃないかと思う」

「便利って？」

「今、ぼくがコンピューターを使うとすれば、ディスプレイを見ながらキーボードやマウスを使うしかない。そのほかの方法もあるにはあるけど、それが一般的だし、もっとも安上がりな方法だからね」

リンダがほとんど飲んでいないことには気がついていたが、テーブルに置いたボトルに手を伸ばそうとはしなかった。レナードは他人に酒を勧められるのも勧めるのも嫌いで、飲みたければ勝手に飲むし、勝手に飲めばいいと考えていた。それでもリンダが気を利かせてくれるのは素直に嬉しかったし、リンダだからというのはたぶんにあったと思う。リンダがそうしてくれることが心地好かったし、より一層美味《うま》く感じられた。

「ぼく自身が電気的な信号の塊になれば、コンピューターと一体になれる。キーボードを叩くこともディスプレイを見ることもない」

「どうやって目の前にある数字を認識するの？　たとえば、5とか」

5という数字が好きなんだろうかとぼんやり思った。その理由は？　リンダのことなら何でも知りたい。まばたきして思いをふり払い、唇をちらりと嘗めた。

「認識はしない。ぼく自身がすでにネットの一部だし、そもそも信号の塊になっているぼくには目はない……、いや、なくもないか。デバイスとしてカメラをつなげば、その映像信号はぼくと一体になる」

「一体になる？」

リンダが目を見開く。

何て可愛いんだ！　細い金のネックレスが好もしい。目の輝きも、濡れたような光沢をたたえる唇も、声も、長くて細い指が動く様子も、ああ、何もかもが好もしい。

「でも、あなたはあなたのままなんでしょう？　どうやってほかの信号とあなたという信号とを区別するの？」

「記憶……」

いいよどんだのは、リンダが医師にして脳科学者であるからにほかならない。聞き分けのない子供が、何でも知っているママに理不尽な駄々をこねているような気がした。

何年ぶりだろう、と思う。誰かに、手放しで駄々をこねられるなんて……、何て気分がいいんだ。

気をつけろ、ジミー・レナード——もう一人の自分が警告を発する——自分が気持ちいいときには、たいてい相手は不愉快な気分になってるもんだ。

だが、リンダの口角が持ちあがり、穏やかな笑みを浮かべる。その笑みがあれば、ほかに何も要らない。リンダが不愉快な気分になっていたとしても今は話していたい。今の気分に浸っていたい。

レナードは言葉を継いだ。

「ほら、よくいうじゃないか。専門家の君にいうのはちょっと恥ずかしいんだけれど……」

「どうぞ」

ふたたびリンダの口角が上がり、レナードは胸の底がきわきわ、するのを感じた。勇気が湧いてくる。リンダが頬笑んでくれるなら世界中を敵に回しても怖くないだろう。

一生、この笑顔とともにいたい——。

「生まれた瞬間から現在まで目にしたことのすべては、記憶されているというじゃないか」

たった今、見つめているリンダの小さな顎までも、とちらりと思う。話すのが止まらなかった。

「ぼくの脳のどこかに図書館みたいなスペースがあって、そこに全部が保存されているんだろ？　そのデータに自由にアクセスできれば、それこそぼく自身ってことになるじゃないか。そのデータはぼくが今まで見てきたものだし、経験してきたものだ。記憶こそ、ぼく自身じゃないか」

リンダがうなずいてくれた。

「記憶があなた自身であることはその通りね。ある意味では。あなたの夢を壊して申し訳ないけど、頭の中に図書館はない」

「でも、ぼくは憶えてる。五歳の頃、となりに住んでいたマイクといっしょに裏庭で自動車に乗ったことも、はっきりと。マイクのひたいの右側には大きな黒子《ほくろ》があって、その黒子の形を思いうかべることもできる。これって記憶だろ？」

「その通り。だけど、それはあなたの脳のデータベース……、あくまでもあなたの図書館という話に合わせていってるんだけどね、そこに収められているものじゃなく、あなたが思いだそうと意図したとき、あなたの脳が生成しているものと考えた方がいい。取りだしてくるんじゃなくて、新たに作るの」

てあれかな」

「捏造《ねつぞう》されたものってこと？　記憶は曖昧《あいまい》で、自分に都合のいいようにしか憶えてないってあれかな」

「捏造ではないし、マイクの黒子の記憶は、あなたの中にしっかり刻まれていると思う。長期記憶という形で。だけど、記憶というのはどこかに固定されているわけじゃない。神経細胞のネットワークの中を信号が流れるパターンなのよ」

「そのパターンは記憶されているわけだよね？」

「記憶というのが正しいのかはわからないけど、何度も同じパターンで信号が流れていけば、癖がつく」

「癖ねぇ」レナードは小さくうなずいた。「でも、脳味噌だってひとつの物体ではあるわけだろ？」

「ちょっと失礼」

立ちあがったリンダが椅子を引きずりながら近づいてきた。レナードのとなりに椅子を置き、ふたたび座る。リンダの顔が鼻先にあった。互いの息がかかるほどの距離だ。信じられなかった。

「脳はたしかに一・五キロくらいのぐにゃぐにゃした物体……、まあ、何層もの膜に包まれた脂肪の塊だと思えばいい。一応形は保っているけど、すごく壊れやすい。あくまでもこれは死体から脳を取りだすときの方法ね。物体としての脳の話よ。いい？」

「ＯＫ」

「まず耳の上」

リンダが手を伸ばし、左耳の前にあてた。それだけで心臓がはち切れそうに鼓動している。だが、すぐに手を引っこめた。胸の底が抜け、中身が流れだしたような気分になる。

「脳は、たとえていえば生玉子みたいなもの。殻を割ってボールに落とせば、広がってしまう」

「少々古い玉子だな」

またしてもにっとリンダの口角が上がる。

「お料理もできそうね」

「ほかにもできることはいろいろあるけど、今は脳を取りだすところだよね。喜んでぼくは死体役をやる」

「わかった。知っておいて欲しいのは、死体から脳を取りだすときには、あらかじめ血管を通じて脳にホルマリンを送りこんでおく。たとえていえば、半熟状態にして、少しでも形を保ちやすいようにする」

「了解。つづけて」

リンダがふたたび手を上げ、左耳の前にあてた人差し指を頭頂部へと滑らせていく。レナードは頭を下げ、リンダに差しだすような恰好にした。アイボリーのシャツの襟元があって、真っ白な肌にネックレスがあった。小さな翡翠《ひすい》がついていて、白い肌とのコントラストに生唾を嚥みそうになる。

何よりほのかに漂ってくる香りが鼻腔を満たし、躰の芯の深いところまで到達して、レナードの中身をぐちゃぐちゃに掻き回した。

ふいに思った。

死体になりたい、と。変態だ。変態でもいい。死体になりたい。リンダの持ったメスが左の耳の前から頭頂部を経て、右の耳の前まで惑いなく動いて、頭皮を切り裂いていく。

「次に頭の皮を前と後ろに広げると頭蓋骨が露出する。骨を切るときにはノコギリを使わなくてはならない」

左のこめかみにあたったリンダの指先がリズミカルに前後に動く。動きながら頭の鉢を一周した。

「これで頭蓋骨の上部がぱかっと外せる」

「脳が出るわけだ」

「あわてないあわてない。脳はまだ硬膜に包まれている。硬膜の内側にはくも膜、さらに内側に軟膜、それを一枚ずつ丁寧に剝いでいって、ようやく脳が現れる」

「おお、ようやく取り出せるわけだ」

「まだよ。ここからが難しくて神経を使うところなの。脳には何本もの神経や血管が出入りしていて、それを切断していかなきゃならない」

リンダの指が頭のあちこちに触れた。血管や神経の位置をなぞっているのだろう。心が脳に宿るのなら――少なくともレナードはそう信じている――、今、レナードの心はリンダの繊細な指先によって躰から切り離されようとしている。

「肝心なのは、脊椎《せきつい》。脊椎が背骨の中を通っている太い神経だってことはわかる？」

「ああ」

ずっとうつむいたままだが、苦しくはなかった。いや、息苦しい。リンダの甘い香りに満たされ、ワイン以上に酔い、胸がいっぱいになっている。

リンダの指が首筋の上の方に触れ、右から左へすっと動いた。

「こんなに簡単には切れないけどね。まあ、こんな感じで脳を取りだせる」

躰を起こしたレナードの鼻先に、リンダが両手をゆるやかな半球状にして差しだした。

「こんな感じ」

「一・五キロのぐにゃぐにゃした、脂肪の塊にして、ぼくの人生のすべて」

そして心――胸の内で付けくわえた――ぼくの心は君の手の中にある。

2

2010年6月13日／アメリカ合衆国カリフォルニア州

書斎から聞こえてきたメールの着信を告げる電子音で、十一年前のモントリオール郊外にあるレストランが一瞬で消えた。レナードはのろのろと立ちあがり、書斎に向かいかけた。そこで台所に来た目的を思いだし、冷蔵庫を開く。咽が渇き、ひりひりしていたためだ。

棚に並べた缶ビールに目がいったが、首を振り、ガラス瓶入りのミネラルウォーターを取りだす。キャップを回して封を切り、よく冷えた水を咽に流しこむ。アルコール焼けした細胞一つひとつが潤されていく。五百ミリリットルを一気に飲みほし、空き瓶を冷蔵庫のわきに置いて口元を拭いながら書斎に入った。

パソコンの前に座り、パスワードを打ちこんで起ちあげるとメールソフトを開いた。受信欄の最上段に届いた新着メールの差出人を見て、唇を歪めた。

リンダ。

メールが届いたのは、レナードがプライベート用に設定してあるアドレス宛で、ごく親しい友人にしか知らせていない。もちろんリンダは知っていたし、時おり家庭内業務連絡というふざけたタイトルで他愛ない内容が送られてきていた。今回、タイトル欄は空白。ほとんど反射的に送信者のアドレスを確認する。リンダがプライベート用に使用しているアドレスに違いなかった。誰かがいたずらするにしては手が込んでいる。

カーソルを動かし、ダブルタップする。いつの間にか鼓動が速くなり、きりきりしていた。開かれたメールを見た。

「ふん」

メッセージはなかった。空白なのだ。だが、動画ファイルが添付されている。開いた。動画再生アプリが自動的に起ちあがり、映しだされた光景にさらに鼓動が速くなる。リンダがカメラの前に座っている。背景は、たった今水を飲んできた台所だ。

リンダの口元が動いた。

「おはよう……、それともこんばんは、かしら」

「おはよう、でいいよ」

答えたときには涙が頬を伝っていた。まるでレナードの声が届いたかのようにリンダの口角がきゅっと持ちあがったとたん、失ったものの大きさを思い知らされた。

リンダがつづける。

「さて、さっそくだけど動画を一時停止して、私のノートパソコンを持ってきて」

レナードは動こうとせず画面に見入っていた。だが、ディスプレイの中でリンダがまったく動かなくなった。メッセージのあと、自動的に一時停止するのか、いや、そんな面倒な仕掛けをするはずがない。

十秒か、それ以上か、リンダがまばたきし、大袈裟《おおげさ》なため息を吐く。

「ジミー……、さあ、持ってきてちょうだい」

「はいはい」

動画を一時停止し、リビングに入った。一角にライティングデスクが置いてある。机をかねる蓋は開きっぱなしでノートパソコンが置いてある。書棚に並ぶノートや本の背表紙は見慣れたものだ。上部の棚には写真立てがごちゃごちゃ並んでいて、どれにもレナードとリンダ、それにミアの三人で撮った写真が並んでいる。赤ん坊のミアが徐々に成長していき、レナードの髪がだんだん白くなっているのにリンダはほとんど変わっていなかった。

これは三人でハワイに行ったときだな――一つに目を留め、胸のうちでつぶやいた。背後に夕陽でオレンジ色に染まったホテルが写っていた。

ノートパソコンを取りあげ、書斎にとって返した。キーボードの左にリンダのノートパソコンを置き、開いて電源を入れる。画面が真っ青になり、中央に四角い箱が現れた。自分用のパソコンのマウスを使って、再生を始める。

「ようやく持ってきたようね」ふっとリンダが目を細める。「写真、見てたでしょう？ハワイに行ったときのあれかしら、それともミアの誕生日の写真？」

レナードは眉根を寄せ、ディスプレイを睨んだ。

リンダが真顔に戻り、話をつづけた。

「あなたがこのメールを受けとったということは、私が大怪我をして七十二時間以上身動き取れない状態にあるか、意識不明か、あるいは……」

パソコンの中でリンダが首を振る。

「まあ、いいわ。とにかくあなたがこれを見ているということは、私の身に何かしら深刻な事態が生じたってわけね。いい？　私のパソコンを開くパスワードをいいます。起動時のパスワードは、私たちが愛してやまない名前……、愛称じゃなくね、プラス誕生日、これで十三文字」
M、A、R、I、A、2、0、0、0、1、1、2、5――脳裏に思いうかべ、ちゃんと十三文字になるのを確かめる。
キーボードに手を載せようとした瞬間、リンダがいった。

「それを逆順で」

「先にいえよ」

思わずつぶやいた。危ないところだった。5から始め、十三個の数字と文字を打ちこむ。

青い画面がアイコンの並ぶ画面に切り替わる。

「MIAというアイコンがあるでしょ？」

数十個並んだアイコンはどれも一般的なフォルダーを表すもので、ゴミ箱をのぞいて特別な形はない。上から四段目、左から五つ目のアイコンにＭＩＡと付されていた。

「ダブルクリックして」

タイミングがぴったり合っていることに舌を巻きながらダブルクリックする。ＭＩＡのフォルダーの色が変わり、画面がふたたび全面青くなり、ユーザー名とパスワードを入力する枠があった。どちらも動画の中のリンダが教えてくれる。

ファイルの一覧が表示された。

「ファイルをコピーして、あなたのパソコンに移して」

メモリースティックをリンダのパソコンに挿し、転送する。

やがてリンダがいった。

「愛してるわ、あなた」

いやな予感がした。メモリースティックへのコピーが終わった直後、リンダのノートパソコンが停止する。同時に送られてきたメールの動画が停止し、自動的にシャットダウンした。

そしてパソコンの画面にはメールソフトの受信ボックスが表示されていたが、リンダからのメールは消えうせていた。

手元にはリンダのファイルをコピーしたメモリースティックだけが残った。手のひらに載せたメモリースティックを見つめ、レナードは知らず知らずのうちに首を振りつづけていた。追いはらっても、追いはらっても、ある思いがこみ上げてくる。

リンダはまるで自分の死を予期していたみたいじゃないか。

何があるんだろう――レナードはふたたび咽の渇きをおぼえた。

2010年8月29日／アメリカ合衆国カリフォルニア州

事故から二ヵ月半、ミアは病室のベッドに横たわり、眠りつづけている。顔の腫れはすっかり引いていたし、人工呼吸装置が必要なわけでもない。時おり、目を開いたり、唸《うな》ったり、あくびをすることさえあった。しかし、覚醒しているわけではない。

「おはよう、ミア」

ベッドのわきに置いた椅子に腰を下ろしたレナードは娘に顔を近づけ、声をかけた。ミアは目を開いていた。ちらりと目が動いたような気がした。はっとして、もう一度声をかける。

「ミア」

じっと目を見つめたが、動く気配はなかった。ため息を嚥みこみ、それでも諦めきれずに娘の茶色の目を見つめ、今度は手をそっと握った。かすかではあったが、たしかに握り返すのを感じる。

もう一度、呼ぶ。

「ミア」

目は動こうとしなかった。

手を握れば、握り返すのは反射に過ぎない。声をかけ、目を開いたとしても、つねにというわけではない。たまたまタイミングが合致しただけのことだ。二ヵ月半の間、レナードは何度も医師や看護師を呼び、自分が目の当たりにしたミアの反応を告げた。そのたびに彼らはミアにかがみ込み、さまざまな検査をしたが、やがて躰を起こして首を振り、病室を出て行った。たまにレナードの肩に手を置き、二言三言いっていくこともあったが、結果は同じだ。

大脳がなくとも神経経路が生きていれば、反射は起こる。実験用のネズミの頭を切り落とし、二時間ほど放置したあとで別のネズミの躰に移植すれば、切り落とされた頭部にはふたたび血が巡り、手を近づければ噛みつくことさえあるという。しかし、脳が死んでいることに変わりはなく、単に鼻先に来たものにはとりあえず噛みつくという反射機能が残っているに過ぎない。

ほどなくミアのまぶたが下りてきて、元の通りの穏やかな寝顔に戻った。

大型トレーラーが突っこんだとき、助手席に座っていたミアの躰は右に弾きとばされた。同時に正面と側面のエアバッグが作動し、ミアの躰を受けとめた。だが、衝撃があまりに強く右腕の骨折と脳挫傷は食い止められなかった。

運転席は押しつぶされ、ハンドルを握っていたリンダの躰は物理的に破壊され、即死した。自動車の左半分と母親の肉体が緩衝材となり、ミアはかろうじて命をとりとめることができた。

医者の説明によれば、心肺機能や自律神経の働きを維持するための視床や延髄の機能は生存しているため、自発的に呼吸し、規則正しく睡眠と覚醒のサイクルをくり返せるということだ。この場合の覚醒は睡眠から目覚めるというだけでしかない。

こうした中、呼びかけに反応して目が動き、しっかりと父親に目を合わせたり、手元に何かを持っていってときにつかんだりすれば、兆しが見えたことになる。意識を取りもどしつつある兆しだ。与えた指示につねに従ったり、何かをいったときに同じことをくり返したりするようになれば、さらに一歩進んだことになり、植物状態から最小意識状態への移行を示す。

最小意識状態から意識を取りもどし、ふたたび外界とコンタクトできるようになった患者の事例はあるらしい。

何度も考えた。あの日、ミアを迎えに行ったのがリンダではなく、自分であれば、生き残ったのが脳科学者であるリンダであればミアに対してもっと適切な対処ができたのではないか、専攻する学問とは無関係に、父親ではなく、母親であれば、ミアはとっくに意識を回復していたのではないか、と。母と子は互いの血管でつながってきた。ミアという命はそうして発生し、この世に生まれ出でたのだ。

父親より母親だろう――だが、それが言い訳、逃避に過ぎないことは自覚していた。

「ミスター・レナード」

声をかけられ、顔を上げた。いつの間にか、かたわらに担当医が立っていた。医者はレナードと同年配で聡明そうな、澄んだ目をしている。

「ちょっとよろしいですか」

来たか、とレナードは思った。ミアをもう一度見やり、次いで立ちあがると医者につづいて病室を出た。

足を止め、ふり返った医者が小声で切りだす。

「申しあげにくいことですが……」

あとを引き取った。

「転院ですね」

「ええ」目を伏せた医者が残念そうに、しかし幾分ほっとしたような表情になった。「規則がありまして」

ミアは二週間ほどで集中治療室を出て、その後は後送病棟に入っていた。容体が安定すれば、三ヵ月でほかの脳神経外科病院に移らなくてはならない決まりになっている。

レナードは病室をふり返り、眠っているミアを見た。最小意識状態になる患者は皆無ではなかったが、その確率は奇跡と呼ぶ方が適切だ。コンピューター断層撮影《CT》や陽電子放出断層撮影《PET》、磁気共鳴画像法《MRI》でどのような結果が出ようと、あくまでも検査の結果に過ぎず、そこから医者が意識が戻るとも戻らないとも判定をくだすのは難しい。七年間も眠りつづけていた患者がある日突然何の前触れもなく、ふいに目を開き、会話ができる事例もあった。しかし、大半はこんこんと眠りつづけ、徐々に生命を維持していくための脳、内臓、そのほかの機能が低下し、死にいたることになる。平均すれば、五年以内だ。

奇跡も平均も関係あるか――レナードはミアを見つめたまま思った。

より高度な検査を行うこともできる。外部とのコンタクトが取れない患者に語りかけたり、画像を見せたりしながら脳内で起こる脳内血流の微細な動向を観察するのだ。診断では最小意識状態にもないとされた患者が検査によって、まったく表情を失った顔の下にケガや病気をする前の本人の意識を保持している場合があるのだ。

植物状態から最小意識状態へ移行したり意識を取りもどしたりする患者に共通していることがある。日々、家族が語りかけ、できるだけ長時間にわたって患者に寄り添い、観察しつづけ、ささやかな反応も見逃さないことだ。過酷ともいえる状態であり、徒労に終わるケースがほとんどだ。

二ヵ月半、レナードは毎日病院にやって来てミアに話しかけていた。

「カナダに移住しようという計画がありました」

おやおや何を喋りだすんだと自分自身に問いかけながらも、レナードは話すのを止められなかった。医者の戸惑いがはっきりと伝わってくる。

「娘の容姿は妻に似てましてね。ただし、体格というか、背の高さと手足の長さは私から受けついだ。ご存じかも知れませんが、妻は長年カナダの大学に勤務していて、かの地に親しんでいました」

医者をふり返るとレナードは弱々しく頬笑んだ。

「フィギュアスケートの選手にしたかったんですよ。妻の容姿に長い手足があれば、優美にして繊細、そしてダイナミックな演技ができる。オリンピックで金メダルを獲ることも不可能ではないかも知れない。親馬鹿と笑ってください」

「いえ」

「わかりました。あと二週間、よろしくお願いします。その後、娘を移します。転院についてはドクターにもいろいろご相談に乗っていただきたいのですが」

「もちろん」

「ありがとうございます」

穏やかな笑みを浮かべたまま、レナードはうなずいた。

3

2010年8月29日／アメリカ合衆国カリフォルニア州

自宅書斎の机に二台並べたパソコンを前にして、ハイバックチェアのアームレストに肘を載せたレナードは、左に置いた古い型のノートパソコンをぼんやりと眺めていた。仕事用として使っているラップトップ型は電源すら入れていない。

ノートパソコンにはリンダのデータを入れたメモリースティックが挿してある。ディスプレイには八秒ごとに写真が映しだされていた。リンダが保存していたのは、画像だけで十万八千枚におよんだ。すべてを見るのに八秒ずつ切り替えながら、一瞬たりとも休むことなく二百四十時間を要する。動画も数時間分が保存されていた。

写真はリンダが撮影したものもあれば、レナードやそのほかの家族、友人が撮ったものまで日付順にきちんと整理されていた。二人がモントリオールで再会して以降の写真ばかりで、とくにミアが生まれてから点数がぐっと増えている。ミア一人の写真が全体のほぼ半分もあった。

何時間でも飽かず眺めていられた。

この二ヵ月半の間、リンダが残した文書ファイルはすべて読んだ。リンダの日記、ミアの成長記録、リンダがこれまでに書いた論文や草稿、メモなどがあった。もっとも古い記録はリンダが学生だった頃に遡《さかのぼ》る。試験に提出した論文、レポートと担当教授の評価まで見ることができた。

そうした中、レナードが真っ先に開いたのは、一九九二年五月十八日の日記だ。二人が初めて会った日である。レナードの名前はちゃんとあったが、生真面目《きまじめ》だが冴えないという評には苦笑し、うなずくしかなかった。

おっしゃる通り……。

日記にタイトルがあって、リンダが感想を記している本は、大学の図書館に通ってすべて読んでみた。当たり前の話だが、大半が脳科学関係の専門書であり、なかなか理解するのは難しかった。

仕事に使っているパソコンの前に陣取り、初見の単語にぶちあたるたびに検索エンジンを使った。単語の意味だけでなく、関連するニュースや論文、さらにリンダの日記には出てきていない書籍や論文があれば、大学の図書館に足を運んだり、ネット上で論文を検索したりしてきた。

自分の研究を放りだして読みふけったのは、読んでいる間だけリンダのそばにいられるような気がしたからだ。

くたびれるとリンダが残した膨大な画像、動画を眺めた。リンダとミアが動き、喋っているのを目にするのは心癒されると同時に喪失感にさいなまれる時間でもあった。

あと二週間でミアを転院させなくてはならない。事故が起こって以来、初めての大きな転機だが、予想もしていた。

植物状態にあるミアをどうすべきか。リンダのパソコンに収められていた文書ファイルやそこに記されていた書籍、論文を必死になって読んだのは、ミアの将来についてリンダに答えを求めていたからでもあった。

だが、並べた文書を読むだけでは、ぴんと来る回答にはたどり着けなかった。

「どうするかな」

レナードは鼻のわきを擦った。何度も同じつぶやきを漏らしている。いつの間にか日が暮れ、机上を照らすスタンドの灯《あか》りだけになっている。

リンダの顔のアップが映しだされたところでノートパソコンのフィンガーパッドをタップし、スライドショーを停止した。口角を持ちあげた、いつもの笑顔が十四インチのディスプレイいっぱいになっている。

「どうしたものかね？」

リンダがリビングで使っていたノートパソコンと、今、ＭＩＡというファイルをコピーしたメモリースティックが挿してあるレナードのパソコンは、いずれも二〇〇八年以前のモデルで外部には接続していない。

ノートパソコンのわきにもう一個、メモリースティックが置いてある。ＭＩＡファイルをコピーし、ごく私的な画像や動画のデータは削除してあった。思い悩んだのは日記の扱いだ。何時に起きて、朝食に何を食べたかといった他愛なくもプライベートな内容が主だったが、読みおえた書籍についての感想だけでなく、リンダ自身の研究論文について進《しん》捗《ちょく》や悩みまで記されている。それに大学の同僚、研究会で出会った研究者たちについてあけすけな感想を書きこんである部分もあった。

悩んだが、今のところ削除してはいなかった。リンダがある朝に飲んだインスタントコーヒーが、うまくいかない実験を大きく前進させるヒントになったケースも皆無とはいえなかったからだ。

ふっと息を吐いた。

答えはもう決まっているのだ。リンダが残したデータからミアを救うための知恵を抽出したければ検索をかければいい。しかし、いざ検索しようとしてレナードが適切なキーワードを思いつけるかは別問題だ。解決する方法はあった。リンダのデータすべてを対象として、人工知能《ＡＩ》を応用した検索エンジンを設定する。レナードは口頭で知りたいことを質問する。検索エンジンがリンダの文書内をスキャンし、レナードの質問が曖昧なら逆に質問してきて、条件を絞りこみ、さらに検索を行う。何度もやり取りしているうちにＡＩはフィードバックをくり返し、より高精度の検索条件を作成することになる。

この二ヵ月半の間、レナードはその方法を考えていた。ＡＩを応用した検索エンジンのどれを使うかについても目星はつけてある。

問題はあった。まず目星をつけている検索エンジンがオープンソースであり、すでに世界中で数十万回、もしくはそれ以上ダウンロードされて使われている。開発者がネット上でソースコードを公開するオープンソースには、世界中の利用者から不具合やより効率的なプログラムについて情報提供があり、短期間にソフトウェアとしての能力が飛躍的に向上するというメリットがある。

さらに大きなメリット――というか、これこそが開発者の真の狙いといえる――が秘密の裏口《バックドア》を設けることだ。利用者はバックドアを探し、使えないようにプログラムを書き換えるのだが、バックドアが一つとはかぎらない。むしろ見つかりやすいところにあれば、トラップやわざと目を引くための陽動策と考えられる。

利用者が大企業や官公庁、軍であれば、バックドアを通じてそれぞれのネットワークに侵入し、データを盗みだしたり、改竄《かいざん》、破壊することができるようになる。

レナードにはくだんのプログラムを使った経験があった。バックドアをいくつか発見して対処していたが、すべて塞いだとはいえなかった。厄介なのは、レナードが使おうとしているソフトウェアが自律学習し、自動的に性能を向上させられる点にある。メリットではあったが、同時に大いなる危険をはらんでいた。

進化するといってもいい。いささか擬人的だが、レナードはそう感じている。もっとも厄介なのはレナードが制御しきれていると確信できない点にあった。

くだんのソフトウェアはつねにネットにつながっていて、孤立させた状態では使用できない。というかレナードのパソコンに表示されているアイコンは単なる窓に過ぎず、実体はネット上を浮遊している。

あくまでもレナードの抱くイメージに過ぎないのだが……。

仕事用に使っているラップトップパソコンの電源を入れた。ファンやハードディスクの作動音を聞きながらまだ迷っていた。リンダの論文、日記、そのほかの文書には彼女が誰にも知られたくないと考えている秘密があるかも知れない。それがネット上に晒《さら》される危険がある。

パスワードを入力し、起ちあげる。

知らず知らずのうちに唇を嘗めていた。数十個のアイコンが並ぶうち、左上にそれはあった。

アイコンの下にはＡｉＣＯと記してある。戦闘用人工知能《アーティフィシャル・インテリジェンス・フォア・コンバット》の略称がＡｉＣＯであり、そもそもは日本人と台湾人の技術者が共同で開発したといわれている。レナードが使っているのは、バージョンがかなり進んだものであり、入手してからバックドア潰《つぶ》しなどの改良を加えている。

しかし、ネットにつなぐたび進化していることを考えていると、前回使ったときと同じプログラムなのかは保証の限りではない。カーソルをアイコンに合わせ、ダブルクリックする。

ＡｉＣＯが起動し、スピーカーから声が流れる。

〝ハロー、ドクター・レナード。ご機嫌いかがですか〟

「あまりいい気分じゃないけど、今はそのことを話す気分じゃない。検索してもらいたい」

ディスプレイの上部につけたカメラと一体になったマイクが、レナードの声を拾うように設定してある。

〝対象のデータを指定してください〟

ため息を吐き、机に置いたメモリースティックに目をやった。

やるか――胸の内でつぶやいた。声にするとＡｉＣＯに拾われそうで怖かった。

怖い？　せせら笑うもう一人のレナードがいる。素直に認めた。躊躇《ちゅうちょ》していた理由をタマネギの皮のように一枚ずつ剝いていけば、芯の部分には、怯《おび》え、震え、脂汗をかいて縮こまっている自分がいた。

メモリースティックを取りあげ、スロットに挿した。

ＡｉＣＯが読み込みを始める。もう後戻りはできない。

ＡｉＣＯがメモリースティックの内容をすべて読みとるのに数分を要した。

〝読み込み、完了しました。質問をどうぞ〟

「リンダは脳を取りだす要領について話をしてくれた」

〝一九九九年十月八日の夜、モントリオール郊外のバーでのことですね〟

「そうだ」

レナードはそっと生唾を嚥んだ。再会した日の夜、ゆらめくロウソクの光に照らされたリンダの双眸がありありと蘇る。

唇を嘗め、声を圧しだした。

「脳を取りだす際には、血管と神経を切断しなくてはならないといった。とくに肝心なのは脊椎を断ち切ることだって。そこを慎重にやれば、一・五キロの脂肪の塊として取りだせる」

〝正確にいえば、そのときに取りだされるのは新皮質、脳幹、小脳と呼ばれる部分で、脳を取りだしたとは必ずしもいえません〟

「君……、リンダはそういったように憶えているが」

〝わかりやすく説明するために便宜的にいいました。脳という言葉でいえば、全身に広がる末梢神経まですべてつながっているので脳を取りだすのは物理的に不可能です。たった今脊椎を断ち切るといわれましたが、脊椎と脳という区分は必ずしも明確ではなく、術者がその場で任意に決めているだけです〟

それからいくつか質問をしていった。

「死ぬ瞬間というのは、どんな感じなのだろう」

〝指定された領域のデータ内に該当する回答はありません〟

当然だろう。リンダは死んだわけではないし、今、話している相手はあくまでもＡＩを応用した検索エンジンに過ぎないのだ。

〝ネット上で検索すれば、質問に対する答えのようなものはいくつかありますが……〟

質問の矛先を変えてみる。

「リンダは死について考察してないのか」

〝死んでないのでわからないというのはあります〟

いや、死んだんだよ、君――胸の内で言い返す。

〝一点だけ、自分の死について触れたメモがあります〟

「何と書いてある？」

思わず身を乗りだしていた。

〝不可触領域《アンタッチャブル・ゾーン》〟

２０１０年９月１７日／アメリカ合衆国カリフォルニア州

誰が味付けしたものかレナードにはうかがい知ることもできなかったが、ＡｉＣＯには美少女育成ゲームのような趣向があった。最初にアニメの美少女風のキャラクターが画面に表示され、音声でもキーボードによる文章でもアクセスが可能なのだ。美少女キャラクターの容貌と音声は自分好みに設定できる。

レナードは音声を使用するモードを選択し、アニメは使用せず、最小のアイコンが画面に表示されるのみにしていたが、使いはじめて、二日目にはアジャストの誘惑に負け、リンダが保存していた画像、動画のデータを読みこませた。

画像、動画のデータを読みこんだＡｉＣＯが、コンピューター《C》グラフィックス《G》と音声でリンダの再現を行った。

ＣＧはバストショットだったが、動画を解析して表情までも再現していた。例の、口角をくいっと持ちあげるリンダ特有の笑顔を目にしたときには、胸がきりきり痛むほど再現性が高かった。一方、リンダの声はトーン、イントネーション、口癖までも再現しようとしていたが、サンプリングのつなぎ合わせがうまくいかず、ぎこちない合成音声にしか聞こえなかった。

だが、数日のうちに逆転現象が起きはじめた。

最初に目を驚かされたせいか、ＣＧアニメーションによるリンダの表情にちょっとした違和感をおぼえ、やがてうっすらとだが、嫌悪感すら感じるようになった。逆に音声の方は数日のうちに驚異的な進歩を遂げ、とくにレナードがリンダと呼びかけ、ＡｉＣＯには ジミーと呼ばせるように設定したあとはぐんぐんと自然な会話ができるようになった。

一週間と経たないうちに音声だけのやりとりをするようになった。会話の内容に合わせ、ディスプレイには文書や画像を表示するようにしていたため、かえってＣＧアニメーションがない方が使いやすかった。ＡｉＣＯを使っている間は、画面下のタスクバーに美少女アニメ風のアイコンが表示されており、時おりまばたきするだけになったが、まるでリンダがつねにいっしょにいる気分を味わえるようになった。

事故からちょうど三ヵ月後、ミアをサンフランシスコ近郊にある脳神経外科を中心とする総合病院に移した。リンダ――ＡｉＣＯであることはわかっていたが、だんだんと馴れていった――と相談した結果である。

くだんの総合病院には、かつてカリフォルニア大学バークレー校の医学部でリンダの同級生だった医師が勤務しており、何かと相談にのってもらえただけでなく、病院の経営者、医師たちも進取の気質に富んでいて、ミアにさまざまな検査を受けさせたいとするレナードの意志を尊重してくれたばかりか、ほかの病院や研究機関での検査結果を提供することを条件に入院中にかかる費用の全額免除やさらにレナードへの資金援助までしてくれたのである。

リンダの同級生だった医師はレナードにとって強力なパートナーとなってくれたが、それでもＡｉＣＯをベースに作りあげたリンダに会わせる気にはなれなかった。ＡＩのリンダや、彼女の同級生である医師、それに彼が勤務する病院というレナードを助けてくれる体制が整ったおかげでミアの状態の精査、治療方法の探求は急速に進んだ。

ミアの見た目は大きく変わっていたし、見方によっては悲惨とさえいえた。救急搬送されたときには、脳内出血が見られ、大量の血が脳を圧迫して深刻なダメージを与えかねなかったので頭蓋骨の一部を切除し、血液を放出することで脳圧を下げなくてはならなかった。頭部の右上部――助手席の窓にぶつけた箇所――がへこんでいるのは、頭蓋骨を切除したあとだ。通常はシリコン製のカバーで覆い、ガーゼを被せてあったが、必要があれば、短時間のうちに脳の右半球を露出させることができた。

また、寝たきりで三ヵ月が経過すれば、生命維持に必要なエネルギーは点滴などによって供給できたとしても筋力の衰えはどうしようもない。フィギュアスケートのオリンピックメダリストを目指し、体操やバレエの教室に通っていて、年齢のわりにはよく発達していた筋肉がすっかり落ち、皮膚がたるんで、十歳の誕生日を迎えるころには、まるで見かけだけならミアに年齢を追い越されたような気分になった。

実際、気分だけの問題ではなかった。ミアに残された時間は、それほど多くはない。

ベースとした総合病院と病院を運営する理事会の協力によって、レナードたちはまずリンダがかつて勤務していたカナダ・オンタリオ州にある大学の付属病院にミアを入院させることにした。できるかぎりミアの負担を軽くするため、ビジネスジェットをチャーターし、医療機器を積みこみ、レナードと担当医が同乗してのフライトとなったが、レナード一人では費用をまかないきれなかったろう。

　カナダで一年にわたってミアの状態を調べた。主に経頭蓋磁気刺激法《トランスクラニアル・マグネティック・シミュレーション》——TMSという磁気刺激をミアの大脳皮質に与え、その反響を脳波計でとらえる手法が使われた。TMSだけでなく、脳卒中のリハビリテーションやうつ状態の鑑別法としても採用されている機能的近赤外分光法《ファンクショナル・ニアインフレアド・スペクトロスコピィ》——fNIRSでも検査を行った。さらには脳が見ていると映像を推測する脳情報デコーディング——脳の発する信号を一つの暗号《コード》と見なし、解読《デコーディング》する手法——を受けることも検討されたが、ミアの脳活動が微弱に過ぎ、諦めざるを得なかった。

　そうして一年が過ぎたが、結局わかったのはミアの状態が最小意識レベルにはわずかに届かないものの、こんこんと眠りつづけるように見える顔の下では意識がかろうじて保たれているというだけだった。

　ベースとしているサンフランシスコの総合病院に戻ったあともレナードは毎日通いつづけ、医師や看護師もミアに対して、ふつうに意識のある患者と変わらずに接してくれた。朝、昼、晩、それに真夜中も病室に入るとミアに挨拶し、検査や治療、リハビリテーションがある場合には懇切丁寧に説明した上で実施した。さらに食事——胃にチューブを挿入して栄養剤を注入するだけだったが——のときはフォークやスプーンを持たせることまでしてくれた。

そうした行為がミアの意識を取り戻す可能性があるとまではいえなかったが、少なくとも植物状態や最小意識状態から戻ってきた患者たちは絶えず刺激を与えられていた。どうせ無駄と投げだしてしまえば、そこですべての可能性を潰してしまうことになる。

いつものようにベッドのへりに腰を下ろしたレナードは、娘の髪をそっと撫でていた。

「七歳の誕生日のときだ。ママはお前に小さな熊のぬいぐるみをプレゼントしたけど、お前は機嫌が悪かった。パパは知ってたよ。お前はあの頃、サイボーグ戦士が活躍するドラマに夢中で、その金属製モデルが欲しかったんだ。だけど……、ごめんな……、つねに我が家ではママが正しくて、パパが間違ってるんだ」

ミアのまぶたがぴくりと動き、レナードは息を噛んだ。じっと見つめる。意識が戻る兆候はかすかで、しかも何の前触れもなく現れる。だが、それきりミアのまぶたは動かなかった。

夢を見ているのだろうかと思った。カナダにいる間、一度だけＴＭＳをしている最中に現れた反応を見て、医師たちがミアは夢を見ている可能性があるといったことがあった。夢であれば、ミアは跳びはね、走ることができる。

夢さえ見られれば……、せめて夢くらい見て欲しい……、たとえ夢でもミアをもう一度走らせてやりたい。

4

2020年9月26日／アメリカ合衆国カリフォルニア州

サンフランシスコと対岸のオークランドを結ぶベイブリッジの向こうに太陽が沈もうとしていて、大気は均質なオレンジ色に染まっていた。夕陽に染められた大気がくもり一つないガラスの向こうから流れこんできて、部屋を満たしているように感じられる。

窓辺に押しつけた机の縁に左足のかかとを載せ、その上に右足を重ねて、革張りのハイバックチェアに背をあずけたレナードは目を細め、大きく湾曲する巨大な橋のシルエットを眺めていた。

「〇・二グラムの水銀を手のひらに載せているのを想像して」

リンダの声がいった。

「水銀か。猛毒だな」

「想像して」

レナードの混ぜっ返しを無視して女性はくり返した。

「わかった」

「あなたの手のひらの上で、水銀は自らの表面張力によって完璧な球体になる。いい？」

〇・二グラムというと球体の直径は一ミリ？　二ミリ？　まあ、いいかとレナードは思った。目の前に左手を出し、くぼませた手のひらにつややかな銀色の球体が載っているのを想像する。

見えた。

「ＯＫ」

「ゆっくりと手を動かして。右に、左に、小さくゆっくりとね」

指示に従って目の前の手を右に動かしてみる。想像の球体がまず左に、くぼみに沿ってのぼる。手を止め、今度は左に動かす。停止した球体が斜面をゆっくりと転がり落ち、くぼみの底を通りすぎ反対側の斜面を登る。想像の中にしかない球体が左に右にゆっくり往復するのを眺めていた。

ふたたび女の声がいった。

「今度は球体に円を描かせるところを想像して。想像するだけでいい」

「ＯＫ」

左右に動いていた球体が長円の軌道を描くようになり、やがて手のひらのくぼみに沿って真円に近い……、所詮想像の産物なのだから真円と言い切っても問題はない。きれいな円を描く。

「できたよ」

「意識って、結局そんなものじゃないかしら」

何をいっているんだ？

レナードは胸の内でつぶやきつつ、ありもしない水銀球が手のひらの上でころころ、円運動をつづけているのを見つめていた。

部屋は完璧に空調され、強い西日が射していながら空気はさらりと乾いていて適温を保っていた。左手を目の前にかざしたまま、机に目をやる。窓の下に高さ二十センチ、直径五センチほどのポッド式スピーカーが置いてあった。声はそこから流れてくるのだが、人工知能《AI》が選んだ言葉を音声に変換しているに過ぎない。

十年前、妻が交通事故で亡くなった。脳の研究者であり、一人娘の母親でもあった妻は自身の研究については元より、日々を詳細につづった日記――六歳になる年、一九七九年の一月一日から三十七歳で死亡する前日までの一万一千百十八日間、一日も欠かさず記されていた――、娘が誕生してからはその成長記録も日記とは別に書かれていた。

研究論文、草稿、アイデアを記したメモ、六歳からの日記、娘の成長記録といった一切合切の文書データを一元化し、会話ができるよう言葉を選択させるＡＩを応用したプログラムを組むなど、レナードにはそれほど難しいことではなかった。亡き妻を蘇らせたいなど大それたことを考えたわけではなかった。今にして思えば、単にお喋りの相手が欲しかっただけともいえる。それでも十年にわたって使っていれば、ＡＩはディープラーニングによってＴＰＯに応じたより適切な言葉を選択するようになっていたし、かつてのような脳とコンピューターについての議論さえ可能にした。

ポッドスピーカーから流れる声がいった。

「脳の情報をすべて意識が統括しているなんていうのは幻想に過ぎないのよ。それはあなたにもよくわかっているはずよ」

「ああ」

目の前にあるジュースの入った紙コップを取りあげ、口元に運ぶという動作でさえもロボットに実行させようとすれば、膨大なプログラムを必要とする。だが、人間であれば、目標の位置を見極め、その目標に向かって手を伸ばし、紙コップを潰さず、かといって落とさない程度の絶妙の力加減でつかむ等々の一連の動作を意識せずに実行している。むしろ一々意識にのぼらせ、目や腕の動きを考える方が面倒で、難しい。

ほら、コップ……、目の前にある……、ガラスじゃなく紙製だ……、右手を伸ばせ……、つかんで……、潰さないように注意しろ……、持ちあげて口元にもってきて……。

「膨大な無意識領域のデータを海だと考えればいいのよ。ちょうど今あなたが見ているベイブリッジの下にある海のように……」

うねりがあり、さざ波が立っている。風が強ければ、波頭は白くなっているかも知れない。流れ、渦を巻き、波と波とが衝突し、砕け、もとの海に戻る。さらに海面の下には海洋生物が泳ぎ、動きまわり、海藻が森のように揺らいでいる。

「すべてを認識するのは不可能だ」

「せいぜい海面の上をころころ転がっているだけ。時々は何かに、あるいはどこかに注目するのよ。三角波だなとか、おや、イルカが跳ねたとか。そこをクローズアップしたときだけ海を意識できる」

何度もくり返してきた妻との会話だ。

意識とは何か、自分とは何か、記憶とは何か……。

「だからそれほど難しく考えることはないんじゃないかしら」

「何がいいたい？」

「意識そのものをコンピューター上で再現したところで、たとえそれが完璧にできたとしても、それはミアかな。完璧にできたところで、それじゃ、コンピューター上に再構築されたミアの意識が見ているミアは何者ってことにならない？」

ミアはダウンタウンにあるバレエ教室に通っていて、送迎は主にリンダが担当していた。仕事の都合でリンダが動けないときだけ、レナードが代わりに車を運転した。

だからバレエ教室のあるビルから飛びだして来るミアの様子も、助手席に駆けこむなりドアを閉めるのも忘れて、その日のレッスンについて喋りだす顔つきも想像できた。妻はミアをたしなめ、ドアを閉めさせ、シートベルトをしっかり留めたことを確認してから車を出したに違いない。

帰途、交差点に差しかかった車に大型トレーラーが突っ込んだ。

警察からの連絡を受け、病院に向かって急いでいるときも病院に到着したあとも、おそらくそうした事態に見舞われた人間であれば、誰もがするのと同じようなことをレナードもしていた。

どうしてこんなことに？……どうして自分の身に？……どうしてこんなことに？……どうして自分の身に？……どうして？　どうして？　どうして？

十年経っても、あの日を思い起こせば、同じ問いをくり返してしまう。

「聞いてる？」

いい、リンダに声をかけられ、レナードは追憶から引き戻された。

病院から帰ってきて、机の縁に両足を載せ、オレンジ色に染まった大気に浮かびあがるベイブリッジのシルエットを眺めていた。少しオレンジ色が暗くなったような気がするが、太陽はまだ一日の終わりの光を投げかけている。

病院を運営する理事会がレナードのために用意してくれた宿舎はベイブリッジの西岸、サンフランシスコ側の古いホテルだ。病院は目と鼻の先にある。市内にはリンダやミアと暮らしたアパートがそのままになっているが、病院までは車で一時間ほどもかかるため、もっぱらホテル住まいを決めこんでいた。アパートに戻れば、部屋にも近所にも妻と娘との思い出がそこかしこに染みついている。車は事故によって廃車になっていたが、その後、新たに買おうとは思わなかった。一人で移動するだけならいちいち駐車スペースを気にするよりバスやメトロ路面電車、名高きケーブルカーもあるし、タクシーを使った方が気楽だ。

「あら、ごめんなさい。眠ってた？」

「いや、ちょっと考えごとを……、失敬。大丈夫だ。つづけて」

「さっきの水銀球の話だけど」

「人間の意識は手のひらの上で転がる水銀の球みたいなものだって、あれだね」

「そう。私は意識をあまりに複雑なものだと考えていたような気がする」

ＡＩに私と自称させるように設定したのはレナードに違いない。コンピューターはあくまでも与えた命令の範囲内でしか仕事をしない。少なくともバックドアをすべて塞いであれば……。

「ＴＭＳやｆＮＩＲＳではミアの内側に意識があることはわかっても意識そのものにアクセスすることはできない。いい？」

「その通り」

「私が難しく考えているだけじゃなくて、実際、意識そのものが複雑なのは間違いない。それどころか意識とは何か定義ができているわけじゃない」

「何がいいたい？」

「水銀球の動きであれば、推測はできるんじゃないかしら」

「推測した結果がミアであるとはいいきれないだろ」

「観測者によると思うの。量子力学と同じよ。観測者が観測したとき、量子は観測者が観測した通りに振る舞う」

「アインシュタインが納得しなかった点だ」

「物理学者の功績はすべて四十歳になる前に挙げられている。それ以上になると物理学の発展に対してブレーキにしかならないという人もいる」

「ボーヴォワールか」

「実際にわたしがリンダじゃないことは、あなたが一番よく知っている」

「そうだね」

「気にしてる？」

「この頃はあまり気にならなくなってきた」

「観測者が見た通りに振る舞うものなのよ。推測された結果がミアだと思えば」

「ミアになる」

「それともう一つ、ヒトの脳というか、意識に特有の働きがある」

「いくつもあると思うけど」

「言葉よ。計測を言語野だけに絞って、その結果を分析するだけじゃなく、シミュレーションする方法はないかしら。あなたが元々抱いていた夢にはとうてい追いつけないけど」

レナードの夢——二十一年前、モントリオールのバーでリンダに向かって夢中になって喋った。

脳を電子的に取りだし、もう一人の自分にする。

人間の意識を形成する言葉、言語野、シミュレーションといくつも言葉——これもレナードの意識の働きにほかならない——がぐるぐる渦巻き、頭の芯がかっと熱くなった気がした。

目を細め、ベイブリッジ越しの夕陽を見やる。

朱《あか》いというのも言葉だ。

「しかし、たとえ言語野だけに絞ったとしても脳をシミュレートするには膨大な計算が必要となって……」

レナードは口をつぐんだ。

一人の男の顔が浮かんだからだった。

2020年9月28日／アメリカ合衆国カリフォルニア州

これもグローバリズムの一つか――レナードは日本酒《SAKE》の入ったグラスを口元に運びながら胸のうちでつぶやいた。

カリフォルニア州サンタクララ郡にある人口六万弱のこぢんまりとしたクパチーノ市の日本食レストランで器用に箸を使い、生のマグロをのせた鮨を口に運んでいるのがインド人なのだ。二年前まで京都で働いていたためか会いたいとメールを打つと、日本食レストランを指定してきた。

鮨を口に放りこみ、嚙みしめた直後、鼻をつまんで顔をしかめた。目には涙まで浮かべている。日本酒の入ったグラスを手に取り、一気に流しこむ。

「まさか……、辛いのか、ハリ」

テーブルを挟んで向かい側に座っている男はハリ・チャンドラ、大学時代の同級生だ。レナード同様、電子工学を専攻し、大学院にまで進んで博士号を取得している点もレナードと同じである。インド系アメリカ人ではなく、れっきとしたインド・ムンバイ市の生まれで親は金持ちの輸出業者と聞いている。

「WASABIは別物なんだ。香辛料じゃない。でも、好きだけどね」

そういって今度は白身の鮨を口に運ぶ。目を剝き、鼻をつまんで、顔をしかめ、目尻の涙を指先で拭ってうっとりした表情になる。

日本酒をひと口飲んでグラスを置いた。神妙な顔つきになる。ずっと以前からインド人には哲学者のような顔つきが多いと思っていた。とくに生真面目な顔つきになると哲学者的雰囲気が濃くなる。

顔つきがどうあれ、中身が一致するかは保証の限りではないが、チャンドラに関するかぎり頭脳は顔つき以上に深遠だ。とくに数学的な考察とアイデアは天才と呼ぶに相応《ふさわ》しい。

「奥さんのことは残念だった。それに娘さんのことも。無責任なことはいえないが、回復を祈っている。これは正直な気持ちだ」

「ありがとう」レナードは素直に礼をいった。「君はまだ京都にいると思って連絡したんだがな」

「あちらでの仕事に一区切りついたんで戻ってきたんだ……」チャンドラが笑みを見せる。「ジミーなら大丈夫だろう。実はこちらで新しい会社を起ちあげようって話があってね。そろそろぼくも大儲けをしていいころだ」

「大儲け？」

「まあ、よくある話でもある。スマートフォンアプリのプラットフォーマーになろうっていうんだから。内容はまだいえないけど」

「たしかに儲けてるのはプラットフォーマーばかりだな」

「それでぼくに教えを請いたいってのは何だい？」

「君は人の心を読みとる研究をしてたんだろ？」

チャンドラが形のいい眉を吊り上げ、右、左と目を動かした。

「脳情報デコーディング」

「失礼」

「簡単にいえば、誰かの脳内をのぞいて、そやつが何を思いうかべているかを読みとろうとしていた。人の心を盗み読みしようとしていたともいえる」

にやりとして、説明をつづけた。

「もし、アニメなんかであるように外から他人の心が読みとれれば、職場でも家庭でも人間関係がスムーズにいくようになるだろう」

そうだろうか——疑問を顔には出さずレナードはうなずいた——誰が何を考えているかが明白になった方がかえって人間関係がぎくしゃくするんじゃないか。

知らない方が幸せということもある。

チャンドラがふたたび真剣な顔つきになって訊いてきた。

「娘さんのことだな？」

レナードはうなずいた。

「京都での研究の目的には、病気やケガで植物状態……、失礼、外部とのコミュニケーションがうまくいかない人が何を考えているかがわかれば、治療やケアに役立てられるというのがあった」

十年ほど前から、とチャンドラはつづけた。

「まずは睡眠中の脳活動パターンを調べるところから始めた。アルバイトの学生に眠ってもらって、といってもクスリなんかを使うわけじゃなく、いつも通り自然に眠ってもらった。こっちは脳波計を見ててね。それでREM《レム》睡眠に入ったところで起こして、夢を見ていたかを訊く」

睡眠には大雑把《おおざっぱ》にわけて、レム睡眠とノンレム睡眠の二種類がある。REMは素早い眼球運動《ラピッド・アイ・ムーブメント》の略で、脳波計で見ると覚醒時と変わらないくらい活発な値を示す。深い眠りというと脳波が落ちついている方のようだが、実際は逆だ。かつてリンダから教えてもらったことがあった。逆じゃないのと訊きかえすと、睡眠の仕組みにはまだまだ不明な点がたくさんあるといわれた。

「ぐっすり眠りこんでいるところを叩き起こされるわけか。災難だな」

「科学の進歩のため、ある程度の犠牲はやむを得ない。あくまでも被験者は志願者《ボランティア》だったしね」

チャンドラたちは深い眠りについている学生たちの脳活動パターンを記録したところで起こし、そのときに見ていた夢について質問するということをくり返した。そうして脳活動パターンとそのときに脳裏に描いていた映像とを重ね合わせる、つまり入力と出力を調べ、両者の関係を把握しようとする。このときＡＩを利用して機械学習をさせた。

「ぼくがいた十年の間に数万件を集めることができた。ＡＩには学習させるだけじゃなく、類推もさせた。そしてＡＩが出した答えと被験者の回答を比べたんだ。十年のうちに確度はずいぶんと高くなっていった」

「文字や言語については調べなかったか」

「調べた」チャンドラが身を乗りだし、まっすぐにレナードの目をのぞきこむ。「君のメールにあった西洋こっくりさんの電子版というのは面白いと思った」

ウィジャボード《ウィジャボード》は降霊術で使われた板で、アルファベットと数字が書いてあり、霊能者もしくは参加者が指を触れているコインが動き、ある文字や数字、ときには文章を指すというものだ。

レナードがチャンドラに送ったメールには、被験者——植物状態と最小意識状態の間にいるマリアの脳が特定の文字を指ししめす方法はないかと書いた。

「脳情報をデコードする際、覚醒した被験者に図形や文字を見せて脳活動パターンを調べることもあった」

「それじゃ……」

いいかけたレナードの鼻先にチャンドラが手のひらを立てる。

「問題が二つある。一つは、実験はすべて健常者を対象に行われたこと」

「もう一つは？」

「パターンを学習するには、スーパーコンピューターが必要だってことだ。君はスパコンを自由に使えるか」

国家的事業になるという意味だ。レナードは力なく首を振った。ある程度予想はしていたのである。

クパチーノに行った日の三日後、病院を訪ねてきた人物があった。担当医に案内され、応接室に入ったレナードは言葉を失った。

待っていたのは女性、しかもリンダそっくりだったのである。

5

2021年12月13日／中華人民共和国西部

崑崙山《クオンロンマウンテンズ》とリンダがいった。西方にそびえる、雪に覆われた山脈をぼんやり見ていたときだ。

ＡｉＣＯをベースとしたリンダの文書検索システムを、かつての妻の名前で呼ぶことにもはや何の抵抗もなかった。文書検索システムとしてのリンダはパソコンのハードディスクに置かれているわけではなく、ディスプレイに表示されているアイコンは窓に過ぎなかった。実体——そんなものがあるとしての話だが——はネット上を漂っていて、レナードがアクセスしたときにだけ凝集し、リンダを生成する。だからノートパソコンからスマートフォンに移し替えるのも簡単だった。スマートフォンにアプリをダウンロードし、起動させてアドレスとパスワードを入力するだけでアクセスすることができる。

スマートフォンのアプリものぞき窓に過ぎない。今、レナードはイヤフォンとマイクが一体になった小さなヘッドセットを左耳に挿してリンダと話していた。

「神々《ディティス》のいる山といわれた」

リンダの言葉にうなずく。

「アジアだな」

レナードにとって神《God》は唯一無二、つねに単数だ。

澄み渡った空を背景にくっきり浮かびあがる稜線に目を細め、遠くへ来たものだと思わずにいられなかった。中華人民共和国新疆《しんきょう》ウイグル自治区カシュガル市の西端にある研究施設内の一棟にいる。北京から西南西に三千四百キロ、サンフランシスコからなら実に一万二千キロ離れている。

リンダそっくりの女——王梅芳《ワンメイファン》が訪ねて来たのはもう一年以上も前になる。病院では理事の一人だと紹介された。病院はもともと市内チャイナタウンの近くにある小さな診療の治療費をまかなうための互助会があり、診療所に対し、多額の金銭援助をしていた。保険もない中国系患者が格安で診察を受けられるようにするためだ。

出資額が増え、一九七〇年代にはほぼチャイナタウンの互助会の出資で運営されるようになっており、二十世紀の終わり頃から上海に本社を置く医療サービス会社も出資者に加わるようになっていた。診療所が徐々に規模を拡大し、二〇〇五年に現在の総合病院となったときには、上海の会社の出資比率は七十パーセントに達していた。

もっともそうした説明をレナードが聞いたのは、メイファンがやって来て以降だ。

「最初に彼女を見たときにはびっくりしたな。君にあまりに似ていたから」

「たしかに似てるわね」

リンダが残したデータにワン・メイファンに関する画像があったわけではない。ハッキングを得意とするAiCOをベースにしているだけにリンダは病院のセキュリティシステムに入りこみ、監視カメラ映像と、リンダの画像を比べたのである。

「だけど、あなたの記憶が引きよせられたともいえる。記憶は……」

「思いだそうとしたときに生成される、だろ？」

「その通り。だから最初に彼女を見たとき、私に似ていることに驚いて、記憶が引きよせられてしまった」

「なるほど。二人が並べば、違いは一目瞭然《りょうぜん》だったわけだ」

「おそらく」

しかし、最初に会ったとき、メイファンはいったものだ。

『奥様に似ていることに驚かれたと思います。私と彼女は一卵性双生児のようなものですから』

い、い、い、いのようなものって何だと思ったが、あえて訊ねようとはしなかった。

リンダの死後送られてきたビデオメッセージには自らの死を予感している節があった。レナードにはうかがい知れない何者かが、蠢《うごめ》いているのを感じていた。

リンダが上海生まれだというのは聞いていた。当初はフィギュアスケートの選手を目指してアメリカに渡り、ロサンジェルス在住の中国系アメリカ人の養子になった。しかし、スケート選手としての才能は、せいぜい十人並みより少し上という程度で、とてもオリンピックを目指せるレベルにはなかった。それでも夢を諦めきれずミアに託したのは理解できる。

一方、学業に秀で、高校、大学と奨学金を得て進んだ。養父母はリンダを迎えたとき、すでに七十歳を超えていたという。リンダが大学院に進んだ頃に相次いで亡くなった。カナダで再会する以前の話だ。

初めてメイファンと会った日、彼女の提案には逆らいようがなかった。

上海の会社——多数の医者をかかえ、世界各国で病院を運営する医療サービス提供事業を中核として、複数の医療機器や医薬品メーカーを傘下に持つ巨大企業グループであった——がミアの意識にアクセスしようとしているレナードを全面的にバックアップするというのだ。その中には、当然のことながら中国製スーパーコンピューターの使用も含まれていた。

なぜ上海の会社がレナードに対してそうした協力を申し出たのか、動機はわからなかったが、レナードの行動をすべて把握していたからくりは想像がついた。ミアの転院に始まり、その後の検査や治療はリンダと相談しながら進めてきたし、リンダとレナードが呼ぶものの実体はネット上を浮遊するＡＩプログラムＡｉＣＯにほかならず、ある程度予想していたようにバックドアを塞ぎきれていなかったのだ。しかもミアが入院しているのは、上海の会社が実質的に運営している。患者に対する守秘義務は、あくまで病院の外側に対して問題となるだけで、理事会であれば、情報の共有はむしろ必然といえた。

二重、三重の意味でレナードの行動は筒抜けだったのである。

その上、自らの死を予感していたリンダと、リンダとは一卵性双生児のようなものというメイファンが登場した。病院と上海の会社との関係やメイファンの存在を、検索システムの方のリンダは知らない。残されたデータのどこにも病院の名前すら残っていないためだ。あくまでもリンダの残した文書に対する検索エンジンでしかない。

レナードの望みは、眠りつづけるミアの意識にアクセスすることでしかない。リンダは喪《うしな》ってしまったが、状態はどうあれミアはまだ生きている。しかし、残された時間があまり多くないこともわかっていた。

焦燥と渇望に駆られた哀れな夫にして、父親であるレナードの希望、もしくは魂胆を見透かすのはさして難しいことではなかっただろう。

サンフランシスコから上海経由でカシュガルまで一気に飛んだ。ビジネスジェットは上海の会社が保有しているものだった。カシュガルにある総合医療研究所の規模には驚かされたが、最初だけだ。レナードはたまに上海に出張するだけで、あとはずっと研究所に詰めていた。

一年三ヵ月前、クパチーノの日本食レストランでチャンドラに話した電子版ウィジャボードが完成に近づいている。

「テストの用意がととのったようよ」

リンダが耳元で告げる。音声アジャストはますます進み、おそらくレナードの記憶も改変され、その声はリンダ本人のものとしか感じられなくなっていた。

「わかった」

レナードは窓辺から離れた。

そもそものきっかけはカナダでさまざまな検査をしていた頃に遡る。ある日、ミアにイヤフォンをつけさせ、レナードが声をかけた際にミアの脳内でどのように血流が変化するかを調べていた。夜になって宿舎に戻ったレナードにリンダがいった。

『大脳基底核に血流が見られる』

大脳基底核が脳の深いところにある部位で、人間やほ乳類だけでなく、両生類、は虫類にも存在し、全身の末梢神経から送られてくる情報が集まって徐々に膨らんでいった、いわば生物にとってもっとも初期にできた脳と見られていた。そのためヒトの大脳の多くを占める部位を新皮質というのに対し、古い脳ともいわれる。

『脳を持った生物にとって、生きのびていくために必要な部位だった。とくに強い筋力も強力な武器である牙や爪をもたない遠い人類の祖先にとっては』

『どういうことだ？』

『天敵に襲われたとき、とっさに生きのびる方向を選択したのよ。誤解を恐れずにいえば、直感を司る脳だった。逃げるか、踏みとどまって戦うか。茂みから肉食獣が飛びだしてきて、襲いかかろうとしているところを想像してみて。そのとき、どうするか。それほど数は多くないと思うけど、選択肢はある。生きのびるのに最適な解を選択する。それも瞬間的にね』

大脳基底核の機能はざっくりと二つに分かれる、とリンダがつづけた。一つは抑制。それまでの経験によって蓄積された知識の中から逃げ延びるための方策がどっと湧きあがる。方策は一つとはかぎらないし、選択肢は多い方がいい。もう一つが促進で、複数ある選択肢のうち最適解を選んで大脳に戻すという。

『そして躰が反応する』

『肉食獣は飛びかかってこようとしているんだから、あれこれ考えている余裕はない。直感に頼るしかないのよ。大脳基底核はその直感を司る。強い意志の表れと見てもいいんじゃないかしら。理屈じゃなく、こうしたいという本能的な意志と』

その後もくり返し大脳基底核の反応は見られた。しかし、ミアに何らかの強い意志があったとして、何をそれほど強く求めているのかは結局わからなかった。カナダからサンフランシスコに戻ってからも状況は変わらない。そして電子版ウィジャボードのアイデアにたどり着き、実現のため、こうして中国までやって来た。

現在の研究所に来てからもミアの大脳基底核の動向は観察していたし、昨日もレナードの呼びかけに対し、反応しているのを確認した。

問題があった。電子版ウィジャボードの基礎になる脳波を測定するためには、信号を受診するための端子をちりばめたヘッドギアを装着させなければならず、ヘッドギアを着けたままｆＭＲＩのドームに入れることはできない。

方法としては、電子版ウィジャボードを構築しているＡＩ上で前日までに取りこんでおいたｆＭＲＩのデータを重ね合わせ、タイミングを合わせるしかない。ミアの大脳基底核が反応したと推測される瞬間に大脳皮質の聴覚野、言語野、運動野がどのような反応をするかを計測し、あとはＡＩが読み解く。

手順としてはレナードがミアに呼びかけ、聴覚野が反応する。ほぼ同時に大脳基底核の血流が増えたと想定して、言語野にどのような言葉が浮かび、信号が運動野に送られて、どのような言葉を発しようとするのかを脳波から推測する。運動野は咽頭へ指令を送るが、もちろんミアの躰が反応することはない。

反応してくれれば、電子版ウィジャボードはまるで意味がなくなるが、レナードはミアの声を聞ける。

鉄扉を押しあけ、実験室につづく前室に入った。さまざまなモニターが並んでいる様子は音楽スタジオの調整室のようだ。実際、中国の威信をかけたスーパーコンピューター〝神域〟と実験室とを結びつけ、同調させる作業を担当している。コントロールパネルの前に並ぶ三人の技術者と挨拶を交わし、さらに実験室に入った。

中央にはベッドが置かれ、すでにヘッドギアを装着されたミアが横たわっている。大きすぎるヘッドギアを被せられたミアは小さく弱々しく見えるが、今日はことさら小さかった。

ミア。

胸のうちで声をかけ、近づいたレナードは女性技術者の差しだした片耳式のヘッドセットを受けとった。ヘッドセットを右耳に装着し、ベッドを囲んでいる技術者たちを見渡した。総勢五名。白人男性、黒人女性、あとはアジア系の男女だが、男女一人ずつが中国人、あとの男性が日本人で、京都から来ており、二年前までチャンドラとともに働いていた。もっともレナードには中国人と日本人の区別はつかない。

〝OK、はじめてちょうだい〟

イヤフォンから流れてきた声に驚き、前室との間に切られている窓に目をやった。同じように片耳式のヘッドセットを着けた、ダークスーツ姿のメイファンが立っている。レナードにつづいて入ったのだろう。

小さくうなずいただけで、ベッドを囲む五人のスタッフを見まわした。

「それでは脳情報のデコーディングテストを開始する。脳波計？」

「準備完了」

黒人の男が答えた。

「バイタルサインは？」

ミアの躰にはさまざまなセンサーが取りつけられ、呼吸、体温、心拍、血圧、尿量をチェックしていた。中国人女性が答えた。

「異常ありません」

「了解。では、開始する。接続してくれ」

〝つなぎます〟

前室に陣取ったスタッフの声がイヤフォンに流れた。レナードが着けているヘッドセットとミアのヘッドフォンを接続し、声をかけることになっていた。

ミアに目を向けた。顔色がいいとはいえなかったが、穏やかな寝顔に見える。まぶたや唇を子細に観察したが、動きは見られなかった。

唇を嘗め、声を圧しだす。

「ミア」

表情にはぴくりとも変化がなかった。もう一度呼びかけようかと思ったとき、先ほどと同じ前室スタッフの声がイヤフォンに流れた。

〝聴覚野、反応しています〟

レナードは口元のマイクを右手でつつみこんで小声で答えた。

「わかった」

〝大脳基底核、反応〟

ふたたび前室スタッフが告げたが、こちらはＡＩがレナードの声を合図として同調し、昨日までのデータをもとに推測しているに過ぎない。

「わかった」

相変わらずミアの表情に変化はなかった。だが、ふたたび前室スタッフの声が流れる。

〝言語野……、運動野……、反応〟

きゅっと咽がすぼまった。

「ドクター・レナード」ベッドのわきにいた中国人の女性スタッフが声をかけてきて、ノートパソコンを載せているキャスター付きの台を動かし、ディスプレイをレナードに向けた。「ご覧ください」

目を向ける。さらに咽がすぼまり、呼吸が止まった。

青いスクリーンに文字が現れる。

――ハーイ、パパ……。

思わずミアを見やった。だが、表情にはわずかな変化もない。

ふたたび女性スタッフが呼びかけてくる。

「ドクター」

目を上げ、ディスプレイを見やった。

――いつも、ありがとう。

驚愕のあまり、呼吸を忘れ、涙が溢れてくることすらなかった。

深夜、居室に戻ったレナードは窓辺に立っていた。外は漆黒の闇に閉ざされ、つややかなガラスに映る自分の顔が見られるだけでしかない。

「ミアが答えているんじゃなく、ＡＩの推測に過ぎないことはわかっている」

「だから？」

「ミアに再会できたわけじゃない」

「それはあなたの考え方次第でしょう。前にも話したことがあるけど、量子は観察者が見ているように振る舞う。ＡＩの推測だとしても、あなたがミアだと認めれば、ミアになる。しっかりして、ジミー。今はあなたしかあの子を認めてあげられないのよ」

「だけどね……」

「ジミー」

リンダはほんのちょっと声のトーンを変えるだけでレナードを黙らせることができた。いつの間にＡｉＣＯがそのような学習をしたのだろうとちらりと思う。

「今、あなたが話している私は何者？」

負けだ。

レナードは息を吐き、うなずいた。

「わかった」

ミアの脳波パターンからの推測であれ、大きな一歩には違いなかった。その後もレナードはＡＩの推測を足がかりとしてミアとの対話をつづけた。

半年ほどして、視覚野の解析を重ね合わせることを思いついた。言語には、耳で聞き声で出力する聴覚的言語と、文字を見て意味を知る視覚的言語の二つがあり、両者は不可分の関係にある。口を閉ざして読んでいても、脳から発声器官への信号が送られ、何より脳裏では音声となって聞こえる。逆に聴覚から入力した信号が脳裏では文字に変換される。

ＡＩによる推測は深度、確度を増していき、いつしかスタッフは心を解釈する計算式《マインド・インタープリッテッド・アルゴリズム》の略称ＭＩＡ《ミア》と呼ぶようになった。レナードがこだわったせいでもある。

スーパーコンピューターの中で生成されたのは、名実ともにミアなのだ。

だが、長くはつづかなかった。ＭＩＡが稼働しはじめて二年後、マリア・レナードは死亡した。死因は肉体の衰弱による。多臓器不全としかいいようはない。

二度目の別れは、レナードにとって尚更辛かった。

事故から十二年が経過していた。ミアの状態を考えれば、驚異的に長生きしたといえる。

だが、何の慰めにもならなかった。

現在（ＵＴＣ　2031／11／17　19：05：23）

背後でレナードが話しつづけていた。

「二〇一二年のことだ。カリフォルニア大学ロサンゼルス校《ＵＣＬＡ》の心理学准教授がテルアビブに行った。当時、イスラエルの首相は寝たきりでね。かれこれ六年にわたって外部とのコミュニケーションが取れない状態にあった。原因は脳卒中。そこで脳の専門家に診断してもらおうということになって、大学に打診が来たんだが、学内の意見は真っ二つに分かれたそうだ。首相は毀誉褒貶《きよほうへん》の男で、英雄であると同時に戦争犯罪人ともみなされていたんだ。しかし、准教授は行った。そこでテストをしたんだ。わかったのは、首相が最小意識状態にあることだけ。首相とはコンタクトが取れなかった。MIAがあれば……」

だが、つややかな窓ガラスに映っているものに心を奪われ、ふり返ることすらできなかった。

ふり返る？——皮肉な反問が脳裏をかすめる——旋回するの間違いじゃないの？

つややかなガラスには、小型のドローンが映っている。機体中央にはカメラのレンズが据えられ、わきに小さなランプが赤く灯り、撮影中を示していた。機体の左端に赤、右端に緑のライトがついていた。少なくともレナードや龍太が霊能者などではなく、ドローンを見ていたに過ぎない。

「三年ほど前から中国の国家主席が公の場に姿を見せなくなった。もともと太りすぎで血圧が高かったかも知れない。ところが、姿を見せなくなってから一年もしないうちに国家主席の発言が各レベルでの会議で公式に発表されるようになった。ミアが死ぬ半年ほど前、プログラムの方のMIAはほぼ完成していた。その後、あの研究所の連中がMIAをどうしたのかは、わからない」

ふり返った、もしくは旋回した。視野の真ん中にレナードをとらえる。レナードは顔を上げ、まっすぐに見返していた。ドローンのレンズを睨んでいるだけだが……。

「国家主席の意向を取り出せるシステムがあれば、中国政府はいくらでも資金を投入するだろう。先端技術を採り入れるため、世界中に優秀な学生を派遣していたことも役に立った」

レナードをじっと見つめていた。うなずいた彼は言葉を継ぐ。

「リンダがそうした学生の一人であったか、最後までわからなかった。メイファンとの関係も明かされないままだし、国家主席に近づくこともなかった。幸いだと思ってるよ。ぼくはミアに会いたかっただけだ。それ以上は何も望んでいなかった。下手《へた》に深入りしていれば、今ごろここには……」

レナードが言葉を切った。

金属を床に打ちつけるような、奇妙な足音が近づいてくる。かすかに聞き覚えがあった。自動扉が開く。

一人の男が立っていた。

最高のジョー《ジョー・マックス》……。

なぜか名前がぽんと浮かんだ。

第四章　パラ・ソルジャー

1

2006年6月9日／イラク共和国バグダッド

出生名はジョエル・マクスウェルだが、陸軍に入隊し、部隊配属になって以来、誰もファーストネームも知らなければ、ジョエル、もしくはジョーと呼ばれたこともなかった。おそらく中隊長くらいになれば、新兵として配属されたときに書類くらい目を通しているだろう。おそらく憶えてはいまい。ファーストネームが頭に浮かぶのは、戦死したときくらいのものだ。

たいていはマクスウェルもしくはマックスと呼ばれた。制服の左胸にはファミリーネームを刺繡《ししゅう》したリボンが縫いつけてあり、名前と階級章を見れば、用は足りる。マックスと呼ばれることの方が多かった。軍隊では何であれ、時間をかけないのが尊ばれる。もっともマックスと呼ぶのはせいぜい分隊長までで、小隊長以上に声をかけられたときのやり取りはたいてい同じだ。

『えー』

そこまでいって、小隊長以上の上官がちらりとマクスウェルの胸に縫いつけられたリボンに視線を走らせてからおもむろにいう。

『マクスウェル』

より丁寧を心がける上官なら目を上げ、襟の階級章を確かめる。

マクスウェル上等兵——前線では一番下っ端——、以上。あとはペンダント式の識別票《ドッグタグ》に血液型B、プロテスタントと刻印されているだけで、マクスウェルが死亡したときに誰かが拾いあげ、親指で血をこそぎ落としてからファミリーネーム以外の事項を確認する。

戦闘中、ドッグタグはブーツに押しこんでおくように教えられた。躰がばらばらになっても少なくともブーツを履いている足が誰のものかがわかる。運良く爪先から胴、頭までつながっていれば、死体袋の中にいるのが誰かわかった上で帰国できる。

今、マクスウェルは分隊とともにイラク・バグダッドの街角にある石造り、三階建ての屋上に寝そべっていた。午前二時。鼻先に自分の手を持ってきても見ることすらできない闇に包まれている。もっとも自然界に本物の闇は存在せず、光増幅器や赤外線感知装置を内蔵したスコープを使えば、闇の中を見通すことができた。じゃりじゃりした屋上に肘をつき、左手で前部銃床を支えているM4自動小銃には赤外線暗視眼鏡《サーマルスコープ》が載せてあった。

まるで昼間のように、というほどではないにしろ、初めて暗視眼鏡をヘルメットに取りつけ、パトロールに出たときには、何もかもがあまりにくっきり見えるのにびっくりして、思わずスコープを持ちあげ、自分の手を、周囲を見まわし、何も見えないことを確認したものだ。それからスコープを下ろして何もかも見えるのを再確認して、驚嘆するという馬鹿な真似をやった。しかし、驚きは最初でしかなく、次には視野が恐ろしく狭く、その狭い範囲内にぼやっと突っ立っている気のいい敵などいないことを学んだ。

イラク派兵も二度目だったので、兵隊暮らしのあれこれにいちいち驚かなくなっていた。

陸軍に入隊したのは十九歳になる直前、二〇〇三年十月だった。すでに結婚していて赤ん坊が一人いて、仕事がなかった。住んでいたのは一間のアパートで建物はぼろぼろ、水道が来ていなかったのでトイレが流せなかった。高校中退、資格も免許もないマクスウェルにまともな働き口はなかった。唯一の望みが陸軍で、入隊時のボーナスが七千ドルといわれ、それで必死になった。

もちろん不安はあった。アフガニスタンとイラクで戦争をしていたからだ。死にたくはなかったし、手や足や顎を吹き飛ばされたくもなかった。水道のないアパートに住んでいた頃、近所に帰還兵がいた。予備役で戦場に行ったとき、のぞきこんだ穴に即製爆弾《IED》が仕掛けられていて、顔の真ん前で炸裂、左目と顎を失っていた。サングラスをかけていれば、左の眼窩に入れた義眼をごまかすことはできたが、顎はどうしようもない。唇の下が半インチもなかったし、声がこもり、もごもごいうばかりで、よほど慣れないと何をいっているのか聞きとれなかった。

それでも七千ドルは必要だった。訪ねていった徴兵事務所で採用担当官《リクルーター》が真っ先にいったのは、一九九一年の湾岸戦争が百日で終わったことだ。おれを見ろ、とリクルーターはいった。湾岸戦争に従軍したが、クェートで一ヵ月待機しただけで帰国したと話した。『今の戦争だって、実質的な部分は五ヵ月も前に終わってる。大統領が勝利宣言をしただろ。テレビで見なかったか。大規模戦闘は終わった。残りは後始末がちょこちょこあるだけだ。万が一、お前が戦場に行ったとしても大したことにはならない』

リクルーターは自信たっぷりに言い放った。少しでも脳味噌があれば、二年前からアフガニスタンで戦争をしていることを思いだせただろう。そちらは全然終わる気配がない。

しかし、そのときマクスウェルの乏しい脳味噌の七十五パーセントは七千ドルが占め、二十四・五パーセントが戦場には行かずに済むという思いだった。不安や恐怖がなかったわけではないが、〇・五パーセントほどでしかない。しかも、入隊の手続きをしてすぐに戦場に行けるはずがなく、半年ほどは国内の基地で訓練を受けなくてはならない。半年もあれば、ちょこちょことした後始末も終わっているだろうし、万が一イラクに送られたとしても前線の手前で待機しているうちに戦争は完全に終結するはずだ。

何しろ目の前に証拠があった。湾岸戦争に参加しながら一ヵ月間の暇つぶしをしただけで帰ってきたとリクルーターは言い、そのときは顎のない帰還兵の様子はきれいさっぱり脳裏から消えていた。

身体検査を受け、数回にわたる面接を受けたあと、契約ということになった。とにかく七千ドル、七千ドルと胸のうちでくり返しながら何枚もつづられた契約書にサインしていった。細かい文字がびっしり打ちこまれていたが、読むのは面倒くさかったし、親切なリクルーターがサインすべき場所を一つひとつ指さして教えてくれたのでサインするだけだった。しかもちゃんとフルネームを書いたのは最初の一度だけで、あとは指さされた枠の中に×印を殴り書きした。

明けて二〇〇四年三月、訓練は終わったが、イラクとアフガニスタンでの戦争はつづいていた。それどころかますます激しさを増しているともいわれていた。

マクスウェルは自分をごく当たり前のアメリカ人だと思っていた。とりわけ愛国心が強いとも思っていなかったが、二〇〇一年九月十一日、アメリカがいわれのない攻撃を受け、罪のない人たちが数千人単位で殺されたことにはやり場のない怒りに駆られ、テロリストどもに復讐したいと思った。

そのときは十七歳で、高校を中退したばかり、キャシーと付き合いはじめてはいたものの将来のことは何も考えていなかった。一年後、キャシーが妊娠し、アダムが生まれると状況が一変した。アルバイトを掛け持ちしたが、家はぼろだったたし、服はすべて古着で我慢するしかなかった。

キャシーは優しい女だ。徐々に生活が苦しくなり、追いつめられていってもマクスウェルをなじったり、泣き叫んだりしなかった。どれほど貧しくても耐えられる。二人の思いはその一点では共通していた。だが、アダムは別だ。小さな口には飢えないよう食べ物を入れてやらなくてはならないし、できれば、ちゃんと教育を受けさせ、自分たちとは違う生活をさせたかった。

マクスウェルはオハイオ州の、かつては鉄鋼業で栄えた町の生まれで、キャシーが生まれ育ったのはそこから西へ十五マイルほど行ったところだ。二人とも似たような境遇で育ったし、同い年だった。

マクスウェルという家名は誇り高いスコットランドの一族の証だと死んだ祖父はいいつづけていたが、四十エーカーの畑を持ちながら死ぬまで貧乏から抜けだせなかった。子供は七人、マクスウェルの母親は下から二番目だ。自由を愛し、自立心旺盛だった母は十五歳で家出し、奔放な都会暮らしをした。しかし、二年もしないうちに実家に戻っている。そのときすでに妊娠しており、ほどなく男の子——ジョエルと名づけた——を産んだ。それでも落ちつくことなく、ふたたび漂泊の思いに駆られて、家を出た。一人息子を両親に押しつけて……。

　マクスウェルは祖父母に育てられた。母以外の六人の兄弟姉妹たちも似たような生活をくり返し、古くて大きな家には入れ替わり立ち替わり伯父、伯母たちがやって来て、しばらくの間いっしょに住んだかと思うとまた出ていった。子供をいっしょに連れていくこともあったし、親に押しつけていく——置き去りにして出ていく——こともあった。子供の頃、祖父母の家には十人のいとこが同居していた。

　いとこの中でもっとも年かさだったビリーがいい奴で……。

　ブシュッ——イヤレシーバーに流れたスイッチの擦過音でマクスウェルの追憶は一瞬にして断たれ、緊迫したやり取りがあとにつづいた。

〝チェック、右向かいの建物、三階建ての〟

〝どこだ？〟

〝右向かいだ、間抜け。そこの二階の窓に人影が見えた〟

　交信は慌ただしく、緊迫している。

　マクスウェルが所属する大隊は、バグダッド市内の東部にあるかつての学校を拠点としていた。士官学校だというが、大きめの小学校といった感じだ。

　前方作戦基地《フォワード・オペレーション・ベース》——ＦＯＢと呼ばれる。

　マクスウェルが前回の派兵で駐屯した通常の基地であれば、基地から前線へ出動するのだが、FOBは前線より前、つまり戦闘地域のど真ん中にある。アメリカが占領し、コントロールしている安全地帯《グリーンゾーン》から東へ二十キロ離れていて、北へ十キロも行けば、市内でもっとも治安が悪い一帯があり、そこから北西へ数キロ進むとスンニ派の一大拠点があった。

基地には日に数回、迫撃砲弾が撃ちこまれる。警報が鳴りだしたかと思うと一分とかからないうちに上空に口笛を吹くような音が聞こえ、着弾する。分厚いコンクリートに囲まれた待避壕やハンヴィの駐車スペースはあるものの駆けこんで身をかがめる余裕はない。せいぜいその場で伏せるくらいのものだ。運がよければ、音速を超えて飛ぶ尖った破片にあたらずに済む。

風は東西にしか吹かない。東から吹くときは糞尿の臭いがして、西風にはゴミを焼くきな臭さが押しよせ、目はちかちか、鼻の奥が痛くなった。雨が降れば、敷地一面泥沼のようにぬかるみ、歩くのにも苦労し、雨が降らなければ土ぼこりが舞ってろくに目も開けられない。出動が命令され、門を出れば、そこはもう戦場だ。

即製爆弾《IED》はゴミの中に隠してあるので、道路わきや家屋の周囲のゴミには注意しろといわれつづけてきた。前回の派兵のときにも同じようにいわれ、ゴミが溜まっている一角には注意を払った。二度目の今回もあらゆるところで同じ注意をくり返された。前方基地に到着し、初めてパトロールに出て、唖然《あぜん》とした。街中にゴミが溜まっているのではなく、ゴミ溜めの中に街があり、住民が住んでいるのだ。戦争が始まって三年、首都バグダッドは当初から戦場であり、さんざんに空爆で叩かれていた。建物の大半は瓦礫だったが、それでも人は住みつづけ、生活すればゴミが出る。夜間は外出禁止令が出ているし、昼間も出歩けば命の危険がある。ゴミは窓から、裏口のドアから放り捨てるしかない。上下水道とも止まって道路わきの側溝は汚物で溢れかえっていた。

四月にFOBに入ったときは、まだ気温がそれほど高くなく、しのぎやすかったが、二ヵ月が経ち、六月になるとひどく蒸し暑くなった。部隊は百五十名ほどの中隊ごとにコンクリートで区切られた部屋に詰めこまれ、折りたたみベッドをぎっしり並べていた。エアコンもなく、寝苦しい。マクスウェルは気心の知れた分隊の仲間と少しでも風が吹き抜ける隊舎の屋上に出て、毛布を敷いただけで寝ることも多かった。

息苦しさからは解放されたが、迫撃砲弾を撃ちこまれることもあった。

真夜中、周囲に点在する街灯だけでは光源としては不十分だ。真っ黒な空に口笛が響き、急速に近づいてくる。あわてて階段を降りようとしても意味がない。屋上を取り囲む、高さ一メートルもないコンクリートの塀か、給水塔やエレベーターのモーター室の壁に寄り添って身を縮めているしかない。そもそもどこに着弾するか、まるで予想もできないのは昼間と変わらない。撃っている方にしてもどこに落ちるのかわからなかっただろうし、気にもしなかっただろう。砲弾の落ちる先にアメリカ兵がいる。それだけで充分なのだ。

居室に命中することもあった。初弾が駐車場に落ち、二発目が玄関のそば、三発目で建物の角をふっ飛ばし、四発目がいよいよ屋上に飛んでくるかと思いながら頭を抱えこんでいるときには全身が激しく震え、ぶつかり合った歯が鳴った。

任務は毎日あった。昼間のパトロール、夜間の見張り、そして真夜中の捜索だ。今夜、小隊の三個分隊に下された命令が真夜中の捜索だった。ベースから四台のハンヴィで出て、三十分ほど走った街角で降ろされた。真夜中の捜索には、一個分隊七名の二個が投入されるAコースと、三個によるBコースがあった。

Aコースでは一個分隊が建物の周囲を警戒し、もう一個が突入する。Bコースは突入、建物前警戒のほか、周囲を見渡せる位置にもう一個が配置され、より広い範囲を見張るようになっていた。Bコースの方が敵の逆襲、急襲を受ける可能性が高いとされていたが、本当のところはわからない。どちらも襲われるか、何も起こらないかの五分五分でしかない。敵の反撃に遭ったり、周囲から攻撃を受けることは案外少なかった。

だが、一年ほどの期間をおいて二度目の戦闘勤務に就いてみると敵も味方も大きく変わっているような気がした。配置された地域による違いもあっただろう。一度目のときは、比較的平穏な地域を点々としたが、今回は首都バグダッドだから当然といえた。

味方もずいぶんと変わっていた。派遣されている米軍部隊の兵員は十数万ともいわれ、次から次へと補充が来る中、見知った顔に出会うことはなかった。ファーストネームで呼びあうほど親しくなる時間もなければ、その気にもなれず、日々、とにかく生きて、できれば手足を失うこともなく一年間をやり過ごせるよう願っていた。

二度目の任務に就いて、まだ二ヵ月しか経っていない。この基地だけでも毎月数人ずつ戦死者が出ていた。負傷者はもっと多く、この数字には、直接戦闘と関わりない事故による死傷者は含まれなかったし、あくまで陸軍の兵士が対象だった。民間の武装警備員や輸送に携わる民間業者はカウントされない。

確実にいえるのは、戦争開始初年の二〇〇三年に大統領が戦闘終結宣言を行い、同じ年の暮れにサダム・フセインが拘束されながら、二〇〇四年以降の方が戦死者、負傷者がはるかに多いということだ。

味方の兵士たちもたった一年で大きく変わってしまった。日々、銃弾、爆弾、迫撃砲弾にさらされ、部隊の仲間や民間人が殺され、遺体が意図的に損壊されているのを見せつけられていれば、多少荒《すさ》んでも無理はない。相対しているのはテロリストか、女のテロリストか、小さなテロリストなのだ。

午前一時か二時ごろ、一軒の家を急襲し、中にいる人間を拘束、武器を押収する。カラシニコフ自動小銃、手榴弾、ナイフ等々だ。どこの家にもある、自衛用の武器だ。子供時代を過ごした祖父の家にも、母が連れこんだ男と暮らしたトレーラーハウスにも銃は何挺もあった。それが当たり前だ。しかし、イラクではテロリストでもないかぎり武器を所持していいるはずがない。年齢など確かめようもないので身長五フィート——百五十センチ以上の男は問答無用で一律拘束し、ＦＯＢに連行して地元警察に引き渡す。女たちは必要以上に喚《わめ》かないかぎり放っておく。あまりにうるさかったり、武器を手にしたりすれば射殺した。

一度目の任務期間中は、男たちを拘束しても翌日には釈放されていたし、まして女や子供を射殺することは滅多になかった。今回は……、いや、一年前などあまりに昔で、憶えているはずなどなく、すべて記憶違いだろう。

ハンヴィがようやく通りぬけられる通りの両側にびっしりと二階建ての家が並ぶ五十メートルほどの通りで、向こう側は広場になっている。第一分隊が家宅捜索を行っている家はマクスウェルの左で、広場から二軒目だ。通りの両側にあるうち何者かが住んでいるのはそこだけだった。戦場の中でたった一軒だけ残っているのには、理由があるに違いないと考えたのだろう。情報部なのか、中隊か大隊の本部なのか、それとも合衆国大統領なのかは知らない。少なくとも、部隊の動きはすべて大統領の命令に従っていることになっている。建前上は……。

またイヤレシーバーに怒鳴り声が聞こえる。

〝右の向かいだといってるだろ。お前たちから見れば、右側の家で広場から三軒目、その二階だ〟

探索対象である家の前で手を振りまわしているのは、警戒にあたっている第三分隊の分隊長だ。通信を受けて、怒鳴り返しているのは左隣に寝そべっている第二分隊長のガルベスだった。

ガルベスが顔を向けてくる。

「マックス、チェックしろ。右側、向こうから三軒目」

「はい」

マクスウェルは銃を振った。緑色に染まったスコープの視界が動く。だが、建物とは名ばかりで瓦礫が積み重なっているだけだ。右側の家々も破壊されている。通りに面した壁は崩れ、窓など見当たらない。

さらに銃を右に振ろうとしたとき、視界の隅にちらりと動くものがあった。銃を戻し、スコープの倍率を一・八倍から四倍に切り替える。

壁にうすぼんやりとした染みが見えたとたん、心臓をきゅっと握られた気がして思わず罵った。

「クソッ《ガッデム》」

「何だ？」

「染み。窓際、奥の壁」

「右、三軒目か」

「はい」

赤外線を拾うサーマルスコープは闇を透かして見るだけでなく、熱源を探知する。何者かが壁に躰を押しつけたりしたあと、ほんのわずかの間、壁に伝わった温《ぬく》もりを感知するのだ。

マクスウェルは壁の染みに照準点を合わせた。染みの位置からするとそやつは壁に右肩をあて、捜索を受けている家の方をのぞいていたに違いない。

見る見るうちに染みが薄くなっていくが、照準点をそのままにしておいた。

直後、緑色の影が現れる。帽子をかぶって、口元をマスクで覆っているのだろう。目と鼻の上部だけ緑色が明るい。

「来た」

「何してる？」

滲んだ像に目を凝らした。左手を動かしているのがわかる。右手には何も持っていないようだ。左手を左耳の辺りにあてた。

「電話。携帯を耳にあててる」

「撃て」

引き金を切った。あらかじめセレクターは三点バーストの位置に入れてあった。距離はせいぜい二百フィートほど。M4自動小銃には至近距離に等しい。仕掛け爆弾の起爆装置を作動させるのに携帯電話を使うことは多かった。だが、通話中に爆弾を破裂させることはできない。スコープの真ん中にとらえた男は携帯電話を耳にあてていたが、男が通話を終え、ふたたび携帯電話を操作するのを待ちはしなかった。

立てつづけに三発の二二三口径弾が飛びだし、もう一度引き金を切った。

二度の三点射で男の姿が見えなくなった。舌打ちする。しゃがみ込み、瓦礫の陰に身を隠したのかも知れない。

だが、寝そべっている第二分隊員の中で左端にいた男が叫ぶ。

「やった、ぶっ殺したぜ、マックス。お前は立派な殺し屋《ファッキン・キラー》だ」

角度が悪く、マクスウェルからは瓦礫の陰になって倒れた敵の姿が見えなかったが、左端にいた兵士からは見えたのだろう。

短く口笛を吹いたガルベスがマクスウェルの左肩を叩いたとき、まるでそれが合図でもあったかのように地面が揺れ、空気の圧力が増して躰を押さえつけられた。同時に捜索対象である家の戸口や窓からオレンジ色の炎が飛びだす。

第三分隊の兵士たちはいっせいに罵声を発した。

2

２００６年６月１０日／イラク共和国バグダッド

「ハッサンだ、通訳の」そういって中隊長がマクスウェルの顔を見た。「顔くらい見てるだろう」

　ハッサンは作戦に何度か同行していた。中年の気のいい男でやたら家族の写真を見せたがる。娘が二人といいながらビジネスは別だからと、大量のポルノビデオを持ってきては一級品だと勧める。小隊の中にはハッサンの得意客がいて、何度か見せてもらったが、一度、アジア系の少女が何人もの男を相手にするビデオを見せられ、すっかり気分が落ちこんでしまって以来、ハッサンを相手にしなくなった。

「はい《イエス》、中隊長《サー》」

　兵士が将校の前に出たときに許される言葉は二つでしかない。イエス・サーか、ノー・サー。何か質問された場合だけは別で、即刻かつ簡潔に教則本に書かれている正解を大声で暗唱しなくてはならない。逆にいかなる場合も質問は許されていない。何か訊きたいことがあれば、分隊長に訊き、分隊長が暇で気が向けば、小隊長に伝え、同じく小隊長が暇で気が向けば、中隊長に伝える。そして下士官以上は誰もがつねに忙しく、兵に興味はなない。誰の目も上向きにしかついていないからだ。さらに中隊長以上ともなれば、兵士は数字でしかなく、損耗率が部隊要員の二十五パーセントを超えないかぎり注意をひくことはなかった。

「見て、わからなかったのか」

サーマルスコープの中央、照準点を重ねた人影を思いうかべる。丸いスコープには膝から上くらいが入っていた。気味の悪い緑色に染まり、顔を隠していた上、像は滲んでいた。それに人相を確かめるより左手の動きに注意しなくてはならなかった。

撃て——ガルベスの声が脳裏を過っていく。

「ノー・サー」

どのような状況だったのか説明を求められないかぎり、マクスウェルの答えは一つでしかない。中隊長が顔の前で手をひらひらさせ、マクスウェルは分隊に戻った。

分隊長のガルベスが待っていた。

「ご苦労さん、マックス。わかってるだろ？　次の仕事」

「はい」マクスウェルはおずおずと切りだした。「一つ、お訊きしてもよろしいですか」

「質問による」

ガルベスが決まり文句で返した。

「自分が撃ったのはハッサンだと中隊長にいわれました」

「ああ、見事な射撃だった。こめかみに一発、もう一発が頭の天辺をふっ飛ばしてた。倒れたときには死んでただろ」

いや、訊きたいのはそこじゃなく、と咽元まで出かかった質問を何とか嚥みくだす。ちらりとマクスウェルを見たあと、ガルベスが視線を落とした。

「わかってるよ、お前の訊きたいことは。あの家はハッサン……、おそらく本当の名前じゃないだろうけど、おれたちはハッサンとしか知らないからそれでいいが……、とにかく奴の実家だった。親父とお袋と弟が二人、出戻りの娘とその子供二人がいた」

「爆発は？　やっぱりハッサンが携帯電話で？」

ガルベスの表情が曇ったので質問してはならなかったのかと後悔した。だが、ガルベスは首を振ったあと、答えてくれた。

「いや、弟の一人がベストを着こんで寝てたんだ。第一分隊の奴が弟たちが寝てる部屋に飛びこんだとき、ピンを抜いた」

ベストといえば、たいていは爆薬を巻きつけ、信管を挿した自爆用だ。ガルベスが右のこぶしを目の前でぱっと開いてみせる。

「弟二人は即死。可哀想に飛びこんだ第一分隊の隊員二人が巻きこまれた。一名は戦死、もう一人も両足をふっ飛ばされた。まあ、命は助かったんで帰国できるだろうが……」

わずかに沈黙したあと、ガルベスが両足を失った兵士の名前を口にした。先週、妻から離婚届が送られてきたとひどく落ちこんでいた男だ。

ガルベスが顎をしゃくる。マクスウェルはM４自動小銃を肩にかけると部屋を出た。次の仕事は遺族がハッサンの遺体を引き取るのを確認することだった。敵の死体は殺した兵が最後まで面倒を見る——もしくは処理する——のが陸軍における原則だった。マクスウェルは今にも崩れそうな三階建ての家に入って男を遺体袋に入れ、ジッパーを閉じた。そのときもハッサンだとは思えなかった。こめかみに入った弾丸のせいで顔がぱんぱんに膨らんでいたせいかも知れない。

いや——胸のうちですぐに否定する。

顔などろくに見もしなかった。死体は死体に過ぎない。仕掛け爆弾を身につけていないか検査する間は緊張していたが、何もないとわかれば、悪態を吐きながらプラスチックの袋に死体を入れる。誰かが脳味噌が手についたと罵り、脳味噌は臭えからなと別の誰かが応じた。処理は分隊で行う。死体は一つしかない。造作もなかった。

FOBの門のわきに小屋がある。柱と屋根だけで壁はなく、吹きさらしだ。黒いシートが敷かれていて、袋に入れられたままの遺体が並べられている。多いときには五、六体もあった。その日は三つ。ハッサンと弟二人だ。袋の一つはぺちゃんこになっていて、自爆した方だとわかる。中身はばらばらになった手足がごちゃごちゃ放りこまれているのだろう。第一分隊の兵士二人が馬鹿話をしながら待っていた。互いに目顔でうなずいただけでとくに言葉は交わさなかった。

ハッサンが入れられた死体袋は左端にあった。その足下に立ち、門に目をやる。警護についている隊員がM4自動小銃を胸の高さに吊し、周囲に目を配っている。何もすることがなく退屈だが、気を抜けない任務だ。

三十分ほどした頃、中尉が若い女に手を引かれた中年の女を連れてきた。もう一人、若い女がついている。

本当だったんだなと胸のうちでつぶやいた。ハッサンには娘が二人いるといっていた。

そばに来て足を止めた中尉が無造作にいう。

「これか」

一応、気をつけをして答えた。

「イエス・サー」

「開けろ」

「イエス・サー」

死体袋のわきにしゃがみ、ファスナーを下ろした。黒い髪、くたびれた顔は青黒く見えた。鼻の下にたっぷりと髭をたくわえている。

いきなり三人の女たちが叫び、死体に近づいた。中年の女が何かいいながら死体のかたわらに両膝をつき、顔を撫でまわしはじめる。アラビア語は片言も理解できない。マクスウェルは立ちあがり、半歩下がった。二人の若い女も膝をついたが、死体には触れようとしなかった。

中年女の手を引いてきた方の娘が顔を上げ、マクスウェルを見つめた。睨みつけるというのではなかった。すべての感情を消し、ただ見ているだけ。大きな瞳だ。そして妻と同じ蜂蜜の茶色《ハニー・ブラウン》をしている。

なぜか、世界中の女が同じような目つきで、何もいわず、黙って自分を見ているような気がした。見ている方には、そんな気持ちはないかも知れない。否、おそらくそんなことは考えてないだろう。

だが、マクスウェルには聞こえるような気がした。

どうして、守ってくれなかったの？

妻の声だった。

２００６年６月13日／イラク共和国バグダッド

ＦＯＢの礼拝堂――かつての士官学校の講堂――には、大隊の全兵士二百人ほどがぎゅうぎゅうに詰めこまれ、屋内には人いきれが充満していた。ひどい臭いがするのだろうが、マクスウェルは何も感じなかった。風向きによって糞尿やゴミの臭いが吹きよせられ、口元を歪めることはあっても一分も経たないうちに慣れ、わからなくなるのも同じだ。

演壇を前にした大隊指揮官の中佐が肩を寄せ合って堅い木の椅子に座っている部下たちを見渡し、おごそかに切りだした。

「ベイカー伍長は我が部隊において、もっとも勇敢で使命感に溢れる男だった」

誰も声を発せず、咳払いさえもなかったが、マクスウェルは中佐がベイカーと口にしたことに何となく違うなという思いを抱いた。マクスウェルだけではなかっただろう。しかし、誰も表には出さない。

中佐がベイカーと面識があったか、言葉を交わしていたのかはわからない。少なくともマクスウェルは配属された初日、中佐のオフィスで申告したとき以外、直接口を利いたことはなかった。

違和感の原因はわかっている。ベイカーをマクスウェルに置き換えてみれば、いいだけだ。

一昨日、未明の家宅捜索で戦死した兵士の葬儀が夕食後に行われることになった。本人の遺体はとっくに後方へ送られている。すでにアメリカ本土に戻っているかも知れないし、途上かも知れない。それはわからなかったが、少なくともＦＯＢにはいない。大隊には弔事班があり、戦死した兵士を悼む式典は必ず行われていた。

中佐がつづけた。

「さて、我々がここにやって来たのは、イラクの子供たちが何の不安もなく、通りを歩いて、学校に行き、勉強やサッカーができるようにするためだ。通学にしろ、近所で遊ぶにしろ、親も何も心配しない。せいぜい車に気をつけろよ、くらいのもので。私の二人の子供と同じように暮らせるようにすることだ」

変わったな、とマクスウェルは胸のうちでつぶやいた。

一度目の派兵のとき、兵士たちの胸には二〇〇一年九月十一日の同時多発テロによる何千人ものアメリカ人の死に対する報復を求める思いが熱く渦巻いていた。イラクに派兵される前には、イラクの国民は全員がテロリストであり、憎悪し、抹殺すべき敵でしかなかった。

子供たちが安心してサッカー？　何いってるんだ？

いつすり替えが起こったのか、マクスウェルにはうかがい知ることもできない。

「子供たちを笑顔にする任務を、我々は達成しつつある」

ふいにへその下あたりがぐるぐるっと動くのを感じ、マクスウェルは歯を食いしばった。後ろの列でささやき交わす声が聞こえた。

「うっとりしてやがる」

「マス掻くんなら便所でやれ、だな」

つづいて忍び笑いが聞こえた。

初めてイラクの地を踏んだ二〇〇四年初頭には、明らかに戦勝機運があったとマクスウエルは思う。戦争は前の年に完全に終結していた。開戦劈頭《へきとう》から連戦連勝、まずは巡航ミサイルで敵のレーダー網、対空砲火陣地をことごとく破壊し、空軍、海軍の戦闘爆撃機が都市部を殲滅《せんめつ》させ、陸上部隊が掃討に入り、年末には諸悪の根源であるサダム・フセインを拘束した。

戦争は終わった、我々の完全な勝利、9・11の復讐は達成された、と誰もが思った。

ところが、その後の方が戦死者が多くなった。独裁者フセインを倒し、邪悪な政府を一掃したにもかかわらず、だ。四月には、ファルージャで民間人——とはいっても民間武装警備会社に雇われた元軍人だったが——四名が殺され、死体が損壊された上、目抜き通りにかかる橋に並べて吊される事件が起こった。

敵は旧政府の残党だ。その点、マクスウェルを担当したリクルーターのいった後始末というのは正しかったが、ちょこちょこっというレベルではなかった。旧政府の残党は、国外、主にイランやそのほかの中東、アフリカ諸国から過激派を引き入れ、米軍のみならずアメリカに協力するイラク人を対象に殺戮をくり返した。

敵はイラク軍ではなくなった。正規の軍隊でもなかった。かつて市民を弾圧していた数パーセントの独裁者層でもなく、何万人ともいわれる潜入してきたテロリストでもない。服装はほかの市民と変わらなかったし、敵とそうじゃない人間の見分けがつかなくなった。つまり四千万人のイラク国民全員が敵になったようなものだ。

銃弾や爆弾が飛んでくる。命中すれば、死ぬ。引き金をひき、起爆スイッチを押す指が誰のものでも結果は同じ、年齢、性別に関わりなく、指は指でしかない。

何もかもがふつうの戦争とは違っていた。敵の姿は曖昧になり、投入される米軍の規模は小さくなった。大量の物量と兵士を投入して一気に勝負を決めてしまう戦略はヴェトナム戦争時代の古ぼけたものといわれ――実際、ヴェトナム戦争でアメリカは敗れている――、直接戦闘に関わりのない土木建築や輸送などの業務は民間業者に下請けに出され、その分米軍部隊は少数であっても戦闘に集中でき、より効率的に勝利をつかめるとされた。また請け負う民間業者はイラクの失業者や東南アジアなどの賃金の安い労働者を雇い入れることでコストを抑制すると同時に世界的な規模で失業者対策ができ、格差是正につながるといった。

しかし、実際はどうだったか。民間のトラックは襲撃され、土木作業現場から労働者たちは逃げだした。その結果、前線に水、食糧、弾薬が届かなくなり、インフラの整備は進まず側溝に糞尿が溢れ、ゴミが街を埋めつくした。

「我々はベイカー伍長の死を決して無駄にはしない。着実に一歩ずつ、前へ進んでいる。それだけは間違いない」

後ろの連中のささやいた通りだ。

マス搔くんなら便所でやってろ――。

中佐が祈りの言葉で挨拶を締めくくったあと、最後の点呼になる。ベイカーが所属していた小隊の最先任曹長が前方に出て、わきに弔事班の五名の兵士がM4自動小銃を手に横並びに整列した。

曹長が声を張りあげる。

「ミウォシュ軍曹」

「はい、曹長」

答えたのはミウォシュだ。曹長が次の名を呼ぶ。

「ジョーンズ軍曹」

「はい、曹長」

「ロペス伍長」

「はい、曹長」

「ベイカー伍長」

礼拝堂が静まりかえる。もちろん返事はない。曹長がふたたび声を張りあげる。

「トム・ベイカー伍長」

ふたたび静寂。誰もが目を伏せ、それぞれの思いに沈んだ。ベイカーと顔見知りだった兵士はベイカーとともに出た戦闘や飯を食ったことを思いだし、直接知らない兵士はかつて行われた親交のあった兵士の葬儀や、家族のことや、自分の葬儀の様子を思いうかべる。

また曹長が名を呼ぶ。

「トーマス・ジェイコブ・ベイカー伍長」

相変わらず沈黙がつづき、参列者の忍耐力が限界に達した瞬間、絶妙のタイミングで弔事班の五名が中空に向けて小銃を構える金属音が響きわたる。五名のうち、もっとも左にいたリーダーが声を張る。

「撃《ファイア》て」

五挺のＭ４小銃が一斉に空砲を放ち、礼拝堂の空気を震わせた。弔砲は五回が決まりだった。


葬儀を終わらせたあと、第二、第三分隊に対し、ＦＯＢ北部での家宅捜索が命令された。第一分隊はベイカーが戦死し、もう一名が重傷で後送されているため、任務から外したといわれたが、本当の理由は別のところにあっただろう。出動を命じられた区画こそベイカーが殺された場所なのだ。仲間を失ったばかりの第一分隊の生き残りは、むしろ任務を望んだが、大隊上層部としては、燃えさかる復讐心に熱くなっている第一分隊を使えなかったということだ。

午前二時、第二、第三分隊は四台のハンヴィに分乗してＦＯＢを出発した。

ＦＯＢを出て北へ向かい、運河に突きあたったところで右折、西へ向かった。いつもなら運河から右折し、運河の両側を走る広い通りを行くところだが、さすがにベイカーたちの一件もあり、バグダッド西端を流れる川沿いに北上することにしたのだ。

川沿いであれば、道路の両側には荒れた畑が広がっているばかりでゴミの山がほとんどない。ゴミが積みあげてあれば、兵士たちの注意を引くことになる。川沿いを進み、石造りの家屋――農家だろうが、放棄されている――の前を左折して東に向かう。徐々に家屋が増え、ゴミの山がちらほら見えてきた。

ハンヴィの上部砲塔には軽機関銃が据えられ、銃手が周囲を警戒している。フセイン拘束後に樹立された臨時政府が戒厳令によって夜間の外出を一切禁止しているので人影が見えれば、即《すなわ》ち敵性ありと見なし、誰何《すいか》することができる。実際には人影が見えれば、即座に撃ち、声をかけるとすれば、そのあとだ。

何より警戒しているのは、ゴミの山の背後に身を潜めている人間だ。通りかかる米軍車両に向けて、手製の爆弾で攻撃をしかけてくる可能性があった。旧イラク軍の兵器庫から大量の武器、弾薬が盗みだされているだけでなく、周辺の各国がテロリストたちを支援していた。こうした武装勢力を国内に引き入れ、活用しているのがフセインを担いでいた一派の残党である。

砲弾に信管を取りつけた爆弾もあれば、もっと小型で簡素なタイプもあった。何より車両で移動中に警戒しなくてはならないのは、爆発成形侵徹体《エクプローシヴエリイ・フォームド・ペネトレイター》――EFPだ。手製爆弾に占める割合はそれほど高くなかったが、装甲車両への攻撃力が凄まじかった。大きさは直径三十センチ、長さ二十センチほどの鉄製の筒で、中に二十キロ以上の火薬を仕込み、中央をへこませた銅板で蓋をしてある。

炸薬を破裂させるとエネルギーは銅製の蓋に集中し、吹き飛ばす。銅板の蓋は爆発時のエネルギーを包みこんで飛ぶのだが、速度は秒速二千五百メートルから三千メートルに達する。通常の砲弾の三、四倍の速度であり、運動エネルギーは九倍から十六倍にも達する。銅板は熱によって融解せず、むしろ瞬間的に冷間鍛造されて固い弾頭となるため、別名自己鍛造弾とも呼ばれた。ハンヴィどころか戦車の装甲も撃ち抜くだけの威力があった。

銅板に包まれたエネルギーが解放されるのは装甲を突き破ったあと、つまりは車内で炸裂する仕組みだ。構造が簡単な上、せいぜい二十ドルもあれば製造でき、しかも小さいのでゴミの間に隠しておくことができる。起爆装置には携帯電話から信号が送られることも多いため、ハンヴィには携帯電話が使用する電波の周波数帯に妨害電波を流す装置も搭載されていた。だが、アメリカ兵に発見され、射殺されるのも覚悟の上で有線の起爆装置を使えば、妨害電波はまるで役に立たない。

道路わきのゴミの中にＥＦＰが隠され、起爆されれば、ほんの数メートル先を走行中のハンヴィなどひとたまりもない。マクスウェルも何度か自己鍛造弾で攻撃されたハンヴィから兵士を助け出したことがあったが、引っ張り出せるのはばらばらになった腕や足、首か、血と肉片の入り混じったどろどろの液体でしかなかった。

市街地に入りかけ、最初の交差点に先頭車両が接近しているとき、ガルベスが砲塔の伍長に声をかけた。

「左の街灯に注意しろ」

「了解」

エンジン音に負けないよう伍長が大声で答える。

ガルベスが注意しろといった街灯の前を先頭車両が通りすぎ、二台目が差しかかったときだった。道路の右側に閃光《せんこう》が走り、つづいて重苦しい爆発音が尻を伝わって腹に響いてきた。

二台目のハンヴィの右側面が弾け、車内がぱっと明るくなる。

「クソッ、右側だった」

ガルベスの言葉が終わらないうちにマクスウェルは道路の左側、ゴミの山の向こうに黒い人影を見た。敵は道路を挟んで両側に潜んでいた。

「左にも……」

マクスウェルが警告しかけたとき、目の前に目映い光が……。

3

日時、場所ともに不明

糸くずが挟まっている。右足の薬指《フォース・トウ》と小指《リトル・トウ》の間に。むず痒《がゆ》い。なのに膝も曲げられなければ、手をやることもできない。

金縛《スリープ・パラリシス》りか、と思っていると白い光が閃いた。

光だ。白い光。閃いて、目の前いっぱいに広がって、包まれて、消える。今度は闇。何もない闇。

また光。最初は小さな、小さな白い点が一瞬で大きくなって、包みこまれて、何も見えなくなって、それじゃ、闇と同じと思っていると光が消え、闇そのものに包みこまれる。

白と黒と、黒と白と、交互に——。

皆、眠っている。周りにいる連中は皆、眠っている。ビリーも、アンも、祖父ちゃんも祖母ちゃんも、伯父さん、伯母さんたちも。

で、ビリーって何だ？　と思っていると閃光に包まれ、闇に沈んだ。

ぼくが見ていないところでは、誰もが箱の中で眠っていて、ぼくが見ているときだけ起きていて、喋って、食って、歩いているだけじゃないのか。ぼくが見ている間だけ、昼があったり、夜になったりする。

で、ぼくって何だ？——閃光、闇。

ビリーって何かわからないくせに、ビリーといえば、同じ顔が浮かぶ。細い顎、そばかすがいっぱい、前歯の間が大きく空いている。

ビリーがネルシャツをめくって、ジーンズに差してあったピストルを取りだす。

「親父がいっぱい持ってるんだ。掃除したり、油を差したり、弾《たま》を入れたり、抜いたり、全部おれにやらせる。だからこいつを持ってきても親父は気づかない。親父っても本当の親父かどうかは母ちゃんにもわかんないんだけど。おれが生まれたときに付き合ってた男が十何人だかいて……」

そういってビリーがピストルを目の高さに持ちあげる。回転式拳銃《リボルバー》で、ビリーが親指で撃鉄を起こすとU字の溝がついた円筒の弾倉が六分の一だけ回転する。ビリーは銃口を下げ、いきなり引き金をひいた。

撃鉄が落ちて、弾丸の尻を叩く。いきなりの銃声にびっくりして、心臓が止まったらどうするんだと思ったら腹がたったけれど、パンという貧弱な破裂音がしただけで、ちょっとがっかりした。

それでも五フィート先くらいで地面が破裂したように抉《えぐ》れた。

「撃ってみな」

銃の握りをぼくに向けて差しだすビリー。

ビリーって、何だ？――閃光、闇。


撃鉄を起こして、引き金をひいた。撃鉄が落ちて、ピストルが手づかみした鱒《ます》のように跳ねた――閃光、闇。


それは何とも不思議な光景だった。アンのへその下、真っ白な逆三角には、底のところに亀裂が入っているだけで、ぼくやビリーについているものがなかった。不思議に思って眺めているうちに咽に酸っぱい塊がせり上がってきた。

ビリーが亀裂を人差し指でなぞると、五歳のアンはくすぐったがった。

「何、してるの？」

「黙って見てろ」

ビリーが真剣にいって――閃光、闇。

咽がひりひりして痛い。風の音が聞こえた。いつもなら屋根の向こう側から聞こえてくる風の音が首の付け根、鎖骨の間を吹き抜けていく。

どうしてそんなところから？——閃光、闇。

もじゃもじゃした毛がみっしり生えていて、亀裂がよく見えなかった。だから掻き分けた。亀裂がどこから始まっているのかを見たかった。キャシーがくすくす笑った。五歳のアンと違って、くすぐったそうではなかった——閃光、闇。

「ジョー、ジョーと呼んでも？」

白いクルーネックの上衣《うわぎ》を着た男は髭をきれいに剃っていて、柑橘系のアフターシェーブローションが匂ってきた。

誰？——閃光、闇。

キャシーのそこはぬるぬるしていた。

「いいよ、そのまま」

硬くなった股間を握って、先っぽをあてがった。滑った。落ちて、シーツを思いきり突いた。棒状の器官が腹の中に戻ってきたようで吐き気がする。だけど、すぐに気を取りなおして、上向きにして突き上げた。

滑って、何もないところに突き抜けた。

ひんやりとした手で優しく握られ、導かれ、入って、安定した。何とも柔らかく、優しく、温かい。

こんなものか――閃光、闇。

動かした。硬くなった先端の縁がぬるぬるした中に包まれて、上下する。どんどん速くなる。速くしているつもりはないのに、どんどん速くなる。

閃光、闇。


「ジョーと呼んでも？」

咽が痛くて、声が出せない。むず痒くなって咳きこんだ――閃光、闇。

「アレキサンダー・ウィルチェクだ。アレックスと呼ぶ奴もいるけど、おれはレックスの方が気に入っている」

髭もじゃの男がいった。両足がなく、車椅子に乗っている。

まるで見覚えがなかった。

「ベイカーはくたばって、おれは生き残った。両足を無くしたけど、死ななかったんだ。両足を捧げたなんてふざけたことをいう奴がいたが、捧げたつもりはない。自爆した馬鹿にもぎ取られたんだよ」

自爆って？――閃光、闇。


「ダディ？」

子供がのぞきこんでいる。五歳か、六歳か。まるで見覚えがない。

咽がひりひりしている。

お前、誰だと訊こうとして――閃光、闇。


2009年7月29日／アメリカ合衆国テキサス州
「おはよう、ジョー。気分はどうだい？」

きちんと髭を剃り、柑橘系のアフターシェーブローションの香りを漂わせるクルーネックの白衣を着た医師――ジョーンズが訊いた。

「昨日と変わりませんよ、ドクター」

ベッドに横たわったまま、マクスウェルは答えた。

「昨日と同じ」ジョーンズが目を見開く。「それは何よりだ」

逆行性健忘症といわれていた。強い衝撃を受けたことによる精神的なショックに脳の一部が損傷して衝撃を受けた時点から遡って記憶を失うらしい。衝撃を受けたあとの記憶も曖昧になっている。

信じられない出来事をいくつも聞かされるうちに、少々のことでは驚かなくなっていた。現在、マクスウェルが入院しているのは、テキサス州サンアントニオにある陸軍医療センターだが、すでに三年近くになっていた。記憶がつながっているのは、この数ヵ月だけでしかなく、それ以前については情景が断片的に、しかも脈絡なく浮かぶに過ぎない。さらに衝撃的出来事が起こった日から過去数年にわたる記憶も失っていた。

ジョーンズは外科医で、記憶の再建にあたったのは精神科のチームだ。大半は面接による治療で、何度か遡行催眠治療も行われていた。暗示によってトランス状態に入れる施術もあったし、薬物を使用したこともあった。それによって記憶の断片がつながったところもあるし、起こったことの順番や登場人物が曖昧なままというのもあり、まるで思いだせず自分の身に起こったとは思えないことも多かった。

二〇〇六年六月十三日、バグダッド東部をハンヴィで移動中にＥＦＰ攻撃を受けたという説明を受けた。乗り組んでいたのは四名で戦死したのは一名だが、その後、一年の間に二名が治療中に死亡、生き残っているのはマクスウェルだけになった。事実を告げられたのは、ショック療法の一つらしい。逆行性健忘症の場合、何らかのきっかけで記憶を取りもどすことがあるというのだが、何がきっかけになるかは今もよくわかっていないという。

マクスウェルの記憶は、陸軍に入隊する以前、結婚し、子供が生まれたことまできれいさっぱり消えうせていた。

自分が何者か、というのは記憶に負うところが大きい。生まれてから現在に至るまで一貫してつながる記憶が自分ということだ。マクスウェルにしてみれば、二十四年半生きてきて、そのうちの五年から六年の記憶が欠け落ちている。

記憶以外に失ったものはほかにもあった。両足は膝まで失い、左腕は上腕までしかなかった。右足の薬指と小指の間に糸くずが挟まっていて、むず痒くてしようがなかったのは鮮明に憶えているが、そのときすでに右足はなかった。左足、左腕とともにバグダッドの前方作戦基地のどこかで骨になっているのかも知れない。もっともバグダッドの光景はまるで憶えていない。

二度、イラクに行っているらしかった。装備を身につけ、ライフルを手にした自分の写真を見せられてもまるでぴんと来ない。手足を失ったことは衝撃だったはずだが、それもよく憶えていない。医療センターではずっと鎮静剤を投与されていたからかも知れない。何となく自分には生まれつき手足がなかったような気もすると精神科医にいったことがある。精神的防御手段の一つだね、といわれた。

アレキサンダー・ウィルチェクが死んだことを告げられたときも、さして衝撃を受けなかった。従軍した記憶は陸軍入隊時に遡って失っていたせいだろう。ウィルチェクはあまり利用されない階段室で倒れているのが見つかった。三階から二階に降りようとして車椅子ごと転落したらしかった。そもそも車椅子でしか移動できないウィルチェクが、誰の助けもなく階段を降りることは不可能なのだ。自殺かも知れなかったが、帰還兵の自殺はそれほど珍しいことでもなかった。

ジョーンズがライトグリーンの目をマクスウェルに向けた。ジョーンズの目の色に気がついたのは最近のことだ。アフターシェーブローションの匂いはずっと前から意識していたのに不思議な気がする。

「さて、痛みはどうかな？」

「変わりません」

「今も」

「ええ」

幻肢痛《ファントム・ペイン》だ。存在しない手や足が痛み、むず痒くなり、こむら返りを起こしたり、無理矢理ねじられるのを感じる。

「今は大したことがありませんけど」

マクスウェルは付けくわえた。

日によっては眠れないほどの激痛に襲われることがあった。とくに最初に指の間に糸くずが挟まっているように感じた右足がひどかった。それこそ千切れたのではないか、と思えるほど……。

今も右足のふくらはぎにうずくような痛みを感じている。存在しない足の痛みに鎮痛剤は効かない。

「来週からはリハビリテーションといっしょに、幻肢痛の緩和治療プログラムを始めようと考えている」

リハビリテーションは二年ほど前から行っているらしかったが、マクスウェルの中では記憶の脈絡がうまくつながっていない。それでもベッドから車椅子への移動は右腕だけでも何とかできるようになっている。車椅子は電動でレバー一つで前後左右に動くことができたし、右腕だけで操作も可能だ。医療センター内であれば、ナースステーションに一声かけるだけで自由に散歩できる。

「わかりました」マクスウェルはうなずいた。「どうせ、何もすることがありませんから」

どのようなことをするのか概略は説明されていたが、よく憶えていない。まだ後遺症が残っていて記憶力が低下しているのかも知れなかった。

「それじゃ、また」

「ありがとうございます、ドクター」

マクスウェルの返事に笑みを浮かべたジョーンズと入れ替わるように、ばたばたと足音が響いた。

五歳になる息子のアダムが妻のキャシーとともにやって来たのだ。毎日、二人はやって来た。

マクスウェルにとって、手足を失い、幻肢痛に悩まされていることより辛いのはキャシーとアダムについての記憶がまったく戻らないことだった。写真や動画を見せられ、思い出の品——アダムに買ってやった古い熊のぬいぐるみや小さな燭台といったつまらないもの——を持ってきたりしてくれたが、どれにも馴染みがなかった。

「ハイ、ダディ」

ベッドのそばに立ったアダムがはにかむようにいう。

「ヤー」

うなずくマクスウェルにキャシーがおずおずと声をかけてくる。

「おはよう。気分はどう？」

目を上げた。毎日会っているのに初めて見るように感じられるのが不思議だ。マクスウェルは無理矢理笑みを浮かべ、声を圧しだした。

「爽快だよ。昨日と同じにね」

キャシーの笑みが翳《かげ》った。そんな気がするだけかも知れない。

2009年8月2日／アメリカ合衆国テキサス州

「第六感《シックス・センス》といっても人に見えないもの……、たとえば幽霊が見えるとかいったことではありません。私の遠い親戚が作った映画のような」

そういってインド出身のボース医師は頬笑んだ。十年ほど前、インド系アメリカ人の監督が制作した映画が大ヒットした。マクスウェルも観ていた。キャシーと付き合う前のことなので記憶しているのだろう。遠い親戚というのは、インド系にひっかけたジョークに違いない。

南カリフォルニア大学医学部のファントム・ペインの権威にして治療の第一人者がインド系医師ということもあって、インドからの留学生、インド系アメリカ人が多く集まっていた。ボースも第一人者の下で教育を受けた一人だった。

ボースが右手でVサインを作ってみせた。

「我々の躰は二つあります。一つは自分の躰そのもの、もう一つは」ボースが自分の頭を指さす。「脳内に。脳の中に自分の躰がなければ、たとえば背中が痒くても掻くことはできません。痒い場所がわからないからです」

右足の指に糸くずが挟まっていたのではなく、脳の中にある右足の指に糸くずが挟まっていると感じていただけなのだ。ファントム・ペインに悩まされるようになってから担当医のジョーンズだけでなく、さまざまな医師、看護師、理学療法士に説明を受けていた。

ボースがつづけた。

「だから目をつぶっていてもちゃんと背中が掻ける」

マクスウェルは素っ気なくうなずいた。今まで何度もくり返し聞かされてきた内容なのだ。

ボースが目を細め、マクスウェルを見つめた。風貌のせいか、深い物思いにふけっている哲学者のように見えた。

「さて、ありもしない手や足の痛みを治療するだけではつまらないと思いませんか」

「どうでしょう。私には今の痛みがとれるならば、それで充分なようにも思えます。先生にはおわかりにならないでしょう？」

「ええ」ボースが澄まして答えた。「私は健常者ですから」

陸軍医療センターの特色の一つとして、入所者に対して過剰な同情を示さないことが挙げられる。患者ではなく、入所者であり、手足を失って不便ではあっても不幸ではない、が合い言葉のようになっていた。

ボースは圧しだすようにいった。

「むしろ幸運だと思いませんか」

「幸運？」マクスウェルは上腕で切断された左手を挙げてみせた。「これが？」

「ええ」ボースの顔つきはどこまでも真剣だ。「あなたは新しい人間になるチャンスをつかんだんですから」

マクスウェルは首を振り、苦笑した。

身を乗りだしたボースが押しかぶせるように言葉を継ぐ。

「ヒューマン二《ツー》・〇《ゼロ》として」

4

2010年1月20日／アメリカ合衆国テキサス州

ベッドの縁に腰かけたマックスウェルは、膝の上で切断され、丸くなった右足を軽く叩きながら声をかけていた。先端には、義足との緩衝材になる柔らかなシリコン製カバーが被せてあった。

「起きろ《ウェイク・アップ》」

やがて太腿にめり込んでいた爪先が顔を出し、次いで脛が出てきて、膝が出現する。もちろん感覚上のことで、切断された足が実際に生えてくるわけではない。それでもマクスウェルには見える。

半年ほど前、ボースと初めて面談した頃にいわれた。

『義足で立つんじゃなく、まず感覚上で足を蘇らせて、それから義足を着けるんです。そうすると義足ではなく、金属とプラスチックでできた自分の足になります』

本当かなと思ったものだが、何度か訓練をくり返すうちにボースのいった意味が理解できるようになってきた。

医療センターにあるリハビリテーション室で初めて両足に義足を着けて立ち上がれたときには、素直に嬉しかった。

本当の喜びを噛みしめたのは、ベッドの上で義足を着け、立ち上がったときだ。左腕の義手にも慣れ、両手を使って躰を起こし、車椅子に移れるようになってはいたが、ベッドから落ちないよう気をつけなくてはならなかったし、時間もかかった。それが何の造作もなくすっと立ち上がれたのである。改めて躰を起こし、車椅子に移る動作がどれほど重労働であるか、自分の足で立つというごく当たり前の動作がどれほど快適かを思い知らされた。

退所したのは、それからほどなくのことだった。

『ジョーは特別、シックス・センスが強い』

ボースがくり返しいった。

脳内にある身体の感覚には個人差があり、その感覚が強いほど幻肢痛に悩まされる。逆に強いシックス・センスのおかげで義手、義足との親和性が高くなるともいわれた。失われた手足が生えてきて、装着した義肢との一体感が生まれやすいというのだ。

マクスウェルは戦争によって両足、左腕を失ってはいたが、脳内では必ずしも失われていなかった。

ただし、日によって感覚に違いはあった。足の感覚が得られないときは、切断面を軽く叩くなどして刺激をあたえ、起こせと教えられた。これまた半信半疑だったが、一度成功すると自信がつく。

シックス・センスが強いとボースがいうのには根拠があった。

幻肢痛の治療はまず左腕から始めた。鏡療法と呼ばれる手法で、鼻先とへそを結ぶ線上に鏡を置き、そこに健常な右手を映す。右手と左手は平行して並べるように置かれ、あたかも鏡に映っている右手の逆像が左手であるように見える。

躰の動きや位置を把握するシックス・センスは脳内の感覚だけでなく、視覚情報によってリアルタイムで修正される。さらに脳にはミラーニューロンと呼ばれる神経細胞があり、目の前で誰かが右手を頭に置く動作をすれば、見ているだけなのに脳内には自分が右手を頭に置いたような反応が出るという。人間だけでなく、猿にも同様の働きをする神経があることがわかっている。

鏡を使った療法は、ミラーニューロンの働きも利用して、失われた腕が動くという錯覚を生じさせるものだ。幻肢痛の原因は、自分では左腕を動かしているつもりでも実際には腕は失われていて、本来肉体から返ってくるべき反射がなく、そのときに生じる齟《そ》齬《ご》感《かん》にあるという。

マクスウェルはそこまでひどい痛みを感じたことはなかったが、患者によってはナイフで切り裂かれるような激痛に襲われる。腕を動かしたつもりが、腕がないのだから切断されたと脳が判断するわけだ。痛みは警告であり、四肢を失ったとなれば、命にもかかわる危険であり、警告が強くなるのも当然だ。

日中、意識があるときはともかく睡眠中なら四肢の動きを意志の力でコントロールするのは難しい。四肢を失った患者たちが眠っている間に激痛に襲われ、何度も眠りを妨げられることでついには重度の不眠症やうつ病に陥るのも少なくなかった。

マックスウェルの場合、幸いにも右腕が残っていたので鏡を使えたが、足は左右ともに失っているので鏡は使えなかった。そこで利用されたのがＶＲ――人工現実感《ヴァーチャル・リアリティ》や、ＡＲ――拡張現実感《オーギュメント・リアリティ》を利用する手法だ。マクスウェルはゴーグルをつけ、自分の足がある映像を見せられる。単にＣＧ映像を眺めているだけでは自分の足という感覚はない。

そこでｆＭＲＩで脳内の血流を測定したり脳波を調べて、足を動かしたときの脳の活動をあらかじめ調べておく。そして右足を上げてという指示を認識したとき、運動野に起こる反応とＣＧ映像を連動させた。ボースがいうマクスウェルのシックス・センスが強いというのは、脳の活動を分析した結果を踏まえてのものだった。

ゴーグルをつけたマクスウェルは自分の足で歩く映像をくり返し見ることで、幻肢痛を和らげることができた。それだけでなく実際に義足を着けて訓練を開始するときには、自分の足で歩くという感覚をほぼ取りもどしていたのだ。左腕の幻肢痛を和らげるための鏡療法でも、最初から好成績を上げられたのもシックス・センスの強さによるものらしかった。

左腕には肘の曲がる義手を着けている。手は親指と残り四本の指を広げた恰好になっていて、指は動かないが、バーに引っかけて支点にしたり、レバーを押したりなど簡単な動作はできた。牛乳多めのカフェオレ色に塗られている。両足に義足を着けて、ズボンを穿き、長袖のシャツを着れば、外を歩いていてもほとんど気づかれることはなかった。

左足にも義足を装着し、ジーンズを穿いて、ネルシャツを着る。立ちあがったマクスウエルは洋服ダンスに作り付けになっている姿見の前に立った。

自分の立ち姿を見てうなずく。

「悪くないぞ、ジョー、ジョーは最高《ジョー・マックス》だ」

そうして声をかけるのは、一つの儀式になっていた。

寝室を出て、台所のテーブルに座っていたキャシーとアダムに声をかける。

「お待たせ。出かけよう」

奇声を発して椅子から飛び降りたアダムが、駆けよってきてマクスウェルの左手をつかむ。アダムなりに考え、健常な右手をできるだけふさがないようにしているのだ。どれほど強いシックス・センスがあってもさすがにアダムに握られているという感覚はない。目で見て、次いでアダムに頬笑みかける。

「はい、あなた」

キャシーが差しだした車のキーを右手で受けとった。


マクスウェルには陸軍医療センターの西、十マイルほどにある古い住宅地の一角にある一戸建て住宅が格安で貸与されていた。医療センター内の患者用居住区画にも家族で生活できる住宅があったが、いくばくかの家賃を負担すれば、市民に混じってごく普通の暮らしができる。マクスウェルが医療センターに入所したという連絡をうけたキャシーがアダムを連れてやって来たときから、借りている住宅でもあった。

両足ともに義足でも車の運転に支障はない。義足を使った歩行訓練を始めて間もなくマクスウェルは試験を受け、運転免許証を再取得している。

車は中古で買ったフォードの小型セダンで、ハンドルの上部には義手を引っかけられるようにノブが取りつけてあり、左手だけでもくるくる回すことができたが、ふだんの運転では右手だけで支障はなかったし、義足でアクセル、ブレーキを踏むことにもすっかり慣れていた。

平屋の一戸建てが並ぶ住宅街をのんびりと走らせていた。交差点に木製のベンチが据えられ、すぐ後ろに緑色のペンキを塗ったペール缶があるのを見つけたとき、マクスウェルは背中が強ばるのを感じた。

テキサスを走っているんだぞ、と自分にいい聞かせる。ペール缶に爆薬が仕掛けられているはずがない。わかってはいた。わかってはいたが、背中が反応するのはどうしようもなかった。

医療センターにいる間には見られなかった現象だ。ちょっとしたきっかけで戦場での出来事が思いだされるフラッシュバックについては聞かされていたが、皮肉なことに重度の逆行性健忘症のおかげで何も思いださずに済んでいた。だが、医療センターを出て、家族と暮らすようになってから躰が反応するようになっていた。具体的な情景が蘇るわけではない。ただ躰が反応するだけだ。

びくついたあと、汗を感じた。吹きだしたり、流れたりするわけではなく、皮膚がちくちくする程度だったが、いやな感じではあった。汗の感触は上半身全域にわたっていた。

平和な住宅街やハイウェイを走っているだけなので、気をつけるべきは信号やほかの車、歩行者でしかないのに、ついつい視線は街角に置かれたゴミ箱やゴミの集積所に向いてしまう。引きつけられるといってもいい。

自分が何を探しているのかがわかって、強い衝撃を受けた。

知らず知らずのうちに、ゴミの山に紛れてうずくまる人影や仕掛け爆弾らしき形状を探していた。

ほぼ毎日、医療センターでリハビリテーションや各種の検査を受け、二、三日に一度は担当医でもあるボースと面談していた。躰がびくびくしてしまうことを相談したこともある。

ボースはいつもの哲学者じみた顔つきでいった。

『よく聞きます。ジョーの場合、日常生活が送れているだけまだ軽症といえるでしょうが、苦しみは本人にしかわかりません』

ボースはじっとマクスウェルを見つめたあと、慣れるしかないと告げた。

「ねえ、ダディ」

後部座席にキャシーと並んで座っていたアダムが身を乗りだし、耳元で声をかけてきたとたん、マクスウェルは大声で叫んだ。

「ごめんなさい」

アダムが謝る。

「いや……」前方に目を向けたまま、マクスウェルは答えた。「こっちこそごめん。ちょっと考えごとしてたもんだから。で、何だい？」

「マミーがね」

アダムが女性歌手の名前を二つ口にしたが、マクスウェルはどちらも知らなかった。音楽にも映画にもテレビドラマにも興味が持てずにいる。リビングにいて、キャシーとアダムがテレビを見ていても、付き合いで目を向けているに過ぎない。

戦争に行く前、マクスウェルもごく普通に音楽を聴き、キャシーと映画館に行っていたはずだ。だが、記憶が一切失われている。ひょっとしたら一度目の派兵を終えて帰ってきたときから興味が持てなくなっていたのかも知れないが、憶えていない。

そうした中、一つだけ思いだした感覚がある。後ろめたさ、だ。リビングに家族といっしょにいてテレビを見たり、スーパーマーケットに買い物に行ったりしている間も誰かが戦場にいて、深夜に住宅のドアを蹴飛ばしたり、ハンヴィに詰めこまれて揺すぶられていたりすると思うと何となく後ろめたさを感じた。

あるいは、怯えて兵士たちを見ている子供たちに対する後ろめたさだったのかも知れない。

「どっちの方がクールかって話なんだけど、ダディはどっちだと思う？」

マクスウェルはアダムが好きだという方の歌手がいいと答えた。アダムがきゃっと悲鳴を上げ、嬉しそうな笑みを見せたが、マクスウェルを気づかっているようにも思えた。

週に一度か二度、アダムの学校が休みの日には車で十分ほど走ったところにあるショッピングモールに親子三人で買い物に行き、ファストフード店で何かを食べるのが習慣になっていた。マクスウェルはまだ社会復帰のためのプログラム期間中であり、戦傷手当で充分に暮らしていける。いずれ仕事を見つけ、三人での暮らしを確立させなくてはならないとは思っていたが、将来について考えることすら先延ばしにしていた。

しばらく車を走らせていたとき、道路右側の家の前庭にダンボール箱や家財道具が積みあげてあるのが目についた。引っ越しだろう。その先の交差点に目をやったとき、右から来る車を見つけ、ブレーキを踏み、減速した。交差点の角に街灯が立っているのを見たとき、ふいに頭の中に声が響きわたった。

『左の街灯に注意しろ』

ガルベス。

名前が浮かぶ。

『了解』

答えたのは、アゴスト。階級は伍長。笑っている顔まで浮かんだ。

食いしばった歯の間から唸り声が漏れる。

場所はバグダッドの東を流れる川べりから右折し、西に向かって少し行ったところだ。すっかり失ったと思っていた記憶が映像となっていきなり蘇ってきた。

市街地に入りかけたところにある最初の交差点に先頭車両が進入しようとしていた。運転しているツヴォルキン二等軍曹の右肩越しに前方を見ていた。

そのとき、道路の右側に閃光が走った。

『クソッ、右側だった』

ガルベスの罵り声をはっきり聞きながらも、マクスウェルは前方を横切っていくトヨタのピックアップをやり過ごした。

左右に目を配りながら低くつぶやく。

「左にもいたんだ、左にも……」


若い頃から車の運転には慎重な方で無茶なスピードを出したりはしなかった。いつもと変わりなくショッピングモールの駐車場に車を停め、大型食料品店に入った。ショッピングカートを押し、少し先をキャシーとアダムが連れだって歩くのもいつも通りだ。

しかし、キャシーが何らかの異変に気がついていたのは間違いない。車を降りたとき、何かいいたそうにマクスウェルを見たが、結局何もいわないまま店に入った。陳列棚を回る順番はほぼ決まっている。まずシリアルの徳用サイズを二箱、次に瓶詰めの百パーセントオレンジジュース、肉と魚の特売コーナーをゆっくりと回る。

カートにはシリアルの箱、オレンジジュースの瓶が入っている。キャシーが特売品のステーキ肉を見定めている間、手持ちぶさたのアダムが母親の手を取ったり、振りまわしたりしている。だが、キャシーは相手にしない。

諦めたのか、ふいにアダムが駆けよってきた。ショッピングカートのバーに置いてある義手に手を載せ、見上げてくる。

「一つ、訊いてもいい？」

「何だ？」

あのときの情景を思いだしてからというもの、何とか平静を装ってはいたが、汗みずくになったシャツが肌に張りついて冷たくなっている。しかし、アダムに答えた声は咽に引っかかることもなく、震えてもいなかったので少しほっとした。

アダムがショッピングカートの中をのぞきこむ。

「ダッドはコーンだけのシリアルが好きなの？」

「特別好きってわけじゃない」

「ぼくはさぁ、チョコレートのかかってるのが好きなんだよ」

「マミーに相談してみりゃいいじゃないか」

「ぼくとしてはダッドの好きなのがいいと思ってさ。チョコは嫌い？」

「いや」

特別好きでもないし、嫌いでもないという部分は噛みこむ。マクスウェルはカートをそっと押した。

「マミーに相談してみよう」

うなずいたもののアダムは下を向いたまま、唇を尖らせている。それでもマクスウェルがカートを押してキャシーに近づくのにはついてきた。

気がついたキャシーがマクスウェルを、次いでアダムを見て、夫に視線を戻した。

「どうしたの？」

マクスウェルは笑みを浮かべてうなずき、アダムに顔を向ける。

「ほら、マミーに相談があるんだろ。自分でちゃんといわなきゃダメだ」

「シリアルのことなんだけどさ。ダッドがね、コーンの奴よりチョコのかかったほうが好きだっていうんだ」

キャシーが腕を組む。

「あなたはチョコがかかっているのが好きなんじゃなく、あのシリアルについているオートバイのオモチャが欲しいだけでしょ？」

「いや、オートバイじゃなく、ストームライダーの……」

背後で立てつづけに金属音が響き、広がった。女性の叱声が聞こえる。

「何やってるの、お前。缶詰に触っちゃダメっていってあるでしょう」

スープの缶が円筒形に積みあげられているコーナーに子供が手を触れ、崩してしまったらしい。店員が小走りに近づいてくる。

大きく見開かれたアダムの目が同じ高さにあった。

金属音が響きわたると同時にしゃがんでいたのだ。義足だが、反応は速かった。周りでは誰も躰を低くしていないのが不思議でしようがなかった。

5

２０１０年１月22日／アメリカ合衆国テキサス州

「はっきり見えたんです。あのとき、いっしょにハンヴィに乗ってた連中の顔が。それに名前が出てきました。全員です。顔と名前が一致しただけでなく、そいつが笑ってたり、いっしょに飯を食ったり、真夜中に家宅捜索……、要はテロリストが隠れてるかも知れない家を急襲するわけです。周りは瓦礫の山なのにぽつんと一軒、家が残っていれば、おかしいでしょ。だからテロリストが身を潜めているからに違いないと判断する。イラクには二度行きましたけど、どちらのときもそうした判断を不思議とも何とも思いませんでした。ふつうの家が壊されずに残っているのには何か理由があるはずだし、それは我々にとってよくないことだって……、まあ、一種の条件反射ですかね。でも、今から思えば、ごくふつうの家なんですよ。お母さんがいて、お父さんがいて、子供たちがいる。身長が五フィート以上の男は全員捕まえて、地元の警察に引き渡すんです。翌日には帰されるんですけど。それでも全員捕まえた。だって翌日、そいつがＩＥＤやＥＦＰの起爆スイッチを押すかも知れない。自分か、いっしょにいる誰かを殺すかも知れない。小さい女の子なんかにじっと見られていると落ちつかない気持ちになりそうなものですけど、そのときは何も感じなかった。それどころじゃなかったですからね。夜中に家に踏みこんで、お父さんやお兄ちゃんを拘束するんですよ。こっちは五人とか、十人とか、ヘルメット被って抗弾ベストを着て、ブーツ履いて、自動小銃やら手榴弾を持って、耳には無線機、真っ暗闇でも見通せる暗視装置がヘルメットに取りつけてありました。あのとき、ハンヴィに乗っていたのは、そういうことを来る日も来る日もいっしょにやってた連中です。EFPを食らって、ふっ飛ばされたあのあともなぜかガルベス軍曹の名前だけは憶えていました。分隊長だったからかな。前方右席に座ってたことも憶えてます」

一昨日、ショッピングモールに行く途中でいきなり記憶が蘇ったことを、マクスウェルはぼそぼそと喋りつづけていた。

面談の相手は、精神科チームのリンという中国系の女医でこれまでに何度も診察を受けていた。三十歳前後に見えるが、実際にはもう少し歳がいっているかも知れない。見た目だけなら、もっと、ずっと若く見える瞬間もある。笑ったときなんかは。とにかくアジア人の年齢はわかりにくい。顎が小さくて、丸顔、長い髪を頭の後ろできっちりまとめて団子状にしていた。

真剣な顔つきながらリンが穏やかにいった。

「記憶にはいくつかの種類があります。意味記憶とか、エピソード記憶とか、その他もろもろ……。実は記憶の仕組みのはっきりしたところは今でもわかっていないんです。顔は憶えているんだけど、名前が出てこないというのは、記憶の種類が違うだけじゃなく、脳の中で記憶されている部位が違うということまではわかっています」

「歳のせいじゃないんですか。顔がわかっても、名前が出てこないというのは。ぼくはそういう経験をあまりしたことがないんです」

「加齢による記憶力の低下というのはありますけど、ジョーは今何歳でしたっけ？」

「二十五です」

「なるほど、まだ若いですね。加齢うんぬんというより若いうちは出会う人も少ないから憶えなくてはならない名前も多くないといえます」

おまけに戦争があった、とマクスウェルは胸のうちで付け足した。負傷して、病院に担ぎこまれた。もうろうとしたまま、この陸軍医療センターに運ばれ、もう四年が経とうとしている。出会う人間もかぎられていた。

「いっしょにハンヴィに乗ってた連中は思いだしましたけど、撃たれた瞬間は思いだせないんです。光が見えて、あとは真っ暗で」

「それは不思議ではありません。失神してたんですよ。憶えているはずがないですし、もし、記憶にあったとしても、それはあとから想像して埋めたことになります」

「そういうことか」マクスウェルは視線を落とし、白いテーブルを見た。「妻と息子のことはどうなんでしょう。顔も名前もわかっているんだけど、どうにも……」

「しっくりこない」

「ええ」

「先ほどもいいましたけど、記憶のメカニズムにはわかっていないところが結構あります。でも、バグダッドで経験したことは、その直前の状況まで思いだして、それはしっくりきてるんですね」

「そうです」

うなずいた。目を上げられずにぼそぼそとつづけた。

「キャシーやアダムもいつか、しっくりくるんでしょうね」

リンが低く唸る。

「正直に申しあげると、今のところ、何ともいえません」

目を上げ、まっすぐリンを見た。

「どうしてあのときの状況がはっきり浮かんだんでしょう？」

「既視感《デジャヴュー》って、経験ありますか。初めて来た場所なのに、前に一度来たことがあるような気がしてしようがないというような」

「しょっちゅうというわけじゃないですけど、経験はあります」

「初めて訪れた場所というのは間違いないんです。でも、前に来たことがあるような気がするというのは類似した参照点が記憶している情景と一致するからなんですね。本当は一致してないんですけど、ヒトの記憶はそこで捏造されるんです。捏造という言葉が悪ければ、生成といえばいいか。とにかく思いだしているわけじゃなく、思いだしているように感じているだけで、初めて訪れたという点は間違いありません」

ゴミの中に紛れこませたＩＥＤやＥＦＰの攻撃を一度でも経験するか、目の前で仲間がミンチになるのを目撃すれば、いやでもゴミの山には気をつけるようになる。気をつけるなどというレベルではない。次は自分の番だと怯え、神経過敏になる。

交差点があって、手前左に街灯、向かい側の家がちょうど引っ越しの作業中で前庭にダンボール箱や家財道具が積みあげてあった。引っ越し荷物がバグダッドの市中で見たゴミの山に思えた。

真っ昼間と真夜中という違いはあってもガルベスが注意を促し、びくびくしていたので真っ暗闇の中、前照灯がゴミの山を嘗めただけで細部まで見ることができた。

「参照点ですね。たしかに思いあたります。でも、肝心なところは変わりませんね。相変わらず強い光と直後の闇なんです」

「失神したんです」リンが辛抱強くくり返す。「衝撃と負傷の度合から考えて、気を失っていたと考えるのが妥当でしょう。もし、ジョーがその瞬間を記憶していたとしても

「……」

「捏造された記憶ですか」

「生成された、とも申しあげましたが」

しばらく最近の状態について話をしたあと、リンが面談室を出て行き、入れ替わるようにボースが入ってきて、目の前に座った。

「気分は？」

「すっきりしました。何もかもというわけではありませんが、それでも買い物に行く途中であのときのことを思いだしたわけが少しわかりました」

「何もかもではない、と？　あの瞬間を思いだせないということですか。それは……」

「ドクター・リンに説明を受けました。おそらく気を失っていたんだろうと。その点は納得がいったんですが」

「ほかにも？」

「キャシーとアダムのことです」

マクスウェルの答えにボースはうなずいた。それから南に面した大きな窓に目をやる。

「見てください。広い駐車場に何百台も車が停めてある。芝生の緑はきれいだし、どこまでも美しい街並みが広がっている。街中は多少ごみごみしているでしょうが、少なくとも当センターの敷地内は清掃が行き届いていて清潔だ」

窓に目をやり、医療センターの南に広がる緑の大地を見やった。たしかに清潔で、何より平和だ。黒い煙が立ちのぼっていることはない。

ボースが言葉を継いだ。

「逆行性健忘症を引き起こす要因の一つに心理状態があると考えられています。どちらかといえば、ドクター・リンの専門分野の話ですが」

「心理状態?」

「後ろめたさですよ。たとえば、年寄りがアクセルとブレーキを踏み間違えて減速しないまま歩行者をはねて死なせたとします。だけどのちの裁判では、踏み間違いを決して認めない。彼には踏み間違えた記憶がないんです。逆行性健忘症を引き起こしていれば、不思議はありません。逆行性健忘症を引き起こした原因がブレーキを踏んでいなかったという認識があったせいとも考えられる。後ろめたさ、罪の意識……、何でもいいんですが、そこでなかったことにしてしまう」

ボースがマクスウェルに向きなおった。

「今、自分は平和で静かな街にいる。だけど今でもイラクやアフガニスタンでは陸軍は戦っています。ジョーと同じ時期に派兵された人たちはとっくに任期を終えて帰ってきているでしょうが」

「また行くこともありますよ。一年か、二年後に戦場に戻る」

「ジョーも二度でしたね」

「ええ」

「どうして？」

訊きかえされ、首をかしげた。

「カネ、が一番大きいですかね」

最初に陸軍と契約したときには七千ドルもらえ、三年の任期を終えるとふたたび契約書が提示される。任期制の兵士から生涯を陸軍に捧げるかを問われるのだ。サインすれば、少なくともさらに五年にわたって陸軍での勤務があり、その間、最低三度は戦地に赴くことになる。

その代わり一万七千ドルが一時金として支給される。

「家族を養わなくてはならない。その責任は大きい」ボースは淡々といった。「しかし、自分だけが平和で安全だと仲間を裏切っているような気持ちになる」

マクスウェルは左手を挙げてみせた。

「もちろんそれはわかっている。私は、君が抱いている気持ちの話をしている」

ボースの口調に気圧《けお》されるのを感じた。ボースがさらに身を乗りだしてきた。

「君はここが自分のいるべき場所ではないと感じているのではないか」

「ええ」素直に認めた。「でも、ほかに行くところはありませんよ。いずれサンアントニオから離れなくちゃならないにしても、それがいつなのか見当もつきません」

「もう一度訊くが、奥さんと息子さんとはしっくり来ないんだね？」

リンとの会話をどこかでモニターしていたのだろう。驚きはしなかった。

「ええ」

「もし、もう一度戦場に戻れて、大金が奥さんと息子さんに渡るとしたら？」

「まさか……」

マクスウェルは笑った。だが、ボースは真剣な顔つきをまったく崩さずにつづけた。

「ヒューマン三・〇《スリー・ゼロ》として」


２０１０年１月23日／アメリカ合衆国テキサス州

ヒューマン三・〇は、強化型義肢によって人体の能力を数倍に高めるプロジェクトだ。

『百メートルを六秒で駆けぬけ、立ち止まっている状態から垂直に二十五フィート、ジャンプする』

そういってからあくまでも現時点での目標だが、とボースは付けくわえた。強化型義肢プロジェクトは、某シンクタンクが開発の母体となり、すでに長年にわたって研究、実験をくり返しているという。二十一世紀に入り、動力源や各種モーターの高性能化、小型化が進み、義手、義足に組みこむことが可能になった。

「ほらほら学校に遅れるわよ、急いでちょうだい、アダム」

台所で食器の後片付けをしているキャシーが寝室をふり返って声をかけ、マクスウェルの思いは中断された。寝室から勢いよく駆けだしてくるアダムの足音が近づいてくる。すでに朝食は済んでいた。

小学校まではキャシーが車で送り、一時間ほどで戻ってくる。テーブルのそばまで来たアダムがキャシーからランチボックスを受けとり、左肩から斜めに吊ったバッグに入れた。

「行ってきます」

「行ってらっしゃい」

玄関に向かって走っていくアダムを目で追いつつ、マクスウェルは立ちあがった。キャシーが唇に軽くキスをする。

「行ってくるわね。帰りにコンビニでアイスクリームでも買ってきましょうか」

「いや」マクスウェルは頬笑んで首を振った。「気をつけて」

「それじゃ」

テーブルに置いてあった鍵束を手に、キャシーがアダムのあとを追った。立ったまま見送るのはいつものことだ。昨日と変わりない今日、そしておそらく今日と変わらない明日をやり過ごしながら歳をとっていく。それが幸せということかも知れない、とちらりと思う。

マクスウェルは、シャツの胸ポケットから折りたたんだ小切手と住宅の権利書を取りだしてテーブルに置いた。小切手の額面は十万ドル、住宅の権利書は今住んでいる家のもので名義はキャシーになっている。尻ポケットに入れた財布からボースの名刺を抜き、小切手に重ねた。名刺には、何かあったときにはドクターに連絡を、と手書きのメモを入れてあった。

ヒューマン三・〇プロジェクトに参加するには条件があった。現時点では極秘に進められているため、家族にも明かせない。ボースはVRやARでの訓練をする際、マクスウェルの脳活動を計測し、その結果が図抜けて強化型義肢の操作に適合することが判明した。つまりテストに合格したというわけだ。

おそらくもう一つ、マクスウェルが拭い去れずにいるキャシーとアダムへの違和感もプロジェクトの要因――テストベッドか、モルモットか――に選ばれた理由だろう。それに陸軍に入隊以来、故郷とは完全に絶縁状態にあり、母親がどのように暮らしているかまったく知らない。マクスウェルの負傷についても母親をはじめ、親族たちには一切知らせていなかった。

台所をぐるりと見まわした。マクスウェルは陸軍医療センターを出て半年あまりを過ごしただけだが、キャシーとアダムはすでに三年以上になる。マクスウェルが医療センターに入所して間もなくあてがわれた住居なのだ。馴染みはあるだろうが、もちろんこのあと家を売りはらおうとかまわない。持ち主はキャシーなのだ。

プロジェクトに参加するすべての条件に合意すれば、マクスウェルには百万ドルの報酬が約束されていた。マクスウェルは報酬を五十万ドルずつ二度に分け、基金として、アダムが十五歳と二十五歳になったときに自由に使えるようにしたいと申し出た。ボースはあっさりうなずいた。

『問題はない』

ジーンズのポケットに鍵とスマートフォンが入っているのを確かめ、家を出た。ドアを施錠したあと、鍵はドアにうがたれた郵便受けから中に落とす。門まで歩き、右を見ると窓を黒く塗りつぶした大型のワゴン車が停まっていた。ボディも黒だ。

ワゴン車まで歩いて行くと、スライディングドアが自動で開いた。後列の奥にボースが座っている。乗りこんだマクスウェルがとなりに座るとドアが閉まった。

「おはよう。気分は？」

「いつもと変わりませんね」

「それじゃ……」

「ちょっと待ってもらってかまいませんか」

口にしてからマクスウェルは自分の言葉に驚いていた。だが、ボースはさして驚いた様子も見せずに訊きかえした。

「一時間くらいなら問題はない」

黙って、うなずき返す。心境の変化というのではない。それでもキャシーが帰ってくるのを見届けたかった。

沈黙のうちに時間が流れ、古びたフォードのステーションワゴンが前庭に止まった。キャシーが降り、家に入る。いつも通り声をかけ、返事がないことをいぶかしむだろうかとちらりと思った。それから玄関に落ちている鍵に気がつき、台所のテーブルに行く。
二、三分ほどでマクスウェルはジーンズのポケットに突っこんだスマートフォンが震動するのを感じた。手にして、ディスプレイを見る。キャシーの名前が出ていた。スピーカーフォンに設定した上で接続し、ボースに渡す。ボースは落ちつき払ってスマートフォンを口元に持っていった。
「おはようございます。ボースです」

「おはようございます、ドクター。今、ジョーといっしょでしょうか」

ボースがちらりとマクスウェルを見て、答えた。

「いえ。ジョーはこちらにはおりません」

「どこへ行ったのでしょうか」

「申し訳ありませんが、今のところ、お答えできないのです」

「急に具合が悪くなったのですか」

「それは大丈夫です。ジョーは元気ですよ。その点だけはご安心ください」

「ジョーと話ができますか」

「いずれ」

遠くからサイレンが聞こえてきた。救急車のサイレンだとわかったが、姿は見えない。マクスウェルは後ろをふり返り、家を見た。思った通りドアが開き、キャシーが飛びだしてくる。

ボースが喋りつづけていた。

「この電話はいつでもつながります。しかし、ジョーが出られるのはいつになるかわかりません。私か、代理の者が応対します」

ボースが運転手に向かって小さくうなずく。ワゴン車がゆっくりと動きだした。そのときキャシーが車に気がつき、顔を向けた。目が合ったような気がしたが、キャシーからマクスウェルの姿を見ることはできなかっただろう。

サイレンが遠ざかり、音が低くなる。


２０１８年８月８日／アフガニスタン・イスラム共和国某所

右腕に巻いた腕時計が震動する。マクスウェルは太腿のポケットから頑丈なケースに入った通信端末を取りだした。メールが届いている。通信文は短かった。

基金成立――。

目を細め、ディスプレイを見つめる。十五歳か、と胸のうちでつぶやいた。今日がアダムの誕生日であることはわかっていた。テキサス州サンアントニオの家を出てから八年が経っていた。

時間は過ぎ去ってしまうと信じられないほどに短く感じる。通信端末をポケットに戻し、顔を上げる。黒い岩がオーバーハングしているのが目についた。その上までなら五十メートルほどだ。

「十二、三回で行けるかな」

独りごちたマクスウェルは岩を蹴った。躰が宙を舞い、五メートルほど先の岩に取りつく。左腕の義手が岩の表面をつかんだ。握力は三百キロを超えるため、片手でも充分にマクスウェルを支えた。足下に目をやり、左右それぞれの足が安定しそうな場所を探す。両足を岩場にかけ、背後をふり返った。

黄土色の沙漠が眼下に広がっている。

風が吹き抜けた。

カンダハルから南へ三十キロほど下ったところにある岩山にいた。

アフガニスタン――テストフィールドは果てしなく広かった。

現在（UTC　2031／11／17　19：32：55）

「おれは去年までアフガニスタンのあちらこちらにいて、ゲリラ掃討作戦に従事していたんだ」

ジョエル・マクスウェルがいい、ジミー・レナードが目を剝いた。

「おいおい二〇二一年八月末に米軍は撤退したじゃないか」

ジョー・マックスがくすくす笑う。

「ホワイトハウスのカレンダーには印刷ミスがあったみたいだな。たぶん大統領が見ていたカレンダーには八月は三十日までしかなかったんだろう。まあ、いずれにしても派遣も撤退も正規軍の話でね。おれたちのような契約兵士には関係ない」

ジョー・マックスが診察台に寝かされ、ぼろぼろの肉体に目を向けた。

「アフガンから日本……、絶望島へ。ボース博士からある男を紹介されて、依頼されたんだ」

「何を？」

「彼女の……」ジョー・マックスが診察台を顎で指す「保険になってくれって、ね」

ふいに声が過っていった。

『おれなりに保険をかけてる。だけど、今は何も話せない』

ふいに周囲が慌ただしくなる。ノートパソコンを前にした白衣の女性がレナードに告げた。

「MIA、起動します」

「いよいよか」レナードは診察台に寝かされたぼろぼろの肉体を見つめてつぶやいた。

「さあ、教えてくれ。あんた、あそこで何を見た？」

第五章　バイバイ東京

1

日時、場所ともに不明

その躰はわずかに背中をそらして、両手、両足を力なく投げだし、あお向けになったまま ゆっくりと流れていた。

何もかも蒼《あお》かった。

水の中に射しこんでくる月光のせいだ。

ぐんぐん近づいていく。

顔がはっきり見分けられるようになった。

あら、私だ——伊藤朱璃は胸のうちでつぶやく——じゃ、見ているわたしは誰？

強くはないが、抗《あらが》いようのない力に押され、水中をゆっくり漂う躰に接近していき、ぶつかると思った刹那、頭上に見えた。

蒼い海面。

四方から寄せてくる波が衝突し、右へ、左へ揺れ、返していく。そのときに気がついた。息ができない。水の中にいるんだから当たり前、ともう一人の自分が答えたとたん、苦しくなった。気がついたら苦しいって、何だか馬鹿げている。とにかく必死で水を蹴り、浮上しようとした。だが、息がつづかなかった。口を開けた。飢えた肺が少しでも大量の空気をむさぼろうとしたのかも知れないし、叫びたかったのかも知れない。

後悔した。流れこんできたのは空気ではなく塩辛い海水だ。口中に流れこみ、咽へと突進した。同時に鼻孔にも海水が入ってきて、鼻腔を満たす。

それでも海面は近づいていた。間に合うかも知れない。意識が遠のきかけ、ふたたび暗い海の底へ沈んでいく。恐怖にとらわれ、全身がしびれる。

次の瞬間、海面から顔が突きだした。

起きあがって、空気をむさぼる。耐えがたいほど咽がむず痒くなって噎せた。信じられないほど大量の海水が口と鼻から流れだした。顔から水が落ちる。

「ひゃあ」

間の抜けた声が聞こえ、目をやった。禿げあがった頭にタオルで鉢巻をした老人が尻餅をつき、目を見開いて朱璃を見ている。ダークグリーンの上っ張りを着て、古びたゴム長靴を履いていた。

視線を下ろした。老人の前、朱璃のすぐとなりに女が寝かされていた。顔は青白い土のような色をしていながら少しだけ口角が持ちあがり、穏やかに頬笑んでいるように見えた。

頭の中がぐちゃぐちゃになり、渦巻いていたいくつもの情景からぽんと頬笑んでいる女の顔が浮かびあがった。

『お待ちしておりました。私、カメと申します』

熱海の寂れた漁港、白い船体にところどころ赤茶けた銹《さび》が筋を引いている古びた漁船、胴長の上にヤッケを着た豊満な女——カメ。

カメは七分袖の袢纏《はんてん》に短パンを穿いている。どちらも白木綿《しろもめん》だった。裸足《はだし》の足指が何だか痛々しい。かたわらにえんじ色の防水ヤッケ、胸当てのついた胴長が乱雑に放りだしてある。そちらには見覚えがあった。港であったとき、カメが身につけていたものだ。

目を上げ、尻餅をついている老人を見た。

「浦島さん?」

がくがくと顎を上下させた。うなずいている。

「驚いたぜ」老人——浦島太郎がかすれた声でいった。「生きてたのか」

朱璃は左袖をめくり上げ、前腕の内側に貼りつけてあった小型のケースを剝き出しにした。熱海でカメの漁船に乗りこむ直前、車の中でオタケが装着してくれたものだ。オタケが朱璃の左前腕の内側をぽんぽんと叩き、ラテックスの手袋越しに静脈の感触を確かめたあと注射針を刺した。注射針には三センチほどのチューブがついていて、幅二センチ、長さ五、六センチほどの容器につながっていた。朱璃はケースから延びるチューブの先端についている針を静脈から抜き、粘着テープで留めてあったケースごと剝がし、差しあげてみせる。

「わが社の非常用設備」

浦島が怪訝そうな顔をした。

「何だ、そりゃ？」

「酸素注射。この容器には二種類の薬品が入っていて、混ざるとガスを発生する。容器を強く押せば、薬品の袋が破れてガスが発生し、容器に内蔵されているプランジャーを圧す。で、薬液を私の静脈に注入する仕掛け」

「薬液って？」

「ナノカプセルに詰めた酸素を含んでいる。血中でカプセルが溶け、酸素を放出するので水中で二時間呼吸できる」

「科学は進んでるんだな」浦島がカメを見下ろし、小さく首を振った。「二時間か。いくらカメでもそこまでは無理だ」

次いで顔を上げ、朱璃を見て付けくわえた。

「海女《あま》してたんだ。素潜りの名人ではあったけど、潜れたのはせいぜい二、三分だろう」

そのとき背後で水音がして、朱璃はふり返った。ほの暗い中、浦島が岩の上に置いたランタンの光でようやく見てとれる水面から顔を出している生物を見て目を見開いた。

「イルカ?」

「フリッパーって名前だ。あんたとカメをここまで運んできたのがフリッパーだ」

朱璃は浦島に顔を向けた。浦島が小さくうなずく。

「海女のあと、カメは水族館のイルカ飼育員になった。皮肉なもんよ。イルカやらアザラシやらが漁場を荒らして漁獲量が減って、海女では生計を立てられなくなった。次に就いた仕事で、その敵を飼育することになった。フリッパーは水族館で生まれたんだ。母イルカが育児放棄したんで、カメがずっと世話をしていた」

「その水族館というのは?」

「ここからそれほど遠くないところにある……、あったが、今は海の底だ。フリッパーは水族館から逃げた。しばらくしてカメの居所を見つけてやって来た。ひょっとしたら探していたのかも知れない」

朱璃はあらためて周囲を見まわした。ランタンの光は弱々しく、数メートルほどの範囲を照らしているに過ぎない。それでも天井の岩肌が見えた。

「ここはどこ?」

「秘密基地だ。おれとカメのな」浦島が朱璃を見た。「あいつらが出たんだろう?」

黙って見返していると浦島が自分の首筋を指先でぽんぽんと叩いた。

「ここに鰓がある」

うなずいた。

漁船は大きく揺れていて、操舵室から出たカメが船尾に向かったときに左から大きな波が襲った。朱璃は船尾に目をやったが、そこにカメはいなかった。すぐに操舵室を出て、右舷に手をあて、海をのぞきこんだ。

船腹に男が張りついていて、目が合った。そやつの目が異様に大きかったのと、口を閉じたかと思うと首の両側から勢いよく水が噴きだすのを見た。

「やっぱり鰓だったのね。あれは何?」

「詳しいことはわからん。おれたちはリョウセイジンと呼んでた。水と陸のどちらでも生きられる両生類みたいな奴だから両生人」

じっとカメを見下ろした浦島がつぶやく。

「あいつらに襲われたんならフリッパーだけじゃ、どうにもならなかったろう。ネプチューンとポセイドンはそばにいなかったんだな」

やはりイルカの名前かと訊こうとしたとき、思いつめた表情でカメを見ていた浦島がクソッと吐きだす。それから横たわるカメにキスをしたので声を嚥んでしまった。次に浦島はカメが着ている白い袢纏の前を開き、乳房を出した。唇と同様、乳輪も紫色になっている。

自分のブーツに手を伸ばした浦島がナイフを抜いた。

「何を……」

いいかけた声が消える。浦島がカメの咽もとにナイフを突きたて、一気にへその下まで切り裂いたのだ。傷口が広がり、内臓が露出したが、血はそれほど出なかった。すでに心臓が止まっていて血圧がなかったからだろう。

ふたたび袢纏の前を閉じ、きちんと紐を結んだ。白い木綿地に血が滲む。

「もうカメはいない」

「死んでしまえば、物だということ?」

浦島がふっと笑う。

「生きてる間だって、物じゃないのかね」

もう一度カメに覆いかぶさり、唇を重ね合わせたあと、浦島はカメを抱きおこし、海に踏みこんだところでそっと横たえた。浮かんだカメをそっと押しだす。あお向けになったカメが流れていくとフリッパーがさっと近づいてきて、突きでた鼻先で浮いているカメの顔や首の匂いを嗅《か》いだ。キスをしているように見えた。

「頼むぜ、フリッパー」

浦島の言葉が終わらないうちにカメが海中に沈んでいく。すっかり姿が見えなくなるとフリッパーの尾びれが水面を叩いた。

「どういうこと？」

「今はまだカメの形をしているが、いずれは黒ずんで、腐臭を立ちのぼらせる。地中に埋めるより水葬にした方がカメには似合ってる。海中でも腐るんだよ。先に内臓が腐って、腹ん中にガスが溜まる。ぱんぱんに膨れて、浮かびあがるのさ。いくら物になってもそんなカメを見たかない。フリッパーなら海の底へ、誰も知らない深い海へカメを連れていくだろう。カメはそこで魚たちに食われる」

浦島が朱璃に目を向けた。

「魚たちと一体になる、といった方が気が楽か」

「どうかな」

「さて、おれとカメの秘密基地を案内しよう」

ランタンを手にした浦島がカメが身につけていたえんじ色のヤッケを探り、ポケットからペンライトを抜いた。スイッチを入れる。ＬＥＤライトの白い光が眩しい。朱璃に向かって差しだした。

「足下の悪いところがある」

うなずいた朱璃はペンライトを受けとった。

岩の上を歩きだす浦島のあとを追う前に、朱璃は周囲をさっとライトで照らした。カメとフリッパーが沈んでいった海面上には岩の天井があったが、思ったよりも低かった。手前でせいぜい二メートルほどで奥に行くほど下がっていき、やがて海面に没する。海面の幅は十メートルほどでしかない。左右ともに岩の壁となっていて洞窟の一部のようだ。

足を止め、ふり返った浦島がいった。

「ここを見つけたのはフリッパーだ。おれたちがあんたの乗ってきた船でこの近くを走っているときに、フリッパーが跳ねてな。カメはすぐにわかって、海に飛びこんだ。水族館でやってたみたいに、フリッパーの背びれをつかんで遊んでいるうちにここにたどり着いた。まあ、いい。こっちだ」

ふたたび歩きだした浦島のあとをついて大きな岩を回りこむ。岩の背後には隙間があってさらに奥へ進むことができた。朱璃は浦島の足下を照らしていた。岩は乾いていた。海水もここまでは到達していないようだ。

隙間が徐々に狭くなったが、浦島はかまわず進む。

そのときになって朱璃は全身が濡れ、体温がすっかり奪われていることに気がついた。震えが止まらないのはそのせいだ。

やがて岩場が登りにかかる。ところどころ浦島は左手で岩をつかみ、躰を引きあげた。

右手はランタンをかざしつづけていた。朱璃は浦島が登っていく様子を後ろから眺め、真似をしていた。

「ようこそ秘密基地へ」浦島がランタンをかざすとコンクリートの壁面に割れ目があった。「先に入る。狭いけど、躰を横向きにすれば入れる。上の方に鉄骨が飛びだしているから頭をぶつけないように気をつけて」

浦島がランタンを持った右手を先に入れ、右肩から割れ目に入っていった。朱璃もあとにつづく。中は空洞になっていて、平らな床があった。立ちあがって背を伸ばし、周囲をペンライトの光で照らした。通路のような場所で、数メートル先に直交する別の通路があるようだ。割れ目のすぐ左は土砂で埋もれ、通路の三分の二ほどが大きな石や土砂で埋まっていた。

「ここは？」

「美術館だった。五年前の東京直下地震と毎年襲ってくる台風で南側の山が崩れて屋根まで埋まってしまった。さっきの洞窟が昔からあったものか、地震でできたのかはわからない」

話を聞きながら朱璃は右側の壁面を照らした。美術館というが、展示されている絵はなく、壁が剝き出しになっている。朱璃が手にするペンライトの光を目で追っていた浦島がいう。

「埋もれる前に展示物はあらかた退避させたんだろう。ここは十二年前にも台風で浸水したことがある。再開までに九ヵ月かかった。またしても土砂に埋もれたってことは土地柄のせいか……、まあ、地震は想定してなかっただろうが」

こっちだといって廊下を歩きだした浦島が直交する別の通路にかかったときだ。ランタンの光に人の姿が浮かびあがった。朱璃は思わず腰のグロック19に手をかけた。

足を止め、ふり返った浦島が笑う。

「落ちつけ。絵だ」

ランタンの光をかざした先に大きな絵が掛かっていた。そこには等身大の女性が描かれている。ブルーグレーの奇妙な服を着て、白いヘルメットを被っていた。上体をひねり、右腰に着けた銀色の銃に手をかけていた。銃把をきっちり握りこんでいる。

浦島が絵の前へと進んだ。ヘルメットにはバイザーがつき、前額部あたりがオレンジ色になっていた。

「これは……」

朱璃は絶句した。

「おれがまだ小学生の頃、大ヒットしたテレビの特撮物のヒロインだ。だからもう半世紀以上も昔になるのか。おれにとっては初恋の相手ともいえるかな。これを見つけたときにはびっくりしたが、よくぞ残っていてくれたと感心したもんだ」

「ケガしてるみたいね」

ヘルメットの右上部には、何かで引き裂かれたような傷がついていて、バイザーが割れていた。顔の右側には血が流れている。傷はブルーグレーの服まで裂いていて、大きく開き、そこから首筋、右の乳房までが露出していた。ぴんと張りつめた乳首は健康的なピンク色で若さを表している。

ランタンに照らされる絵はたしかにリアルに描かれていた。しかし、朱璃はそれ以上の迫力に圧倒されている。

「びっくりした。まるでここに、そのヒロインって人が立ってるみたい」

「いいね。写真のようだといわないところがいい。超写実《スーパーリアリズム》というらしいが、写真みたいというのは褒め言葉じゃない。むしろ禁句だそうだ」

写真とはまったく違う、と朱璃は胸のうちでつぶやいた。乏しい光に照らされ、ほの暗い中で見ると実際に一人の女性がそこに立っているようにしか見えなかった。ペンライトを向け、光をあちこち動かしても印象は変わらない。左下にK・Iと記されている。画家のイニシャルだろう。

浦島が絵を眺めながら独りごちる。

「演じている女優も嫌いじゃなかったが、何というか、おれが恋したのは、この隊員その人だった。テレビドラマの中にしかいないフィクションの存在さ。だけどこの絵を見たとき、フィクションなのに実在すると思った。架空のヒロインに血肉を与える方法がここにあったわけだ」

浦島が首を振る。

「まあ、いい。先へ行こう」

右に曲がると階段があった。浦島が先に立ってのぼっていき、二階分あがったところで突き当たりにある鉄扉を押しあけた。

「ここは以前、屋上だったんだろうが、土砂に埋もれてる。カメと二人で何とか上に出られるところがないか探した。梯子《はしご》をつけて、邪魔な土なんかをどかして……」

ランタンを腰に吊った浦島が金属製の梯子を登りだした。両肩を擦りながら息が詰まりそうな空間をよじ登っていく。梯子を五つほど登ったところで浦島が頭上のトタン板をずらした。

グレーの光が射してくる。

隙間から頭を出した浦島がよじ登った。朱璃も同じように登っていく。出たところは小高い丘になっていて、すぐそばに海が見えた。海面は丘の周囲をぐるりと取り囲んでいる。

浦島が右を指した。

「こっちが北だ。あんたが探している相手はここから七キロほど行ったところにいる。かつては絶望の丘といわれた不法滞在者の収容施設があった」

絶望の丘が房総本島を絶望島と呼ぶきっかけになった。

今度は右を指した。

「あいつらは南からやって来た」

「あいつら？」

「中国人の漁師たち……、漁師を装った連中だ。そのなかに両生人が混じっていた。三年前のことだ。そこに元からいた住民の生き残り、絶望の丘の収容者、さらに中国人たちが加わった。今、島にどれくらいの人数がいるのかちょっと想像がつかない。おそらくは万単位だろう」

次いで浦島は海を指した。雲が低く垂れこめ、空と海の境界が曖昧になっていた。

「西……、東京は今や海の底だ」

浦島が手を下ろし、ふっと息を吐く。あらためて朱璃に目を向けた。

「あんたも着替えないとな。風邪、引くぞ。ところで、名前は？」

「朱璃、伊藤朱璃。ＳＤから連絡が行ってると思うけど」

「有能なエージェントを送りこむんで、アテンド、よろしく、と。おれは四十三代目浦島太郎」

「よんじゅう……」

「昔々で始まるお伽噺だ。本当のところ、いつの時代かなんてわからない。というか、どうでもいいことだろう。現役の漁師をやってられるのが三十年と見積もって、ざっくり千三百年前……、奈良時代くらいか。浦島太郎には似合いだろ。芸名《げいな》だよ。カメは本名だった。加える女と書いて、加女。それでおれは浦島太郎を名乗ることにした」

「本名じゃないのね」

「本名か」浦島がうっすら笑みを浮かべる。「忘れたな。まあ、名前なんざAでもBでもいいじゃないか。着替えて、熱いコーヒーにしよう」

熱いコーヒーと聞いたとたん、背中の寒さがいっそうつのり、くしゃみが飛びだした。鼻をこすり、ついでにリストウォッチをタップする。

２０３１／11／16　16：29──。

オタケと落ちあって横田基地を出てから十二時間も経っていない。信じられなかった。はるか昔の出来事のような気がする。

2

現在（ＵＴＣ　２０３１／11／17　19：37：10）

「何なんだよ、この元美術館ってのは」

ジョー・マックスがぶつぶついうのを聞き、ジミー・レナードはシュリの枕許に二台並べてある五十インチサイズの高精細ディスプレイのうち、右側の一基を手で示した。シュリの頭上に置かれているのがＭＩＡ専用で、その右に同じサイズ、性能のディスプレイをサブに使っていた。

「そこに出てる」

ジョーがレナードの言葉に従って目を向けた。


千葉県中央部、チバシティ南西端に位置する個人経営の美術館でスーパーリアリズム絵画のコレクションで有名。現代を代表する作品の数々を所蔵するだけでなく、独自の顕彰制度を設けるなどして、スーパーリアリズム絵画の保存と知名度向上に大きな貢献を果たす。二〇二五年の度重なる大型台風による水害に加え、二〇二六年の東京直下大地震のため、南側丘陵地が崩壊、土砂に埋もれ、休館を余儀なくされた……。


次いでディスプレイには千葉県の地図が表示され、赤いマークが浮かびあがった。ぐんぐん近寄っていき、チバシティの南西端に接近していく。最寄り駅や付近の道路を映しだしたあと、一部がブルーに侵食されていく。台風と地震によって浸水した場所を示しているのだろう。赤いマークが付された美術館はかろうじて水没を免れていた。

航空写真に切り替わる。東西にゆるく湾曲した白い屋根が表示された。右下に二〇二〇年十二月撮影とキャプションがついていた。次いで画面全体が茶色と白、緑が入り混じった地面に変わった。キャプションは二〇三〇年十二月撮影になっている。よく見ると屋根の西端角が露出しているのがわかる。

「ふーん」ジョーが感心したようにうなずく。「で、スーパーリアリズム絵画ってのは？」

ディスプレイが切り替わり、白人女性の肖像画が表示された。向かって右に躰を向け、わずかに首をひねって、顔はこちらに向けている。だが、まっすぐに見ているわけではなく、右寄りに視線を外していた。

「おお」

ジョーが感嘆の声を漏らす。下辺に作品名と画家の名前が出ていた。シュリが見た絵にはK・Iと入っていたようだが、今目にしている画家の名前をイニシャルにするならR・Sになる。

レナードは声を発した。

「クローズアップ」

高精細ディスプレイの中で肖像画が大きくなり、女性の胸から上が画面いっぱいになった。ジョーもレナードも息を嚥んだ。血が透けて見え、産毛まで見分けられそうな頬、黒いカーディガンの襟元にほどこされた刺繍まで精緻に描かれている。

「なるほど写真じゃないな」ジョーがつぶやいた。「こりゃ、たしかに暗がりで見りゃ写真じゃなく生きた人間がそこに立っていると勘違いしても無理はない」

ほどよく照明の行き届いた展示場ならば、額を見てとることができるし、そもそも美術館に絵を見に来たことがわかっている。何の予告もなく、いきなり絵を見せられ、しかも額縁が闇に溶けこんでいれば、ジョーのいう通り生身の人間と見まがうだろう。

「次」

レナードが声をかけると今度は別の画家の作品が映しだされた。二度、三度と次を表示させる。

MIAとは別のAiCOを起動してあった。処置室内に設けられた複数のマイクロフォンがジョーやレナードの声を拾い、質問を認識してネット上を検索して回答を表示している。音声は切ってあった。

ジョーがレナードに目を向けた。

「一つ、訊いてもいいかな」

「どうぞ」

「大した仕掛けだとは思うけど、どうしてメインの……、その……、何ていったっけ？」

「MIA」

「そうそれだ。MIAが解析した結果がどうして文章だけなんだい？」

「音声で読みあげるのは難しくないけど、ぼくはうるさいと感じるんだ。文章ならそれぞれ自分のペースで読めるだろ。読み返しもできるし」

メインディスプレイにはシュリの記憶が英文になってずらずらと表記されている。

ジョーが寝かされているシュリを見やった。

「いや、おれがいいたいのは、これだけの仕掛けだし、ドクター・レナードの……」

「ジミーで結構」

ちらりとレナードを見たジョーが笑みを浮かべてうなずく。

「ジミーたちの技術があれば、映画みたいにシュリの記憶を再生できないのかな。それこそIMAX並みの映像と音声で迫力いっぱいに」

「言葉ありきなんだよ。MIAは言語野の活動を計測して、被験者がどのような言葉を思いうかべているかをリアルタイムで推測する。映像や音声まで推測するとなると視覚野、聴覚野、そのほかもろもろを計測しなくてはならなくなる」

「脳のすべてってことか」

「すべてとはいわないけど、少なくとも大脳皮質の大半は計測の対象になるだろう。そうすると処理しなくちゃならないデータがあまりに膨大になる。そもそも脳の活動が大脳皮質だけで……」

「OK、了解。それ以上聞いてもおれの頭じゃ理解できそうにない」

ジョーが苦笑して両手を顔の前に挙げ、壁のように立てた。左手には手袋を着けている。

義手、義足ともに絶望島でのミッションで損傷したため、パワーアシストのない通常型を装着しているので、敵のくり出すナイフを握り潰し、百メートルを六秒台で走って、ひと蹴りで二十五フィートのジャンプというわけにはいかないものの、日常生活には支障がないようだ。

診察台のシュリに目を向ける。

そもそもＭＩＡは亡き妻リンダが残した膨大なデータをＡｉＣＯに取りこませ、会話形式でレナードの問いに答えるよう組んだプログラムだ。人工知能が得意とする機械学習、深層学習によって会話を補正し、自然に対話できるレベルにまで磨きあげることができた。

ＡｉＣＯはインターネットにもつながっているので、無限ともいえるデータを検索してレナードの望む回答を探しだせる代わり、バックドアを通じて外部に情報が漏れる危険性を否定できなかった。レナードはバックドアを見つけることに注力してきたが、すべてを塞げたかはわからなかった。

ＭＩＡは同じくＡｉＣＯをベースとしながらも、読み解く対象は最小意識状態にあった娘ミアの脳活動である。言語野に限定するというアイデアはリンダの発想――たとえそれが文献に残された過去の遺物だとしても――であり、ＭＩＡはリンダとの合作にほかならない。

言語野は五感――ヒトの感覚器官は少なくとも二十七はあるとされるが、慣用句としての五感はまだ生きている——だけでなく、脳の持つさまざまな能力を統合する領域の一つでもある。言葉を持つヒトは意識にのぼるあらゆる感覚を言語化している。ただし、無意識のうちに処理される情報は言語化されないので無視するよりなかった。

もう一つ、シュリが日本人という点もあった。通常、アルファベット二十六文字で言語を構成する英語圏のヒトであれば、大脳側頭葉上端にある角回という部分で言語に関する情報を処理している。日本人の場合、同じ部位で処理するのはカナのみで、漢字は側頭葉下部で処理しているらしい。今、シュリの側頭葉でも上端と下部の双方で活動が検出されているが、とりあえず英語で質問し、英語で答えるように設定してあるため、側頭葉下部の反応は無視することにした。おそらくシュリの脳内では、英語を日本語に変換し、答えを日本語から英語に変換する作業が行われているのだろう。細かいニュアンスをすべて拾うことはできなくても記憶を探るという目的は達成できると判断した。正直にいえば、そう判断せざるを得なかったというべきだろう。

診察台のかたわらに立ち、シュリを見ている龍太に目をやった。なぜ龍太を救いだす必要があったのか、実は依頼主のＷＨＯにもわかってはいないらしい。どのようにして龍太を割りだしたのか、はっきりしたところは明かさないにしてもシュリの記憶を解析しろという以上、龍太の秘密を究明することもＷＨＯの目的なのだろう。

いずれにせよシュリの記憶を蘇らせるしかない。

レナードはスタッフたちに続行を命じた。シュリのバイタルサインは少しずつ弱まっている。死亡してしまえば、記憶の解析も不可能なのだ。

脳は大脳皮質、脳幹、小脳と便宜的に分けてはあるが、脊椎を通る中枢神経から指先に至る末梢神経まで含めて一体であり、不可分なのだ。つまり肉体の死は、すなわち脳そのものの死にほかならない。

青いディスプレイに次々現れる文章を読みながら、レナードはふと思った。

シュリは過去の出来事を目の当たりにしているのだろうか、それこそ夢のように……。

2031年11月17日／房総本島

海に沈み行く夕陽を眺めたあと、秘密基地と浦島がいう元美術館に戻り、ロッカーで囲まれた一角で着替えるようにいわれた。加女が使っていたというロッカーからネイビーブルーのスウェット上下、買い置きしてあった新品の下着と靴下、それほど古くない長靴を拝借した。

下着の中にはブラジャーもあったが、サイズが合わなかった。岩場に寝かされた加女の乳房が盛りあがっていたのを思いだす。朱璃はどちらかといえば細身で胸もそれほど大きくない。

缶詰とレトルトパックで夕食を済ませ、床に寝袋を敷いて眠った。電気は使えたが、蓄電装置付きのソーラーシステムによる自家発電なので節約しなければならないといわれた。ソーラーパネルは屋根を埋めた土砂の下敷きになっていたものを浦島と加女が掘りだしたらしい。掘りだすといっても受光部の土を取りのぞいただけで、外からは自然と露頭したように見えるように工夫してあるという。

翌朝――。

秘密基地の南側にある森の中に連れていかれた。ところどころ銹の浮いた白いボディの軽トラックがあった。荷台はアルミパネルで囲われ、コンテナになっていて、後方に扉がついていた。助手席に乗りこむと、すでに運転席についていた浦島がシートベルトを留めている。

「遵法精神ね」

「警察はいない。おれがシートベルトをするのは自分の命を守るためだ。あんたは好きにしたらいい」

朱璃は黙ってシートベルトを留めた。浦島がシートの後ろに押しこんであったえんじ色のヤッケを引っぱり出した。

「これを」

「ありがとうございます」

エンジンをかけた浦島がゆっくりと軽トラックを出した。

道路上には倒木や住宅の残骸らしき瓦礫が散らばっていて、浦島は右へ左へハンドルを切り、慎重に進んだ。アスファルトの路面が割れ、亀裂がぱっくり口を開けている場所もある。

「これでも帰宅困難区域に指定されるまでは自衛隊が入って復旧作業をやってたんだ。そうじゃなければ、車を走らせることもできなかった」

倒木を避け、道路の右端に寄ってかわしたあと、浦島が言葉を継いだ。

「地震のときには、このあたりはまだそれほど大きな被害はなかった。被害が大きかったのは東京の東側、千葉県では南側と西の沿岸部だ。それより台風だな。ニュースでは二百年に一度、三百年に一度なんてくり返してたけど、百年単位に一度しかないはずの大型台風が年に二つ、三つと来るようになった。地震による地盤沈下と液状化、そこへ大型台風の高潮が打ちこんできてだんだんと東京との間が水没していった。そして去年、ＳＩＮコロナウイルスが蔓延《まんえん》した。ワクチンは入ってこない、病院は建物が倒壊したり、設備をやられた上に医療スタッフが完全に不足した。東京はもっとひどかったようだ。患者は埼玉の北部や茨城、群馬、それより東か北へ運ぶしかなかった。だが、ワクチンも治療薬も入ってこないのはどこの県……、いや、世界中で似たような状況だったろう。ばたばたと人が死んでいった。そのうちに東京と完全に切れて、房総半島南部が島になっちまうとなったとき、住民たちが一斉に避難していったんだ」

朱璃は浦島の横顔をうかがった。

「大きな火葬場があったんでしょ？」

「以前はね。だが、死体が増えすぎてとても処理ができなくなった。二酸化炭素の排出量が何たらといわれてたが、燃料代も出なかったろう。処理して、水葬……、海にばらまいたよ」

加女の腹を引き裂いた浦島の様子が脳裏を過る。朱璃の視線に気がついた浦島が首を振った。

「処理といってもおれみたいに乱暴にやったわけじゃない。炉をミキサーに置き換えてていねいにミンチにしてから海に流したんだ」

瓦礫のわきを抜ける。軽トラックのスピードはいらいらするほど遅かった。朱璃に目を向け、すぐ前方に視線を戻した浦島がいう。

「遅えだろ。だけど下手に突っ走って、釘か、尖った金属片でも拾ってパンクすりゃ万事休すだ。一回ならまだいい。スペアタイアがあるからな。二度目となれば、二進《にっち》も三進《さっち》もいかなくなる」

路面がのぞいている場所を選ぶ浦島の慎重な運転がつづく。

朱璃は窓の外に目をやった。雑草が伸び、人の背をはるかに超えるまでになっている。木々も生い茂っていた。

「国破れて山河ありじゃなく、国破れてこそ山河ありじゃないかとおれは思っている」

朱璃は浦島をふり返った。

「どういうこと？」

「チェルノブイリの原子力発電所が事故を起こしたのは知ってるか」

「ええ」

「事故から二十年後だったか、三十年後だったかに調査団が入って、そこに参加したカメラマンが撮りまくった写真を一冊にまとめて出版されたことがある。人手が入らないと森はどこまでも拡大する。好き勝手に伸び放題……、それが自然だ」

「だから国破れてこそ山河ありってわけ？」

「おれはそう思う」

しばらく走ったところでやや幅の広い道路に出た。両側には二階建ての住宅がぽつぽつと建てられている。無人の街と思いながら眺めていた朱璃はぎょっとして躰を起こした。一軒の住宅の庭先で洗濯物を干している女性がいるのだ。

躰を起こし、窓の外を見た。一軒どころではなく、ほとんどの家に住民がいた。

「帰宅困難区域っていわなかった？」

「そうだよ」

「人がいる」

「よく見てみろ。東洋人って感じか」

いわれてみれば、洗濯物を干していたり、家のそばに立っているのはいずれも黒人だ。しかも女性が多い。

「違うようね」

「アフリカ人だよ。香港の周辺から流れてきた。あの辺り一帯はすべて水没したからな。二〇二〇年以降、香港の自治が厳しく制限されるように連中には住みにくい土地になってた。そこへもってきて海水面上昇だ。日本は房総半島を見捨てたからな。もっけの幸いとばかり連中が乗りこんできた……」

軽トラックのスピードが上がっている。人手が入れば、路上の瓦礫も片付けられるのだろう。

「……というのは表向きの話。南房総島を占領した頃から中国政府がどんどんアフリカ人たちを運んできた。中国人たちにすれば一石二鳥だ。香港の違法滞在者を一掃できる上、日本の領土を実効支配する手でもある。しかし、やっぱりＳＩＮコロナでずいぶん死んだ。ウイルスってのは人種差別をしないからな」

やがて右折し、元コンビニエンスストアの前を通りすぎると右手に海が見えた。かつては住宅街だったのか、森が広がっていたのか、うかがい知ることはできない。鉛色の雲に覆われた空の下、ところどころ白波が見える海は不機嫌そうだ。

今度は左折し、ゆるく湾曲した通りに入った。両側には木立がつづいている。

「ここいらはゴルフ場だった」

「へえ」

エンジン音が高くなる。坂を登っているのだろう。

そして森が途切れたとたん、右手に四、五メートルほどの高さがあるコンクリートの塀が見えた。

「ここが？」

朱璃の問いに浦島がうなずく。

「元々、県内屈指の感染症対策センターだった。そこに不法滞在の外国人を収容する施設が併設されて、塀を巡らした。そう、ここが絶望の丘だ」

丘か——朱璃は胸の内でつぶやいた——なるほど坂を登ってきたわけだ。

浦島が言葉を継ぐ。

「収容者を逃がさないための塀は立場が変われば防壁になる」

軽トラックは速度を落とすことなく走りつづけていた。塀と道路の距離はせいぜい数メートルでしかない。中の様子をうかがうことはできなかった。

塀が途切れたところで浦島がトラックを左折させる。左側にはコンクリート塀、右側には建物の基礎部分だけが残っている。

「まるで津波にさらわれたあとみたいね」

朱璃はぽつりとつぶやいた。

軽トラックは直進し、曲がり角に達した。右折したとたん、朱璃は目を瞠《みは》った。

「ここは……何？」

「あんたがさっきいってただろ、津波にさらわれたみたいだって。さらったのは津波じゃなく、難民の波……、シャレになってないな。建物は解体されて、ここに運ばれてきて、また組みたてられた。元通りというわけにはいかなかったようだがね」

眼前には数百はありそうなバラックの小屋が立ちならんでいた。浦島が軽トラックを道路の左側に広がる枯れた草地に乗りいれ、停止させた。目の前は雑木林でふさがっていた。

エンジンを切った浦島が顎をしゃくった。

「この林の向こう側は、昔々は川だった。今はちょっとした入り江になってる。運ばれてきた物資を荷揚げする場所……、まあ、港だ。ここにいる連中はフリータウンと呼んでるがね」

浦島が軽トラックを降り、朱璃もつづいた。ドアをロックして閉じたあと、えんじ色のヤッケを羽織る。スウェットパンツのポケットに入れてあったグロック19をヤッケのポケットに移し、浦島のあとを追いながら声をかけた。

「フリーって、どういうこと？」

「日本政府の手が届かない。誰もが自由に住める」

「龍太はここにいるの？」

「たぶん」

朱璃は、正面に広がるごちゃごちゃしたフリータウンに目を向けた。多数の人間が行き交っている姿はちょっとした驚きだった。

現在（ＵＴＣ　２０３１／１１／１７　１９：４３：３３）

龍太は身じろぎもせず診察台に寝かされている朱璃を見ていた。

包帯でぐるぐる巻きにされ、頭にはいっぱいコードのついたおかしなヘッドギアを被せられている。枕許には大型テレビが二台置かれていて、左側には時おり写真や動画が表示されたが、右側はブルー地に英語の文章がずらずらと並んでいる。英語は読めないし、聞いてもわからない。

右側のテレビに目をやった龍太は、はっとした。ようやく意味のわかる単語が出てきたのだ。だが、文字の列は下から上へ流れていって、すぐに消えてしまった。

ＦＲＥＥＴＯＷＮ。

五年も住んでいた。母を待ちつづけた街だ。忘れようはなかった。

3

2031年11月17日／房総本島

最近、咳をしている奴が少なくなった、と龍太は思った。一ヵ月前なら十人いれば、七、八人はあちこちでゲホゲコやっていたものだが、今は周りに一人もいない。SINコロナウイルス感染症が減ったのではなく、咳をしていた連中が皆重症になって、おそらくは死んでしまったからだろう。

初めて新型コロナウイルスが発見された二〇一九年十二月からこれまで、龍太は一度もこのウイルスに感染したことがない。咳もなければ、熱が出たこともなかった。憶えているかぎり母も同じだ。ウイルスに強い体質は遺伝によるものか、それとも単に運がいいだけなのか、よくわからない。

フリータウンの北側に面する港には三つの入江が並び、東から順に一号、二号、三号と呼ばれていた。いや、正しくいうならフリータウンの北に港があるのではなく、三つ並んだ入江の南にタウンができたのだ。

もっとも大きな一号入江から絶望の丘にあるかつての収容所までは一キロもなく、食糧や物資を運ぶのに便利だった。

もっとも入江といっても地震と台風によって海が入りこんできたに過ぎずそれほど深くはない。だから桟橋に横付けできるのは小型の船だけでしかなかった。貨物船——遠くからながめるだけの龍太には船の大きさなど知りようもなかった——が一号入江の北一キロほどまで来て、そこから艀《はしけ》に荷を積み替えて一号入江の桟橋まで運んでくる。艀は平たい船でエンジンはなく、小さくともパワフルな船——誰もが単にボートと呼んでいた——が引っぱってきて桟橋に横付けしていた。

艀は二艘あって、最初にボートが両方とも貨物船のそばまで曳《ひ》いていき、荷を積んだところで桟橋まで引っぱってくる。艀がつながれ、荷下ろしをしているうちにボートは貨物船まで戻って、もう一艘を引っぱってくるのだった。効率がいいのか悪いのか、龍太にはよくわからないが、ボートが四、五回往復すれば、だいたい荷下ろしは済んだ。フリータウンから出て行く貨物はなく、人の出入りもほとんどなかった。

「ヴェトナム産かよ」

龍太の前で目の前に積まれた麻袋を見た男がぼやくようにいった。港にいる全員が不織布マスクを着けているので声はくぐもっていたが、ぼやきのトーンがはっきりわかる。麻袋には英語で袋の中身と出荷国が印刷されている。龍太もVIETNAM、RICEくらいは読むことができた。

「好きじゃないんだよな、外米」

「まあまあ」

　相棒らしきもう一人の男がなだめるように声をかける。二人とも灰色の作業服上下を着て、古びたバスケットシューズを履いていた。先にぼやいた方は首にタオルを巻いている。龍太も似たような恰好をしていた。

「よっこらせっと」

　先の男がかがみ込んで麻袋を持ちあげ、肩に担ぎあげた。二人目がとなりの袋を持ちあげる。荷揚げ作業は貴重な現金収入になる。

　前の二人の声を聞きながらも龍太の目は艀に向けられていた。アジア系の男が麻袋を持ちあげ、桟橋に立っているもう一人にぽんと放る。桟橋にいる方がキャッチして足下に並べていく。最初に見たときには度肝を抜かれたものだ。麻袋には八十キロと印字されている。ときには百キロ、百二十キロのときもあったが、艀から桟橋へぽんぽん放り投げる様子は変わらない。いずれにしても大人が持ちあげるだけでも顔を真っ赤にして唸るというのに艀から放る方も受ける方も平気な顔をしていた。二人が役割を交代しても荷揚げのスピードは変わらなかった。

　時おり声をかけあうのが聞こえたが、中国語のようで龍太には理解できなかった。

　麻袋に両手をかけ、抱えこむようにして手を入れる。持ちあげるのに必要なのは力だけではなく、要領があった。荷揚げの仕事が始まったのは一年ほど前からだが、最初はまるで持ちあげられず周囲の男たちだけでなく、女たちにまで笑われた。

肩に担ぎあげた反動で後ろによろけそうになる。素早く右足を後ろに引いて踏んばった。肩の上でバランスを取って歩きだした。栈橋のすぐわきに舗装路があり、その先が雑草に覆われた坂になっていた。道があるわけではなかったが、毎日荷運び人が上り下りしているので雑草はところどころ枯れ、踏み固められた土が剝き出しになっている。

道路を渡り、道路わきの法面に足をかける。踏んばった。

「ふん」

自然と声が漏れ、マスクの内側がかっと熱くなる。外米は嫌いだとぼやいていた男と相棒が少し先を上っていた。上目遣いで見ていたが、男たちの様子を観察している余裕はない。足をわずかでも滑らせれば、その場にべちゃっと潰れかねないし、そうなればケガどころか下手をすると命を落とす。

法面は数メートルほどでしかない。その先はアスファルトを敷いた平らなスペースになっていて、倉庫につづいていた。シャッターを巻きあげた倉庫の中には、すでに米を詰めた麻袋が壁のように積みあげられている。

先を歩いていた二人組が倉庫に入り、声を漏らしながら床に置いた。一人が首に巻いたタオルで顔を拭う。だが、マスクを下ろそうとはしない。

「こんな話聞いてないぞ、オグチ」

「まあ、ハギさん、そうぼやかないで。仕方ないだろ。ハギさんもおれも会社どころか担当地域ごと水没しちゃったんだから」

「おれもお前も仕事は……」

「ダメだよ、誰かに聞かれたらどうすんの？　それにしても完全なる縦社会のわが社にあって二階級も上の人間に……」

「馬鹿野郎、誰かに聞かれたらどうすんだよ」

龍太は二人が置いた袋の横に麻袋を並べた。倉庫の入口にはセンサーが取りつけられていて、一回荷物を運び入れるごとにスマートフォンに報酬が振り込まれる仕掛けになっていた。通貨の単位は見たことも聞いたこともなかった。誰かがアフリカのどこかの国のカネで、一回の報酬は日本円にして十五円ほどだといっていた。すべて電子マネーで、荷運びの仕事を請け負っている会社を経営しているのがアフリカ人らしかった。

「おい、そこの」

鋭い声が飛んだ。監視役だ。積みあげられた麻袋の前に立っている男が、ぼやきつづける二人組を指さしている。

「ぐちゃぐちゃ喋ってないで、さっさと次を運べ」

「何、この」

ハギという男が向かっていこうとする。オグチが手を引いて止めた。

「忍の一字」

「わーったよ」

二人が倉庫の外に向かい、荷を下ろした龍太もつづこうとしたときだった。重い音が響いたかと思うと監視役に向かって崩れてきた。あっという間に十数個の袋が監視役の上に積み重なる。

「あーあ、ぺしゃんこだな、ありゃ。とても助からねえや、可哀想に」

言葉とは裏腹にハギが実に嬉しそうにニコニコしながらいう。

麻袋を積みあげた壁の陰から細身の黒人が飛びだし、倉庫の開口部に向かって走りだした。

怒号とホイッスルを吹き鳴らす音が錯綜する。


ヴッ、ヴッ――――リストウォッチが震動して、朱璃はスウェットパンツのポケットからイヤフォンを取りだし、左耳に挿した。

浦島が足を止め、怪訝そうな顔を向けてくる。

「臨時ニュースでもあったか」

「似たようなものね」朱璃は声を低くした。「ターゲットが近くにいる」

アトランタで中村龍太に関するオファーを受けたあと、シェイクスピアがスマートフォンを朱璃の前に置いていった。

『ターゲットは体内に個体識別用の発振器を埋めこんでいる。特定の周波数で電波を出しているんだけど、何しろ小さくて出力がかぎられている。そのため信号が微弱だ。近くまで行かないと感知できない』

『近くって、具体的には？』

『条件にもよるけど、受信可能なのは最大でも五十メートルくらい』

つづいてイヤフォンを指さしたシェイクスピアが言葉を継いだ。

『片耳に挿すだけで擬似的だけど立体音響になる。クラシックの名曲を聴くには力不足だけど、我々の目的には充分。いい？　まず信号を受信すれば、リストウォッチが震動してあなたに知らせる。そうしたらイヤフォンを装着して。信号が来ている方向と発信源までの距離がわかるようになっている。近づくほど音が大きくなって間隔が短くなる』

ピッ……、ピッ……、ピッ……。

音は右前方から聞こえてきた。

「こっち」そういって朱璃は歩きだし、浦島に訊いた。「この先は？」

「港ってほどでもないが、入江と桟橋、倉庫がある。フリータウンはそこから始まった」

道路の両側には小さな店がびっしりと並び、驚くほどたくさんの人が店先で話をし、行き交っていた。店は食料品店、飲食店が多く、衣料品や雑貨を扱う店も多い。市場を行き交う人々は半分がアジア系、あとの半分がアフリカ系だ。アジア系なら日本人、中国人、韓国人のようないわゆるモンゴロイドと東南アジア系がいる。アフリカ系もおそらくはいろいろ混じりあっているのだろうが、朱璃には見分けがつかなかった。

めまいがしそうだった。肩が触れあいそうなほど人が行き来しており、自分がどこを歩いているのかわからなくなる。さまざまな言語が飛びかっていた。日本語と英語が時おり混じるが、断片でしかなく、意味が取れる会話はなかった。

「すごい人ね」

「これでも半分くらいに減った」

浦島がぼそりと答えた。理由は訊かなくともわかる。ＳＩＮコロナウイルス感染症の拡大、くわえてワクチンと治療薬の供給不足がある。絶望島も世界の一部であるに違いない。あるいは今となっては地球そのものが絶望の星なのか——。

市場を抜けるとぽんと視界が開けた。右に栈橋があり、艀が横付けされていた。動力を持たない台船のようだ。何気なく見やってぎょっとする。一人の男が大きな麻袋を軽々と持ちあげ、放り投げる。栈橋にいたもう一人が受けとり、足下に置いた。並べた麻袋を抱えあげようとしている別の男は顔を真っ赤にしていた。肩まで担ぎあげるのに苦労しているようだ。

またくらくらしてきた。袋が重いのか、軽いのか、朱璃は混乱した。

ピッ、ピッ、ピッ――。

警報の間隔が短くなり、右から聞こえてきた。目をやった。桟橋に平行して走る舗装路から少し高くなったところに大きな倉庫があった。警報はそこから発していた。忙しく視線をさまよわせたが、少年らしき姿はない。だが、確実に警報の発信源は倉庫付近、もしくはその中だ。

「倉庫よ」

「間違いないか」

「たぶん」

そのときシャッターを巻きあげた倉庫の開口部から痩せた黒人が飛びだしてきた。倉庫の中では罵声と鋭く吹き鳴らされるホイッスルの音が飛びかっている。

「何かあったのかな」

朱璃は独りごちた。浦島が首をかしげる。

「さあ」

乱雑に積み重なった麻袋の山が崩れ、二つ三つ袋が放り投げられ、次に何ごともなかったような顔をして監視員が姿を現したときも龍太はさほど驚かなかった。

「あーあ」

ハギが嘆息を漏らし、オグチが感想を口にする。

「やっぱりね」

ふだんから超人的な監視員たちの姿を見せつけられていると、並みの人間なら押しつぶされている状況をものともしないのが不思議ではなくなる。

逃げだした黒人は倉庫の搬入口から出ていこうとしていた。その姿を見つけた監視員がひょいと麻袋の山の上に姿を見せ、次の瞬間、バッタのように飛んだ。空中で躰をひねる。ハギが感心したようにつぶやく。

「おお、伸身宙返り半分ひねりだ」

「感心するとこじゃないでしょ」

ひと跳びで倉庫の床に降りたち、ぴたりと着地した監視員だったが、ハギが拍手を送ることはなかった。さっと搬入口をふり返り、二歩で外に出る。一歩が三、四メートルはある。これにも龍太は驚かなかった。

さらに監視員は駆け去っていく黒人――かなりのスピードがあり、すでに倉庫わきのアスファルトスペースから踏みだそうしていた――を見つけるやふたたび地を蹴った。

監視員の躰は斜め上に躍りあがった。

朱璃は凍りついていた。倉庫から飛びだしてきた黒人のあとに出てきたアジア系の男が、逃げようとしている黒人を見つけるや空中に躍りあがったのだ。

瞬時に朱璃はエクアドルの山中に引き戻されていた。マリスカル・スクレ国際空港から首都キト市内の総合病院に向かうブラックリバー社の車列が襲撃された。襲ってきたのは三人の仮面ライダーだ。なぜ日本の特撮ヒーローのコスプレをしているのかはわからなかった。三人とも武器らしい武器を手にしてはいなかったが、すぐに理由はわかった。ライダーの一人がブラックリバーの武装警備員に自動小銃を向けられるや地を蹴り、宙を舞ったのだ。その高さは大型トレーラーを軽々と飛びこえるほどだった。

夢だ、悪夢だと思いなし、二度と考えないようにしていた。夢の中の出来事だと思いこむのに成功していたというのに……。

宙を舞った男は、あのときのライダーと同じように天に向かって両足を伸ばし、空中で躰をひねると倉庫をふり返りながら走っていた黒人の前に降りたち、腰を落として両腕を広げた。

気配に気づいた黒人が向きなおり、宙を舞ってきた男に気がつくと急ブレーキをかけ、反転してふたたび倉庫に向かおうとした。

だが、宙を舞ってきた男の動きは速かった。逃げようとしていた黒人の腰のあたりにタックルを仕掛ける。黒人が喚きながら腰に巻きついた男の腕を剝がそうともがく。罵声を浴びせていたのだろうが、その声が湿った音とともに途切れた。もともと痩せていたが、締めつけられた腰の辺りがぐんぐん細くなっていく。

天に向かって叫ぶ代わりに血反吐《ちへど》を吐く。

まるでそれが合図だったかのように宙を舞ってきた男が、黒人を軽々と持ちあげたかと思うとそのままのけぞった。プロレス技でいえばバックドロップのようだが、スピードがまるで違う。黒人は抱えられたまま、コンクリートの面に脳天から叩きつけられる。

ぐしゃっと音が聞こえてきそうだった。

黒人の頭が粉砕され、首まで肩にめり込んだように見えた。ひょいと男が起きあがったが、黒人の躰は突っ立ったままだ。

「げっ」浦島が咽を鳴らした。「何だよ、あいつは?」

「仮面ライダー」

「はあ?」

「……の中身。たぶん」

「訳がわからん」

私も、と胸の内で答えたとき、信号音がせわしなくつづき、甲高い音に変わっていた。方向は倉庫の開口部あたりだ。

目を向けた。

三人の男が立っている。右端、少し下がったところにいる男は小柄だったが、顔が見えない。

たった今、黒人を殺した男が近づきながら三人に声をかける。二人が歩きだし、三人目の顔が見えた。

龍太。

「いた」

「そのようだな」

浦島が低い声で答えた。

4

現在（UTC　2031／11／17　19：47：21）

「KAMENライダーって、何だ？」

ジョー・マックスに訊かれ、レナードはメインディスプレイから目を離した。ジョーがまっすぐレナードを見ている。ジミー・レナードは何でも知っているという顔つきだ。

「シュリがいうように古い日本の子供向けテレビ番組らしいが、私にはよくわからない。ちょっと待て」

レナードはアシスタントの一人に目を向けた。

「彼にはつながっているか」

「はい」

「サブディスプレイに呼びだしてくれ」

ほどなくサブディスプレイに男が映しだされた。

「ミスター・オオタケ、君は……」

〝オタケでいいよ。最近はそっちの方がすっかり慣れた〟

「ＯＫ」

オタケの目がジョーに向けられたように見えた。ジョーが手を上げる。

「やあ」

〝ありがとう〟

ジョーがちらりとシュリに目を向け、首を振った。

「期待にはこたえられなかった。申し訳ない」

〝とんでもない。あの状況でジョーは最高のパフォーマンスを見せてくれた〟

レナードはオタケ、次いでジョーに視線を移して訊ねた。

「知り合いなのか」

「ああ」ジョーがうなずき、診察台に目を向けた。「さっきいったろ。おれに保険を依頼してきたのが彼だ。直接会ったのは三日前が初めてだがね」

レナードはサブディスプレイに目を向けた。カメラ越しながら目が合う。

この男、何者なのかと思った。日本警察を母体とする民間武装警備会社ＳＤの一員であり、ＳＤはアメリカの大手保険会社グループの警備部門を統括するブラックリバー傘下にあることは聞いている。ジョーもまたブラックリバー傘下の企業に所属していて、つながりは皆無ではないだろう。

一方でレナードが中国を脱出し、日本にわたって現在勤めている人工知能の研究所に入れるよう手配してくれたのもオタケなのだ。

ディスプレイに映るオタケが首をかしげる。

〝何か〟

「いや、何でもない。さっきの話をつづけてくれ」

〝わかった。さて、仮面ライダーというのは一九七〇年代に日本で大人気になった特撮ヒーロー物だ〟

オタケは関東圏のどこかにあるオフィスにいて、この処置室の模様は音声と映像で見ている。ＭＩＡが推測した結果もリアルタイムで送っていた。ジョーとレナードのやり取りを理解していて不思議はない。オタケの英語は訛《なま》りが強かったが、会話に支障はなかった。

「一九七〇年代……、おれが生まれる前じゃないか」

ジョーがつぶやく。

私は生まれていたな、とレナードは胸の内でつぶやきながら、なおもオタケについて考えていた。

何者で、誰のため、もしくはどのような組織のために動いているのか……。

レナードの思いにかかわりなくオタケがつづけた。

〝たしかに。だが、今でも新しいシリーズが作られて、放送はつづいている〟

「嘘だろ」ジョーが目を見開く。「五十年以上も?」

〝中身はずいぶん変わってるけどね〟

レナードが口を挟んだ。

「それで、内容は?」

〝仮面ライダーは正義の味方だ。つねに悪と戦ってきた〟

「半世紀以上もの間、ずっと?」

〝悪の秘密結社の方はずいぶん様変わりしてるけどね。もちろんドラマの中の話だけど、現実的な世界でも似たようなもんじゃないか。所詮、正義と悪なんて相対の存在でしかない。光と影みたいなもんだ。どっちが光で、どっちが影なのかは、時代やら、どっちの立場にあるかによるけどね。たとえば、宗教的にいえば……、いや、これはやめておこう〟

オタケがにやりとする。

〝とにかく元々はコミックだった。主人公、仮面ライダーは……〟

「ちょっと待ってくれ」ジョーが割りこむ。「そのKAMENって何だ？　日本語か」

〝そう。マスクという意味だ。仮面《マスクド》を被ったライダーといった方がいいのか〟

オタケが手元のキーボードに打ちこむとサブディスプレイに古いテレビ番組の動画が表示された。黒革のつなぎを着て、緑色のヘルメットがすっぽり顔を覆い、赤く大きな目が鈍く輝いている。口元は銀色の大きな牙状になっていて、胸は緑色の分厚いプロテクターで守られ、マフラーとベルトが赤い。

〝悪の秘密結社に改造人間にされて超人的な能力を身につけた〟

「改造？　超人的能力？　何だ、そりゃ？」

〝ジュリが目撃した通りだ。八メートルも跳んだり、バックドロップで人間の頭を粉々にしたり〟

「どんな改造を施されたんだ？」

〝ひと言でいえば、サイボーグ。心臓や肺、骨格、筋肉を人工の物に入れ替えて、強力なモーターで駆動する〟

ジョーがふっと笑った。

「何だか自分のことをいわれてるような気がするな。そうすると悪の秘密結社はアメリカ合衆国ってことになるが」

〝秘密結社はないだろう。アメリカは大っぴらにやってる。むしろ誇示してるじゃないか。

軍事プレゼンスが平和を守るみたいに〟

　オタケが笑う。秘密は否定したが、悪の部分には触れなかった《スルー》とレナードはちらりと思った。オタケがつづける。

〝だが、シュリが目撃した連中は動力付き義肢《パワード・アーティフィシャル・リム》を装着している様子はない。信じられないが、生身の肉体で跳んだり、破壊したりしているようだ〟

　サブディスプレイに映しだされたオタケが答えると、ジョーが考えこむように口を閉ざした。レナードは二人を交互に見ていたが、やがてジョーが慎重に切りだした。

「コンロンから来た連中の噂を聞いたことがある」

　レナードは冷たい手で心臓を握りしめられた気がした。

　ＭＩＡの開発に取り組んでいた中国北西部の研究所で、さらに西にそびえる雪に覆われた山脈をみながらリンダがいった言葉を思いだしたからだ。

　崑崙《クオンロン》山《マウンテンズ》。

　いや、リンダではなく、レナード自身が組みあげた人工知能だ。

　オタケが訊きかえす。

〝コンロン？　神々が宿るって伝説がある中国の、あのコンロンか〟

　ジョーが首を振る。

「詳しいことは知らん。だが、たしかに中国の北の方にあるらしい。おれが聞いたところでは、アメリカの国防高等研究計画局《DARPA》みたいなもので、先端技術を軍事に応用する研究をしていたらしい。人工知能とか、細菌兵器とか、いろいろ。その中に遺伝子組み換えの話があって、人間に昆虫の遺伝子を組みこむなんてめちゃくちゃをやってたらしい。バッタの遺伝子を組みこめば、ジャンプ力は飛躍的に強化される」

〝おいおい、人間にバッタの能力を組みこんだんじゃ、リアルに仮面ライダーだ〟

二人のやり取りを聞きながらレナードは背中に冷たい汗が浮かぶのを感じた。ＭＩＡの開発を進めていた研究施設は広大で、いくつもの研究棟が並んでいた。レナードは情報ネットワークを研究する機関に所属していたが、そのほかにも生化学、遺伝子研究等々さまざまな分野の研究が行われていると聞いたことがある。詳細は知らない。聞いていないのではなく、聞かないよう耳をふさいでいたからだ。国家が進める最先端研究にうかつに首を突っこめば厄介になるし、レナードにすれば、ＭＩＡさえ完成させられればよかったからだ。

だが、人間の身体能力を高めるための遺伝子組み換えが研究されているのは想像できた。

そもそもはオリンピックで好成績を残すためだった。自国の力を誇示するため、金メダル獲得を利用するのは昔からよく行われてきた。そのため薬物を使用するケース、いわゆるドーピングが絶えなかった。興奮剤などで一時的に肉体の能力を向上させるという単純な方法から始まったが、公正ではないとして禁止され、また選手の命を縮める危険もあった。しかし、違法薬物を検出する方法には限界があり、つねに監視の目を逃れる薬品の開発が行われてきた。

そうした中、薬品に頼らない方法も研究されていたのである。その一つが遺伝子操作である。遺伝子を組み換えてしまえば、どれほど検査をしようと薬品は見つからない。

「モーター付きの義肢を着ければ、ヒューマン三・〇になるといわれたんだが、コンロンから来た遺伝子操作を受けた連中は四・〇《フォー・ゼロ》だというんだな」

ジョーが淡々といった。

レナードは口を挟んだ。

「五・〇《ファイブ・ゼロ》もある。遺伝子を操作したヒトの受精卵を扱ううちに見つかった手法で、受精卵そのものを改造して特殊な能力を身につけさせる」

ジョーとオタケが同時にレナードに目を向けてきた。

「ＭＩＡの研究をした場所こそコンロンだった」

ヒトの遺伝子を操作し、身体能力を高めるための実験がそこで行われてきた理由は明確だ。異民族を強制的に収監し、隔離、思想教育をするという名目で収容所が作られていた。

つまり実験材料には事欠かなかったのだ。

ジョーとオタケがレナードを見つめている。

「人間の受精卵は誕生までの間に進化の歴史を追体験している。魚類、両生類、は虫類、ほ乳類……、最後にヒトになる。両生類の段階で受精卵に何らかの操作をして……」

冷たい汗は、いまや全身から吹きだしていた。

今こそ、絶望島に向かう途中のシュリを襲ってきた連中に鰓があった理由がわかった気がした。

だが、レナードの理性は受けつけようとしない。

ふいにオタケが声を発した。

〝リュウタクン〟

龍太がサブディスプレイをふり返った。それから二人は短く会話した。日本語だったのでレナードにはわからなかったが、すぐにオタケが説明してくれた。

〝さっきからコンロンというたびに彼が落ちつかない感じがして、それで訊いてみたんだが〟

「何かわかったか」

〝コンロン……、中国語ではクォンロゥンと発音するが、母親がそこにいて、自分が生まれる寸前、脱出して日本に来たといっている〟

レナードは龍太に目を向けた。龍太がレナードからディスプレイのオタケに視線を移し、話しはじめた。しばらく話をしているうちにオタケが目を見開き、ゲッと咽を鳴らしたのでたまらず割りこんだ。

「どうした？」

〝実は、東京は直下地震の前年、二〇二五年に東半分が水没してる。七月、八月、九月と大型台風に襲われたんだけど、三度目の被害が大きかった。リュウタはちょうど九月に江東区の平井というところ、水没した地域に母親と住んでいて洪水に遭った。そのとき、母親と生き別れになったそうだが、母親がコンロンに行った経緯を彼に話していたそうだ〟

「何か予感があったのかな。しかし、彼の母親は台湾生まれじゃないのか」

〝そうだ。大学生の頃に日本人の研究者と恋仲になって、二人は結婚して日本に来て、さらに夫がコンロンの研究所に移ることになってついていったらしい〟

崑崙の研究所こそ、レナードがＭＩＡを開発したところだ。

オタケが言葉を継いだ。

〝母親がいうには、彼女がコンロンを逃げだしたのは夫に殺されかかったからだそうだ〟

「夫って……、それは」

オタケがうなずく。

〝リュウタの父親だ〟

ふたたびオタケがリュウタに質問し、答えに目を剝いた。

「今度は何といったんだ」

龍太は日本語で話し、オタケが通訳をしてくれたが、もどかしすぎる。レナードは焦《じ》れていた。だが、オタケがにべもなくいう。

〝ちょっと待って〟

わずかの間だったが、レナードにはひどく長く感じられた。ようやく目を上げたオタケが告げた。

〝リュウタの父親はケンイチロウ・ナカムラだ。フルネームは母親のスマートフォンに残っていた〟

「聞いたことがあるような名前だが」

レナードは半ば独り言のようにつぶやいた。

〝そうだろう。一時話題になった。論文を発表するときには、ケン・ナカムラ名義を使っていた。ウイルスの研究をしていた。たぶんあんたの記憶にあるのは、裁判の話題だと思う。二〇一八年に日本の研究機関を退職して、その後の消息は不明になっているんだけど、コンロンに行っていたということだ〟

「裁判って、たしか指導教授ともめたんじゃなかったか」

〝それだ。ウイルス学でノーベル賞候補になった人物なんだが、候補の対象になった論文は自分が書いたものだとして訴訟を起こしたのがケン・ナカムラだった。しかし、ナカムラの訴えは退けられ、それが日本を離れる原因となった〟

ディスプレイに映しだされているオタケとレナードが慌ただしく言葉を交わしていたが、英語だったので龍太には何をいっているかわからなかった。時おり挟まれる崑崙、ケン・ナカムラという単語が聞きとれるに過ぎない。

二人の話を聞いているうちに母の面差しが脳裏に蘇ってきた。あの台風の夜、母と最後に話をしたときだ。父だという男のことを話しはじめたのは、ひょっとしたらとてつもなく悪い予感があったからかも知れない。

『大学をやめて、日本に行って、彼と結婚するっていったら曽祖母ちゃんも祖母ちゃんも、私のお母さんも大反対したのね。だけど反対されるほど恋は燃えあがるというのは、ロミオとジュリエットの時代から変わらない。もし、大反対されなかったら、私も意地になることはなかったかも。うちは貧乏で、学費免除でも大学に通うのは難しかったのよ。でも、彼が教授になれば、お給料も上がるし、仕送りもできると思った』

間を置いた母がちらりと苦笑いして、付けくわえた。

『あとから思いついた言い訳ね。結局、彼は教授にはなれなかった』

天才的ではあったかも知れないが、思い込みが強く、自分が信じると一直線に走り、ほかが目に入らなくなった。その前に母がいった真面目で熱心に過ぎたところが災いしたのだろう。

『追いだされたといった方が正確かな。上の人と喧嘩になって、裁判まで起こしたんだけど負けちゃったんだよ』

その男に救いの手を差しのべたのが崑崙にある研究所だった。

レナードとの話が終わったところで、龍太はオタケに訊いた。

「その男は崑崙で何してたの？」

父親と呼ぶには抵抗があった。そもそも母のスマートフォンで一枚の写真を見ただけなのだ。

だが、オタケは唸ったきり答えようとしない。レナードが何ごとかいうとうなずき、ため息を吐いたあと答えた。

〝ウイルスと抗体。ウイルスは非常に感染力が強く、毒性が高いものだった〟

何かが頭の中で閃いた。

「ＳＩＮコロナ？」

オタケがうなずく。

「抗体の研究って、治す方法を探してたってこと？」

多少期待していなかったといえば嘘になる。曲がりなりにも自分の父親なのだ。だが、オタケが顔を歪めた。表情が答えを予感させる。

〝いや、残念ながら抗体を無効にする方法だそうだ〟

室内の空気がどっと重くなった気がした。

現在（UTC　2031／11／17　19：54：21）

ＭＩＡのディスプレイを見ていたジョーは片方の眉を上げた。

おや、もう夜になったのか……。

壁に取りつけられたデジタル時計に視線を移す。ロンタイの父親がＳＩＮコロナの開発者だと聞いてからまだ七分しか経っていない。

「何か気になることでも？」

レナードが声をかけてきた。ジョーは診察台に寝かされているシュリ——もしくは彼女の残骸——を見た。

「時間が経つのがずいぶん速いんだなと思ってね。シュリは夢を見ているようなものなのか」

レナードもシュリを見た。やがて首を振った。

「科学者としていうなら、わからないというのが正しいだろう。強いていえば、夢を見ているのに似ていると推察はできる」

ジョーは笑った。

「科学者ってのはまわりくどい言い回しをするもんだ」

「まあ、そうだね。ＭＩＡはあくまで、シュリが思いうかべている言葉を推測して表示している。シュリの時間感覚がどうなっているかわからないし、我々にしたところでカレンダーや時計がなければ、今日が何日か、今何時か、ひとつの出来事からどれくらい時間が経ったかなんてわからないじゃないか」

「たしかに」

イラクでEFP攻撃を受けたあと、ジョーは時間のない世界にいた。おそらくシュリが今いるのも同じような世界なのだろう。記憶は途切れ途切れ、脈絡はなく、正確な時間など知りようもなかった。

「わかるよ」

レナードがつづけた。

「現実の時間に区切りなんてない。一日が二十四時間、一年が三百六十五日と四分の一、この宇宙が始まってから百三十億年、地球が誕生して四十六億年というのも皆がそうしようと取り決めたルールだろ。ぼくにとっての時間も宇宙も全部この中にあるだけでしかない」

レナードが自分の頭を指先でこつこつと叩いてみせた。

「ん？」

「時間も宇宙も、あんたもぼくも存在しているかどうかわからない。ぼくが眺めているのは、ぼくの脳が作りだした表象《リプレゼンテーション》なんだ」

ジョーは首を振った。

「前もいったけど、おれの頭じゃ理解できないよ」

「ぼくだって理解できているわけじゃない。今、ぼくらはここにいて、話し合っているけれど、ひょっとしたら君の脳が作りだした夢の中の出来事かも知れない」

「なるほど。おれはイラクから送還されて、今でもサンアントニオの陸軍医療センターで眠ったままでずっと夢を見ているのかも知れないってことか」

「あるいは超未熟児で生まれて、保育器の中で生命を維持されながら夢を見ているのかも」

「五十年近くも？　勘弁してくれ」

「現実の時間の長さは関係ない。時間の感覚も脳が作りだしているだけで、しかも時計を見なきゃ皆で決めたルールすらわからない。まあ、生まれたばかりの赤ん坊には五十年分のエピソードを見られるだけの知識も経験もないと思うがね。それでも赤ん坊も犬も夢を見ているとぼくは確信しているけど、科学者として証明ができない。そもそもヒトの意識とは何かすら、ちゃんと定義できていない」

ジョーは口角を下げ、肩をすくめてみせた。レナードがちらりと頬笑む。

「妻は脳科学者だった。ぼくたちはしょっちゅうこんな話をしてた。時間だけじゃなく、空間にしても同じことだ。もし、自分の躰の表面を認識する部位が壊れたら、どうなると思う？」

「想像もつかないね」

「自分の躰が溶けだして、宇宙と一体になる感じがするらしい」

「おお」

驚いてみせながらジョーはまるで別のことを考えていた。シュリの脳が思いうかべている昨日の午後八時ごろ——UTC二〇三一年十一月十六日十一時——といえば、G《ゴルフ》ラインの内側にいたな、と思った。

国境こそ、人間が勝手に取り決めたもので、地面にも海にも赤い線が引かれているわけではない。

5

2031年11月17日／房総本島北西部

ある日、中華人民共和国国家主席の枕許にでっぷり太った男が立っていった。

『我が名はチンギス・ハーン。お前は我が帝国を再興する運命《ホシ》の下に生まれたのだ』

夢の中で国家主席は立ちあがり、チンギス・ハーンを細い目で見下ろして答えた。

『畏《おそ》れながら申しあげます、皇帝陛下。私は貴下帝国の倍の国と領地を支配いたします』

　ジョーは、そんなマンガを見た。二十世紀なら失笑を買って終わりだったろう。二十一世紀の五分の一が終わる頃、そのマンガはアメリカ合衆国大統領の背筋を凍りつかせたに違いない。

　一帯一路政策は、ヨーロッパを含むユーラシア大陸からアフリカ大陸の全土を陸路で結び、両大陸を南側の海路でつないで、すべての国と地域をひとつにまとめて中国が支配しようというものだ。

　南シナ海南部のスプラトリー諸島ではサンゴ礁をコンクリートで固めて人工島とし、領有を宣言、ミャンマーでは軍部を唆《そそのか》してクーデターを起こさせ、カンボジアは膨大な借款で縛りつけ、返せなくなると海岸部の広大な土地を百年にわたって借り受ける契約を結んだ。

　二〇二〇年、新型コロナウイルスがパンデミックを引き起こし、香港でもウイルスが蔓延、ロックダウンしなくてはならなくなった。商業活動が停止し、収入の途《みち》を絶たれた香港市民に共産中国政府は支援金という名目でカネをばらまいた。反中国の思想は空腹を我慢させても空っぽの胃袋を満たしてはくれない。大人ならまだしも腹を空かせた子供を目の前にした親たちは次々陥落した。

　しかし、台湾はしぶとかった。二十世紀の終わりから二十一世紀にかけて産業の中心を工業から情報産業にシフトして大いなる成長を遂げた。長年海峡を挟んで対峙《たいじ》している共産中国に対する恐怖は強度の警戒心を生み、とくに香港が陥落して以降、その姿勢はますます強まった。新型コロナウイルスに対しても完璧に対処してみせたのである。

飴《あめ》がダメなら鞭《むち》を使う。中国は策の一つとして、自国内に戦闘機を飛ばし、軍艦を航行させた。台湾は防空識別圏を蹂躙されたと騒いだが、一部狂信者の戯言《ざれごと》として一蹴した。

そして二〇二〇年代後半、気候変動による海面の上昇と東京直下大地震によって房総半島が切り離されたとき、日本国政府は財産はともかく住民の生命を優先させるとして大規模な避難を行った。そこへSINコロナウイルス感染症の流行が襲いかかった。ワクチンの世界的な不足で日本でも死亡者が急増し、患者の隔離政策が実施された。SINコロナ感染者はもはや生命を守るべき国民ではないとみなされたようなものだ。同時に全国に数十万人はいるとされた不法滞在者を一ヵ所に集めたのである。

やがて房総半島が海に囲まれ、島になると絶望島と呼ばれるようになった。そこへ台風に追われ、避難してきたのが中国漁民たちである。またそうした漁民を助けるため、漁民仲間――明らかに共産中国政府だったが、国際世論は非力でしかなかった――が頻々と救援物資を届け、同時に水没した香港周辺にいたアフリカ人たちもやって来るようになった。

その頃から共産中国はあからさまに政府として活動するようになった。

香港には飴、台湾には鞭、そして日本の領土には、あくまでも不幸な漁民とアフリカ人を救済する人道的支援、つまり正義を標榜したのである。しかし、あくまでも人道支援であり、覇権主義の発露ではないとしたため、房総本島全土を掌握したわけではなかった。実効支配をつづけ、いずれ既得権益として居住権を国際社会に認めさせようというものだ。

日本国政府にしても手をこまねいて見ていたわけではない。だが、度重なる災害、震災の対応の中、東京アクアラインの両端を守り、交通を確保するのが精一杯だった。アクアラインの洋上橋梁部をチューブで囲い、木更津周辺までの通行を確保した。あくまでも住民退避を目的としていたため、中国人とアフリカ人を押しかえす力はなかった。

徐々に島を占拠される中、木更津周辺にＧ《ゴルフ》ラインと呼ばれる防御線を引き、その内側を確保しているに過ぎない。もっとも去年から今年にかけ、Ｇラインは後退しつづけており、現在では房総本島の北西部、島全体から見れば四分の一ほどを死守しているに過ぎなかった。

ジョー・マックスは三日前、横田基地でオタケの出迎えを受けた。

オタケの名前を初めて聞いたのは半年ほど前、ボースを通じてだ。ＳＩＮコロナワクチンの供給がうまくいかず、世界各地でワクチン強奪事件が頻発する中、中米で起こった事件の犯人がおよそ人間とは思えない身体能力を示したという情報が入った。ボースはかねてより人間の肉体強化について研究をしており、ジョー自身、その実験台にしてサンプルだった。

そして二週間前、サンアントニオで定期メンテナンスを受けている最中、ボースから日本に行かないかと誘われた。超人が日本に潜入したらしく、対抗するには動力付き義肢《パワード・アーティフィシャル・リム》で強化され、なおかつ戦場経験の豊富なジョーの力が必要だという。

情報をもたらし、日本におけるサポート役がオタケだったのである。横田から川崎まで自ら運転する小さな車でジョーを運び、見知らぬ男たちに引き継いだ。男たちは警察関係者のようだ。臭いでわかる。彼らに移送され、ジョーはGラインの内側から房総本島に上陸していたのである。その後、絶望の丘と呼ばれ、いまやフリータウンと称される地域の西方二百メートルほどのところにある住宅街の廃墟に拠点を置いていた。

丸くなった右太腿の先端をぺたぺた叩きながらジョーは焦っていた。苛立《いらだ》っていた。沈めても沈めても浮かびあがってくるコトバがあった。

おれも歳だ――。

五十歳になろうとしていた。子供のころ、一世紀というのは気が遠くなるほど長い時間だと思っていたのだが、今、自分がその半分近くを生きてきた。信じられなかった。そして人生とやらの何と呆気ないことか。

イラクで手足を失い、その後、パワード・アーティフィシャル・リムを装着するようになってからでさえ、二十年以上が経過している。丸くなった太腿の皮膚は硬化し、大きなたこになっていた。インド系の医師ボースに勧められ、ヒューマン三・〇となったとき、ジョーは民間武装会社との契約にサインした。莫大な契約金を軍が払えるはずがない。その後、テストと称して投入されたのはアフガニスタンの戦場だ。アメリカ合衆国の軍隊は二〇二一年八月末をもって撤退したが、民間武装会社には何ら関係がない。その後もアフガニスタンで活動をつづけ、それ以外の国でも必要があれば、投入された。

「ちくしょう」

低くうめく。

太腿の切り株を叩くのは、ボースのいうシックス・センスを呼び覚ますためだ。だが、足が生えてこない。義足を装着し、ただ歩くだけならまだしも厳しい戦闘をこなすためにはシックス・センスが欠かせなかった。

四十代なかばからシックス・センスの衰えを感じはじめていたが、半年に一度のチェックは何とか乗りこえてきた。

無線機が震動した。

出動、五分前を告げたのだ。義足に太腿を入れ、腿の後ろ側にあるアダプターを嚙み合わせる。パワード・アーティフィシャル・リムは完璧《グリーン》、しかし、感覚は……。

立ちあがったジョーはよろめき、思わず壁に手をついた。

２０３１年11月17日／房総本島フリータウン

「ううう……」

狭苦しい軽トラックの運転席で浦島が唸った。時おり、尻を前後にずらしたり、足を動かしたりしている。

「しびれたんですか」

ちらりと目をやって、朱璃は訊いた。

「エコノミークラス症候群になっちまいそうだ」

「なるほど」

強い雨が降っていた。フロントガラスを流れ、景色が歪んでいるが、エンジンは切ったまま、ワイパーも動かしていない。街の灯りが滲んでいる。それでも少し先にある食堂の看板を読みとることはできた。三十分ほど前、龍太がそこに入るのを確認していた。

左手首に巻いたリストウォッチが三秒おきに短く震動する。イヤフォンはポケットに突っこんである。三秒に一度の震動がターゲット――龍太が移動していないことを知らせていた。かれこれ一時間ほど前、目の前の食堂に入ったのだ。一人だった。

倉庫の前で龍太を見つけてから朱璃は、ＬＩＮＥでオタケに発見とだけメッセージを送った。オタケから返信はない。返信してこないことがそのままの状態で任務を継続せよという意味になる。

世界中を飛びかうＳＮＳのメッセージやデータが一日あたりどれくらいの件数になるのか想像もつかなかった。ＳＮＳは敵味方を問わず監視されているが、特定のキーワードか、朱璃のアドレスが注目されていないかぎり見とがめられることはない。葉を隠すなら森の中といわれる通り、メッセージを隠匿したければ溢れかえっているＳＮＳに紛れこませるのが最適だ。

朱璃からの連絡は、まだ一度だけである。龍太を失尾するか、逆に尾行していることが露見しないかぎり連絡はしない。失尾、尾行という言葉がごく自然に浮かんだとき、うっすらと苦笑した。どちらも警察官だった時代に馴染んだものだが、退職して十数年になる。

また浦島が身じろぎする。足を組みかえようとしたのだろう。左の膝をハンドルにぶつけた。

「痛《っ》っ」

思わず吹きだした。

「ごめんなさい」

「気にするな」浦島が朱璃の足下に目を向ける。「そっちは大丈夫か」

「まだ足を前に投げ出せるから」

「そうだな」

軽トラックの運転席は狭い上にハンドル、三つのペダル、シフトレバーに囲まれている。ちょっとでも身じろぎすれば、ぶつけてしまう。ずっと足を縮めていなくてはならない。たしかにエコノミークラス症候群が心配だ。

窓は雨だれに覆われていた。食堂の奥のテーブルで龍太は空になったチャーハンの皿を前に頬杖をついていた。わきに置いたスマートフォンをさっと撫でる。食堂に入って一時間以上になる。浅草でうどん屋をやっていた呉松源太郎こと呉太源がなかなか現れない。しかし、待っているよりほかにすることはなかった。

「だからよぉ、何だって東京食堂なんだよ。ここは千葉だろっての」

「まあまあ、かの世界的に有名な遊園地もＴＯＫＹＯって頭に載せてたじゃないですか」

すぐ後ろのテーブルで男が二人、話していた。ハギとオグチだ。今日の昼間、第一埠頭で荷運びをするときにいっしょにいた。ふり返りはしなかった。もっともふり返ったところで二人とも龍太の顔を憶えてはいないだろう。

二人が食堂に入ってきたときにもさほど驚きはしなかった。フリータウンの市場にある日本風の食堂は二軒しかない。東京食堂と大阪食堂。あとは名前も聞いたことのない料理が出る店が多かった。母は台湾風の料理を好んだが、日本で育った龍太には日本、それも東京の味付けが合う。

「だからインチキだてんだよ」

ハギがぶつぶついっている。

「それにしてもチャーハンをつまみに燗酒《かんざけ》が飲めますね」

「相性がいいんだよ。お前、ツマチャーって知らねえのか」

「何すか、それ」

「つまみチャーハン、略してツマチャー。江戸川区あたりじゃ流行ってたんだ」

オグチが失笑したが、龍太には憶えがあった。平井にいた頃、特別に塩辛くしたチャーハンで日本酒を飲んでいた年寄りを見かけたおぼろげな記憶がある。ほどなくして二人が出ていき、入れ替わるように呉が入ってきた。


「誰か出てきたぞ」

浦島の言葉に食堂の出入口に目を凝らした。フロントガラスは雨に洗われていたが、何とか人相を見ることができた。二人連れだ。

「あれは……」

そういって浦島がハンドルの上に身を乗りだす。朱璃は落ちついた声であとを引き取った。

「昼間、ターゲットといっしょにいた二人組のようですね」

二人が食堂から遠ざかっていくのを見守ったが、龍太がつづいて出てくることはなかった。リストウォッチの震動は変わらない。

通りの右側に軽トラックを寄せていた。ほかに何台もの車——ほとんどが軽トラックだった——が停まっていたので悪目立ちすることはない。背中を見せて遠ざかっていく二人組を目で追いながら朱璃は胸の内でつぶやいた。

何とも不思議な街並みだ。

電気の使用が制限されているのか、小さな店がびっしり並んでいるもののそれほど明るくはない。監視している食堂にしてもLEDらしい小さなライトが看板を照らしているに過ぎなかった。数分おきに客の出入りがあったものの龍太が出てくることはなかった。

東京都内にある——あったか、と胸の内で訂正する——ガード下に並ぶ飲食店街のようでもあるし、どこか別の国の裏路地のようにも見えた。異国の雰囲気があるのはアフリカ人が多いからかも知れない。あるいは東南アジアやヨーロッパの淫猥なストリートのような風情もある。実際、セックスショップらしき看板がちらほら見え、そぞろ歩いているのは男ばかりだ。店先を照らすライトにも毒々しい赤い光がいくつか混じっていた。

「ずいぶん長えな。一杯やってるのか」

浦島がぼやく。

「まだ、子供よ」

「十歳《とお》を超えりゃ飲めるさ」

「入ったときは一人だった。中で誰かが待っていたのか、これから来る奴を待っているのかも知れない」

「おれは中学に入った頃には親父と晩酌してたけどな。あんた、生まれは……、いや、答えなくていい。詮索するつもりはないんだ」

わずかに間が空いたのは、脳裏を父の面差しが過っていったからだ。両親とも飲まなかった。少なくとも自宅で晩酌をすることはなかった。

「鵠沼」

両親はともに健在だが、警察を辞めて以降、会ってはいなかった。時おり電話やメールを入れている。自分の仕事を明かしてはいなかった。連絡を入れるのは、互いの安否確認だけでしかない。

「浦島さんは？」

「千住。隅田川《おおかわ》の北側だ」

「それじゃ……」

「そう。真っ先に沈んだ。いや、荒川の東っ側の方が先だったか。それでも台風三連発に耐えられなかったのは同じか。まあ、幸いにして家族は誰も住んじゃいなかった。親父もお袋も死んじまってるし……、おれがこんな爺《じじ》ぃだから死んでても不思議はないな」

「兄弟とかは？」

「こう見えて一人っ子でね。近所に親戚もなかった」

浦島の横顔をちらりと見た。見かけだけで兄弟が何人いるか想像がつくものだろうかと思った。

食堂に入ってきた呉が龍太を見つけ、向かい側に座るなりレジの前に立つ白い上っ張りを着た男に声をかけた。

「瓶ビール。きんきんに冷えた奴な」

「遅かったじゃないですか」

龍太の言葉に、呉はにやりとした。

「まあ、あわてるな。おれにもいろいろあったんだよ」

ビールとコップが運ばれてくる。呉はビールを注ぎ、一気に咽に流しこんでうなった。

「うめえ」

二杯目を注ぎながら言葉を継ぐ。

「戻ってきたんだよ、あいつが」

龍太は心臓がびくっとするのを感じた。呉がにやにやしながらつづける。

「台湾に戻ったんだが、景気が悪いのはあっちも同じだ。何とか伝手《つて》の伝手を頼って……、伝手の伝手の伝手だったか、まあ、それはいいや」

「あいつって……」

訊き返した龍太に呉は自分の右の二の腕を指してみせた。そこには三日月形の刺青——

青峨の印がある。青峨の出身で、違法滞在者の収容所だった頃から看守をしていたという男に違いない。

ビールを飲み、ラーメンを食べたあと、呉と龍太は東京食堂を出た。

食堂の引き戸が開いて、黒いスウェットの上下を着た男につづいて龍太が出てきた。浦島がイグニッションキーに手をかける。

「待って」

朱璃は龍太と連れが近づいてくるのを見ながらいった。やがて二人が通りすぎていく。スウェットの男がちらりと軽トラックに目を向けたような気がした。思い過ごしかも知れない。

ドアミラーで二人が遠ざかっていくのを監視しつづけた。少し行ったところで二人は右に曲がった。右に行けば、船着き場がある。

「徒歩で追いかける」朱璃はドアハンドルを引いていった。「入江の方に向かった。少し時間をおいてから来て」

「了解」

朱璃は軽トラックから降りた。たちまち全身ずぶ濡れになる。

外は相変わらず雨が降っている。冷たい雨は、龍太に母と別れた夜を思いださせた。母の面差しを脳裏にまとわせたまま、黙って呉のあとに従って歩いた。やがて埠頭のそばの倉庫にたどり着く。昼間、監視員に頭を砕かれた黒人の死体は片付けられていた。

倉庫わきの荷下ろしスペースには暗色の大型四輪駆動車が四台停められていた。周囲に監視員たちが立っている。

龍太と呉が近づくと一斉に車のドアが開き、男たちが降りた。貧相で、おどおどした顔つきの男を指さして呉がいう。

「奴だ」

龍太はうなずいた。

そのとき、貧相な男のわきを通って一人の男が現れた。顔を目にしたとたん、龍太は心臓を冷たい手で握りしめられたような気がした。

男の前髪には、一房の白髪が走っている。

母はまっすぐ龍太を見つめていう。

『あなたが世界で唯一近づいちゃいけないのは、父親よ』

とりあえず身を翻すと茂みに向かって走りだす。ふと思った。

昼間、アフリカ人がバックドロップを食らったときと同じじゃないのか――。

倉庫の陰から何者かが出てきて、両手に持った拳銃を龍太に向けていた。ヤッケのフードを被っているので顔は見えない。

「伏せて」

女、そして日本語。龍太はヘッドスライディングでもするように伏せた。手のひらと顔が擦れる。

直後、女の手にした拳銃が凄まじい勢いで連射された。

第六章　不可触領域

1

2031年11月17日／房総本島フリータウン

フルオートで銃弾を発射するマシンピストルは銃が跳ねまわってしまい、実用性に乏しいとされる。ましてポリマーフレームを採用しているグロックは銃そのものが軽い。グロックの拳銃にはセレクターでセミ、フルを切り替えられるタイプもあるが、専用のメタルストックが用意されており、しっかり肩付けをした上で使用することが推奨されている。

唐突にターゲット――中村龍太が身を翻して駆けだし、朱璃が身を潜めている倉庫に向かって駆けだしてきた。背後に男が迫っていた。龍太を囲んでいた連中の後方から飛びだしてきて、優雅にさえ見える、余裕たっぷりの走り方ながら加速は凄まじかった。

ヤッケのポケットに突っこんであったグロックを抜き、両手で構えて怒鳴った。

「伏せて」

グロックの安全装置は特殊だ。引き金《トリガー》に組みこまれた小さな突起に指をあて、トリガーと面一《つらいち》にしないと撃発位置まで引けない。逆にいえば、トリガーさえ引けば、撃針が前進して雷管を貫き、弾丸が発射される。オタケから渡されたグロックは改造されていて、フルオートのみで作動するようになっている。

近づいてくる龍太と、追いかけてくる男を見て、思わず倉庫の陰から飛びだしてしまった。何も考えていなかった。脳裏を占めていたのは、エクアドルでワクチンを輸送していた車列を襲撃してきた三人の仮面ライダーであり、今日の昼間バックドロップの一撃で黒人の頭蓋を粉砕した半裸の男でしかなかった。

恐怖にとらわれ、パニックに陥っていた。勝算などなく、グロックを両手で構え、トリガーを引ききっただけだ。一瞬——実際には二秒ほどもあったはずだ——にして二十一発の9ミリ弾が飛びだし、小さくて軽い拳銃は暴れまくった。

いくつも偶然が重なったに過ぎない。龍太に迫っていた男は朱璃を認めるなりアスファルトを蹴った。だが、跳ぶべきではなかっただろう。宙を舞ったせいで躰の位置を変えられなくなったのだ。

グロックが暴れ、銃口が上向き、二十一発の弾丸がでたらめにばらまかれた。夜であり、激しい雨の中で弾丸が命中したか、はっきり見極められなかったが、二度、三度と男の躰が空中で痙攣《けいれん》したのはわかった。そのままアスファルトに叩きつけられ、転がった。弾倉《クリップ》内の全弾を撃ちきったグロックのスライドはオープンのまま停止する。

龍太に声をかけた。

「立って」

立ちあがりかけた龍太の手をつかむなり倉庫の陰に向かって駆けだす。龍太を囲んでいた連中が一斉に駆けだしていたが、そのうちの一人がぬきんでて速かった。

三人という言葉が朱璃の脳裏を過った。エクアドルで襲ってきた仮面ライダーも三人なら、昼間艀から桟橋へ荷揚げしていた怪力の男が二人、それにバックドロップの男を加えると三人になる。

倉庫のわきに停まっている軽トラックが見えた。助手席のドアが開かれ、中から浦島が顔を出した。

「急げ」

浦島の視線が朱璃の背後に向けられているのに気がついてふり返る。すぐ後ろに迫った男が手を伸ばしている。

恐怖にとらわれながらも朱璃は男がひどく若いことに気がついた。雨に濡れ、躰が冷えているせいか、顔が青白く、まったく表情がない。哀しげにさえ見えた。

「ぼやっとするな」

浦島の声に我に返ったが、遅かった。男の手が朱璃の首に触れそうになっていた。しかし、そこで止まった。

目を見開く。男の髪をつかんでいる手が見えた。手袋を着けている。

「行《ゴ》け」

朱璃は軽トラックの運転席に飛びこんだ。龍太の上に覆いかぶさり、両足は外に突きだしたままだったが、浦島はかまわず急発進させた。

腹の下で小さなタイヤが回っている。


パワード・アーティフィシャル・リムを装着したジョー・マックスは次に幅の広い革製のベルトを腰に巻いて腹部を締めあげた。パワーリフティング用の装具と同じく背中の下部や腰の筋肉を保護し、腹圧を高める効果がある。違いはグラスファイバー製の背骨が取りつけられている点だ。

背骨は上部が肩胛骨《けんこうこつ》に沿って左右に広がり、先端のUの字になった部分に両肩を入れて幅広のベルトで固定できるようになっていた。左腕に沿ってバーが延び、義手と接続する。下部は骨盤を包むように広がっていて、左右の太腿の外側に沿ってバーがあり、義足とつながるようになっていた。これで左腕で重量物を持ちあげても部分的な外骨格のように義足まで伝え、支えられる。

最後に背骨に沿ってケブラー製の防護板を取りつけた上で、戦闘服を着用するようになっていた。使いこなせるようになるまで一年ほどの訓練が必要だったが、アフガニスタンで何年も作戦に従事したことで文字通り自分の躰の一部になっていた。

出撃前、切り株となった右太腿を叩いて刺激できたのは、太腿の外側にあるアームと義足はズボンを下ろすだけで取り外せるためだ。だが、シックス・センスが戻らないうちに出撃命令が下った。激しい雨が降りつづく中、暗い森を駆けぬけている最中も右足の感覚は戻らず、いつものように義足を自分の足のようには感じられないでいた。

その感覚の齟齬が災いした。地を蹴ったつもりだったが、ほとんど左足一本で踏みきったような感じで、いつも通りのパフォーマンスに届かなかった。

待機場所としていた廃屋から倉庫までは、直線距離にして二百メートルほどでしかない。躰を低くして木の間を抜けても十分ほどで到達できる。背中に回してあった暗視眼鏡付きのM4自動小銃を躰の前に持ってきて構えたときも右足の違和感は拭えずにいた。

そしていきなり始まった。

ターゲットが倉庫に向かって走りだし、倉庫の陰に潜んでいた何者かが飛びだし、両手で拳銃を構えた。すぐにジョーは拳銃を構えた何者かに狙いをつけたが、右手の人差し指は伸ばしたままトリガーガードの外に出してあった。ターゲットを追跡し、居場所を確認した工作員がいることはわかっている。

視界の隅に動くものが見え、銃口を向けた。ターゲットを追って常人離れしたスピードで駆けよってくる。そのとき倉庫の陰から出てきた得体の知れない何者かが怒鳴り、ターゲットがヘッドスライディングでもするように倒れこむと拳銃が発射された。

はっきりした。倉庫の陰から出てきたのは工作員だ。あくまでも監視と位置の確定が任務と聞いていたので銃撃は任務外だろう。

銃火が閃くより先にターゲットを追ってきた男は地を蹴っていた。もし、拳銃が一発ずつ撃たれていたなら追跡者は楽々と銃弾を躱《かわ》したに違いない。だが、工作員は立てつづけに撃っていた。フルオート射撃のようでもあったが、拳銃が暴れまわっている。まるでコントロールできていない。

素人《しろうと》かよ、と思ったとき、二人目の追っ手が飛びだしてきてターゲットと工作員に迫った。M４を構えたが、またしても常人離れしたスピードだったのと射線に軽トラックが割りこんで止まった。助手席のドアが内側から開けられ、ターゲットと工作員に向かって声をかけているのが聞こえる。

ジョーはM４自動小銃を背に回すと一気に斜面を下り、軽トラックの後方から回りこんだ。追いかけてきた男が工作員に手を掛けようとしている。間一髪、男の髪を左手でつかんで引き戻し、怒鳴った。

「ゴー」

直後、目を剝いた。パワー・トゥでつかまえたというのに男がその場で踏んばったのだ。

だが、そのときには軽トラックが走りだしていた。

さらにジョーは大きく目を見開いた。

男がジョーの左手首を握りしめた。チタンの骨格にカーボンの外皮をかぶせた義手が軋み、背骨を通じて両足まで伝わる。ジョーの手をもぎ離した男がふり返る。

表情のない、穏やかとさえいえる顔をしている。

脳裏にボースの声が蘇る。かれこれ十二、三年前……。


2018年10月15日／アメリカ合衆国テキサス州

「ヒューマン四・〇って聞いたことがあるか」

ボースにいきなり訊かれた。

アフガニスタンから帰還したジョーは、テキサス州サンアントニオの医療センターでパワード・アーティフィシャル・リムのメンテナンスと部分的なバージョンアップを受けていた。機械仕掛けである以上、定期的な点検、補修は欠かせない。

「いや」

首を振った。キャシーとアダムが医療センターに近い元の家にそのまま住んでいるのは知っていた。八年前にブラックリバー社から受けとった契約一時金で購入した家は、キャシー名義になっている。売却して、好きな場所へ引っ越して構わないと条件をつけておいた。

ボースがつづける。

「万能細胞というのは？　一個の細胞なんだけど、誘導することで眼球や手足や神経細胞、つまりは脳にまでなれる」

「便利そうだが、何だか信じられないな」

「受精卵だよ。精子と卵子が結合して受精卵となる。これは細胞としては一個だ。そこから細胞分裂をくり返して心臓になったり、目になったりして、二十八週後に赤ん坊として生まれてくる。この過程を逆にたどっていけば、赤ん坊が一個の細胞、受精卵になる」

ボースが熱っぽく語るのにジョーは素っ気なくうなずいた。

「興味がない？」

「理科はあまり得意じゃなかった」

算数も歴史も修辞学も……、とあとにつづく教科は嚥みこむ。

だが、ボースの熱い口調は変わらなかった。万能細胞の研究は一九六〇年代に始まっていた。そもそもは腫瘍の発生原因を突きとめ、癌の治療に役立てようというところからスタートし、やがて受精卵、細胞分裂、細胞分裂の過程における異常の発生などについて研究が進んだ。主流はマウスによる実験だったが、当然人間への適用が最終目的であるには違いない。二十世紀の終わり、ついにヒトの万能細胞を単独で取りだし、培養することに成功した。

「しかし、倫理上の問題があった。ヒトの万能細胞を作るには、ヒトの受精卵を使う必要があって、この場合、実験に供された受精卵はそこで機能を停止する。生命の発生を受精卵と見るなら人殺しになる」

たとえば、とボースはいった。不妊治療の際、複数の受精卵を冷凍保存しておく必要があるが、受胎に成功すれば、保存されている残りの受精卵は不要になる。この不要になった受精卵を実験に使うなりして倫理上の問題をクリアしようとしたが、いずれにせよ生きた受精卵でなければ実験には使えないため、いくら不要になったといっても倫理上の問題を完全にクリアできたわけではない。

使わなかったとはいえ、その受精卵が不要と決めるのは、誰なのか……。

二十世紀に入って、こうした倫理上の問題をクリアする発見があった。生きた人間の細胞を採取して四つの遺伝子を加えることで万能細胞が作れるようになった。

「倫理上の問題を回避できるだけじゃなく、もう一つ、厄介な免疫の問題も解決できる。たとえば、病気で臓器移植が必要になったとしても、患者本人の細胞を一つ……、たとえば皮膚をほんの少し切り取って、そこから万能細胞にして新たに臓器にする。肝臓でも心臓でも脳神経でもね。元になった細胞は本人のものだから免疫の問題はない。だけど、新たな倫理問題が発生したた。理論的には万能というくらいだから生殖細胞、つまりは精子も卵子もできるわけだ。たとえば、君の皮膚の一部から精子と卵子の両方を作って、受精させることも可能だ」

「おれは男だけど、卵子が作れるのか」

「あくまでも理論上はね。マウスでは受精まで成功しているが、ヒトではうまくいかない。少なくとも成功したという発表はない。当たり前の話だけど、ヒトとマウスでは全然別の生き物だ。遺伝子の八十パーセントが重なっているので、いろいろ実験はできるけれど限界もある」

「新たな倫理上の問題ってのは何だ？」

「仮にヒトの受精卵ができて、そこから生まれてきた赤ん坊の人権はどうなるか」

メンテナンス中の手足を外されたまま、ジョーは椅子に座らされていたが、話に夢中になったボースは作業台の上に放りだされたパワード・アーティフィシャル・リムに見向きもせず研究室内を歩きまわった。

「あくまでも個人的な意見だが、私は世界でもっとも信頼できる医薬品は漢方薬《チャイニーズ・メディシン》だと思っている。なぜか、わかる？」

「いや」

「中国の歴史が二千年なのか四千年なのかは知らないけど、昔々の中国において医薬品とは最終的には皇帝の病を治すためのものだった。ある植物の成分がある病気に効くかどうか試す至高の方法は、その病気を持った人間に投与して経過を見ることだ。昔々の中国ではこれをやった。何千回、何万回、何千万回……、数はわからないけどね」

「人体実験か。ずいぶん人間が死んだろう」

「その通り。だけど実験データも蓄積された。ほかの文明国家はどうだったかね。エジプトはやらなかったか、メソポタミアは？　インドは？　ギリシアやローマは？　二十世紀になってからもドイツや日本は人体実験や生体解剖なんかやってたよ。敗戦国だから断罪されたが、戦勝国はやってなかったかね。まあ、それはいい。昔々に話を戻そう。とにかく中国は、植物や動物の成分を人間に投与したときにどのような反応があるかを文献として残してきた。その蓄積の上に漢方薬は成り立っている。マウスじゃないんだ。人間に投与してどのような効果があるかがわかっている」

被害もね、とジョーは胸の内で付けくわえた。

ボースが足を止め、ジョーをふり返った。人差し指を突きたてる。

「もう一つ、オリンピックのドーピング問題がある。ある種の薬物を使用することでいつも以上のパフォーマンスを発揮する手法は昔からとられていた。競技本番のときに興奮剤を使うとかね。本番だけじゃない。ふだんの練習中に筋肉や骨、心肺機能を向上させる医薬品を連続的に投与すれば、身体能力は確実に高まる。だが、命を縮める危険性があるし、そもそもフェアじゃない。だから禁止されたが、禁止薬物指定の網の目をくぐり抜ける薬の開発はどんどん進められた。パラリンピックにしてもそうだろう。君のようにあからさまなパワード・アーティフィシャル・リムを使うわけにはいかないけど、競技用義足の跳躍力はどんどん高まってくる。もし、パラリンピックとオリンピックの境界がなくなって、義足の選手がオリンピックの走り幅跳びに出場できて、技術革新によって健常者にはおよびもつかない記録を出せるとなったら、ひょっとしたら自分の足を切り落として高性能義足を装着する選手が出てくるかも知れない」

「まさか。案外、不便だぜ」

ジョーは作業台の上に放置されたままの義手、義足をちらりと見やった。オリンピック、パラリンピックの話よりメンテナンスを進めてもらいたかった。

しかし、ボースにあっさり無視される。

「筋力アップの医薬品をくり返し投与されたことで命を落とした選手もいるし、たとえ早死にしたとしても金メダルの栄光と引き替えなら受けいれる人間はいる。命を失うわけではないから意図的に手や足を切断するくらいやりかねない」

ふたたび歩きだしたボースが言葉を継いだ。

「ドーピングの話に戻るけど、薬は体内に証拠を残すことになる。検査で引っかかれば、アウトだ。発見が難しい薬品の研究は進んでいるが、新しい医薬品が出れば、検査方法も進化する。いたちごっこだね。しかし、一切薬を使わずに筋力を増強できたとしたら？」

「薬がなければ、見つけようもないが、そんなうまい方法があるのかい？」

「遺伝子だ。たとえば、オリンピックの金メダリスト同士が恋愛することはあり得る。恵まれた体格と優れた身体能力を持つ男女が恋をして、結婚して、二人の遺伝子を受けつぐ子供が生まれる。国家戦略として遂行するならまたしても倫理上の問題になるかも知れないが、恋愛を法律で縛るわけにはいかないね、今の時代。同性婚も認められているくらいだから。そこで先ほどの万能細胞の出番だ。一方で遺伝子操作の研究も進んでいる。ヒトの細胞をどこまで改変できるか、実験の自由度は二十一世紀に入って格段に広がったといえる。人間同士だけじゃなく、動物や昆虫の遺伝子を人間に組みこむことが可能か、とかね」

「信じられない」

「バッタの跳躍力は体長の何十倍にもなるし、蟻は体重の、やっぱり何十倍もの重量を持ちあげられる。筋肉、骨格を形成するための遺伝子は特定できているし、ヒトの細胞に組みこむとどうなるかも、今なら試せるわけだ」

「無茶苦茶だ」

「チャイニーズ・メディシン……、かの国なら？」

「それがヒューマン四・〇だと？」

「わからない」ボースは首を振った。「研究と実験は行われているという。さっきもいったように、あくまでも噂だ」

2031年11月17日／房総本島フリータウン

ジョーは義手を握りしめている相手を見つめた。強化された義手をもぎ離した男がふり返る。若かった。ハイティーンくらいにしか見えなかった。

ヒューマン四・〇についてボースと話したのは十二、三年前だが、そのときすでに遺伝子操作をした受精卵を被験者である女性の胎内に戻し、出産させることに成功していたとしたら……。

あのときボースはいった。

『かの国では民族浄化を目的として強制収容所が作られ、その近くに先端科学の研究施設が建設されたという話だ。崑崙と呼ばれている』

おぞましい話だが、強制収容所に収監されている女性の子宮に遺伝子操作をした受精卵を入れ、赤ん坊を生ませる実験をしている可能性は否定できないとボースはいった。

『それこそ倫理上の問題になるんじゃないのか』

『科学者にとって倫理は避けて通れない問題だが、それをはるかに上回る強い衝動がある』

『何だ、そりゃ？』

『功名心……』考えこんだボースがつづけた。『自己顕示欲といった方がいいか。とにかく数多くの凡人どもの上に立って、思うがまま、彼らを言いなりにさせたい。自分にはそれだけの価値があると証明したくなる。化学兵器の父といわれたハーバーという科学者がいる。空気中の窒素からアンモニアを合成して化学肥料を作り、農業の生産効率を格段に向上させた。だが、農民たちに賞賛されても、一般の家庭で食卓に盛大にジャガイモが盛りあげられても、その喜びは目には見えないし、ハーバーの耳に届くこともなかっただろう。同じ技術が毒ガスにも応用できた。第一次世界大戦でハーバーはドイツ軍が使用する毒ガス兵器の開発を指導した。今度は軍人たちが、当時一流の化学者たちがハーバーの指揮の下、懸命に毒ガスを作った。この様子は目の当たりにできて、大いに自尊心を満足させただろう。しかし、アインシュタインは面罵した。君は自分の能力を間違ったことに使っている、とね。そしてアインシュタインが発見した相対性理論によって生みだされたのが原子爆弾だった。理論では、そうした超兵器ができる。ナチスが核兵器を開発しつつあるという情報もあった。だからアインシュタインはときの合衆国大統領ルーズベルトに手紙を書いた。今度は軍人や科学者なんかじゃない。大統領が自分の手紙一本で動きだす。おそらくハーバーにしろアインシュタインにしろ大量破壊兵器を作りたいとは思っていなかっただろう。純粋な研究だ。動機は？』

『功名心か』

『さらに根底には少年のような心があったのかも知れない。誰も知らない世界を自分が最初にのぞいて、解明したいという衝動、つまりは好奇心がね』

『なるほどねぇ、ところでバッタや蟻の遺伝子を人間に組みこんで、何ができるっていうんだ？』

『ホモ・サピエンスが地球上に登場して二十万年といわれる。その間、文化、文明は飛躍的に発展したが、人体そのものはどうか。進化があったかね。君までは文明の利器に頼って能力を向上させている。だからヒューマン三・〇だが、肉体そのものを進化させようとすれば……』

クソッタレ科学者め――ジョーは脳裏にまとわりつく思いをふり払った。

義手をひねることで相手を投げようとした。義手、強化された人工の背骨、両足の義足のパワーをもってしても男はびくともしなかった。

ジョーに対抗できるものがあるとすれば、二十歳そこそこから渡りあるいてきた戦場での体験しかない。

とっさに躰が動く。

右太腿につけたホルスターから9ミリ拳銃を抜き、男の顔面にありったけの弾丸を叩きこんだ。

バッタや蟻の遺伝子を組みこまれていたかも知れないが、見たところ柔らかな組織が堅牢な外骨格に守られるという特性までは備わっていないようだ。

案の定、顔面は砕け、頭蓋が吹き飛んだ。

2

2031年11月17日／房総本島中央部

軽トラックの狭いベンチシートで運転している年寄りと赤いヤッケを着た女に挟まれ、身を縮めた龍太は思いかえしていた。

あのとき……。

呉とともに倉庫前に広がる荷積みスペースまで行ったとき、数人――その中には荷揚げの監督もいた――に囲まれて、冴えない感じの、小太りの男が立っていた。龍太は呉に訊いた。

『あれが？』

『お前と同じ青峨の流れで、ここが不法滞在外国人の収容施設だった頃にアルバイトで看守やってた奴……』くっくっくっと笑った呉が付けくわえる。『呉太源《ウタイイエン》』

『え？』

立ちどまりかけた龍太の腕をつかんだ呉、もしくは呉太源を名乗っていたうどん屋が引きずるように歩かせ、言葉を継いだ。

『刺青なんてよぉ、ちくっとするのを我慢すりゃいいだけよ』

『あんたは？』

『おれは浅草のしけたドブネズミよ。呉の奴が儲け話だなんてけしかけるから乗っちまってな。お前の話は聞いてたんだ。べらぼうなカネになるって』

うどん屋が顔をしかめる。

『だけど呉ってのが強突く張りでよ。お前の値段をつり上げようとして、交渉相手を焦らせたんよ』

『交渉相手って？』

うどん屋が顎をしゃくる。

呉太源の後ろから男が出てきた。前髪に一房の白髪がある。

中村研一郎。

背中がぞくっとした。

うどん屋がきんきん響く甲高い笑い声を発したとき、ほんの一瞬、龍太の腕をつかんでいた手から力が抜けた。腕を振りほどき、反転して駆けだしたが、すぐ望みはないとわかった。

昼間、黒人の男が監視員にバックドロップで殺されたのと同じ場所だ。

そのときに現れたのが今、軽トラックの運転席で左側に座っているえんじ色のヤッケを着た女だ。座席は三人掛けのようだが、車の幅が狭い上、目の前にギアチェンジレバーがあるので足を左に寄せておかなくてはならない。窮屈この上なかった。

女も、年寄りもどこの誰かは知らないけれど、拳銃を構えて、龍太の前に立ちふさがるなり伏せてといった。あのバックドロップの監視員が追いかけてくると思っていた。怪力の監視員は三人、船着き場に一人、あとの一人が倉庫にいるのがふつうだ。三人のうち、誰につかまっても殺されることに変わりはない。

だが、女が凄まじい勢いで拳銃を撃った。手を引っぱられるまま走り、倉庫のわきに停めてあった軽トラックに向かった。助手席のドアが内側から押し開けられ、飛び乗った。男の声がして、女が飛びこんでくるなり軽トラックが発進した。女がシートに座り直し、それからドアを勢いよく閉めた。

「どうだ?」

運転席の年寄りが訊いた。女が躰をひねって後ろを見ようとしている。腰にごりごりと押しつけられているのは拳銃だろう。痛かったが、文句をいえる状況ではない。

「ダメ、何にも見えない」前に向きなおった女がつぶやくようにいう。「ごめん。電話が入った」

ワイヤレスイヤフォンを耳に挿し、タップする。

「はい」

軽トラックはT字交差点を左に曲がろうとしていた。ライトが道路の反対側をなめていく。数人の男が見えた。そのうち二人に見覚えがあった。食堂にいた二人組——ハギとオグチという名前を思いだした——だ。

二人は背の高い男と話しこんでいるようだった。軽トラックのライトが男たちを照らしたのは一瞬に過ぎない。だが、三人そろって軽トラックに目を向けたので顔をはっきり見ることができた。

背の高い男を見て、龍太は声を出しそうになった。

嘘ぉ？　アワノ？

五年前、東京直下大地震に襲われ、隅田川の堤防が決壊したとき、いっしょにいた警察官だ。その後、上司だというおばちゃん警官が避難場所になっていた中学校の体育館に訪ねて来て、アワノを見かけなかったかと避難者に訊いてまわっていた。

もう五年も前になる。

あのあとアワノは見つかったということか……、無事だったということか……、だけど東京の警官がどうしてここにいるんだ？……、いくつもの疑問が浮かんできたが、答えは見つからないし、そもそもアワノらしき男の顔を見たのは一瞬でしかない。本当にアワノだったのかわからないし、ハギ、オグチと違って、昼間倉庫では見かけなかった。

となりで女が怒鳴る。

「しようがないじゃない……」


思わず声を荒らげてしまった朱璃は龍太をうかがった。何かに気を取られているのか、身を乗りだしている。視線の先には数人の男たちが立っていた。いずれも日本人のようだ。

上体を右にねじったが、男たちは朱璃の視界から消えた。言葉を継ぐ。

「いきなり逃げてきたんだから」

ハンドルを切りながら浦島が低い声で独りごちる。

「窮鳥、懐に入れば、だな」

追いつめられ、パニックに追いつめられた鳥が逃げてきて、自分の目の前に来れば、たとえそれが狙っていた当の獲物だとしても猟師は撃たないという決まり文句だ。

「それはそれでしようがないよな、確かに」

イヤフォンからオタケの声が流れる。スマートフォンが通じるのはわかっていたが、緊急事態でほかに選択肢がない場合にかぎって使用することになっていた。監視するだけと命じられていた対象が逃げだし、それどころか自分に向かって駆けよってきた。後ろからは男が追いかけてきていた。エクアドルで襲撃された車列、昼間、バックドロップ一撃で頭蓋を粉砕された男の様子などが浮かんでいたのは間違いないが、パニックに陥ってはいなかった。

龍太が男たちを注視したまま、右へ首をひねる。龍太の視線を素早くたどった浦島が訊いた。

「知り合いか」

「いえ」

龍太が首を振る。

「何だかポリの匂いがする」

ポリといわれて朱璃はさっと目を上げたが、すでに交差点を左折していたのでヘッドライトの方向が変わり、男たちは闇に嚥まれていた。

オタケが訊く。

「ターゲットに間違いないんだな」

朱璃は龍太に目を向けた。

「君、名前は？」

龍太がまっすぐに朱璃を見た。目が澄んでいる。澄みきった目をした、純真な少年……、と思いかけた。

「おばちゃんは？」

「おば……」

絶句する。前言撤回。いやなガキだ。目の澄んでいる素直な朱璃は小さくうなずいてみせた。

「お姉ちゃん」

「それじゃ、お姉ちゃん」

「私は伊藤朱璃。運転しているのは浦島さん」

龍太がさっと浦島を見る。

「浦島太郎？」

浦島が重々しくうなずく。

「本物？」

もう一度、浦島がうなずくと龍太は朱璃をふり返って訊いた。

「お姉ちゃんは警察？」

「元、ね。で、君の名前は」

「中村龍太」

うなずき返しておいて、オタケに声をかけた。

「聞こえた？」

「ああ。どうやらターゲットに間違いなさそうだ。そいつを朱璃が保護しちゃったとなると状況が変わる」

しちゃったとは何よ、と思ったが、口にはしなかった。ふたたび龍太に訊ねる。

「どうして逃げだそうとしたの？」

「母ちゃんにいわれてたから。絶対に近づくなって。顔を見たら逃げろって」

「誰？」

「父」

母ちゃんと父という呼び方に温度差を感じたが、あれこれ詮索している時間はなかった。

朱璃はドアミラーに目をやった。

「聞いた？」

「ああ」

「これから先、どうするの？　状況が変わっちゃったんでしょ」

「他人《ひと》ごとみたいにいってるよ。とりあえずは浦島の秘密基地に戻るしかないか」

朱璃は浦島に顔を向けた。

「戻れるかしら？」

ドアミラーをのぞいた浦島が前方に視線を戻す。道路の両側には住宅が並んでいたが、激しい雨のせいか、それとも日が暮れたからか家々の間に人の姿は見えなかった。

「追跡されてはいないようだが。そっちは？」

「こっちも灯りは見えない」

「追っかけてくるのにヘッドライトをピカピカさせてってのも間抜けな話だ」

「そうね。で、戻れる？」

「とりあえずはそれしかないだろう。ダイレクトに基地へ戻るわけにもいかないから、そばまで行って追っ手がないことを確かめてから中に入る。たぶんあそこは連中にも近所の住人にも割れてはいないはずだ」

「了解」朱璃はイヤフォンに人差し指をあてた。「何とかなりそうよ。それで、そこに着いたら何をすればいい？」

「待機だ。依頼主《クライアント》には、そっちの状況を知らせてある」

　クライアントはエクアドルのワクチン輸送と同じく世界保健機関《WHO》だ。ＳＤが請け負い、朱璃にくだされた命令が房総本島で龍太を探し、発見したら、その旨を連絡したあと、監視をつづけることだった。

　オタケが言葉を継いだ。

「実は我が国政府が動きだそうとしている」

「日本が？　そんな余裕あるの？」

「房総本島の南方沖をパトロールしていた中国の軍艦が引きあげた。今は海警の巡視艇……、といっても海上自衛隊の護衛艦並みには武装してるんだが。とにかく一隻しかない。

海上保安庁が島の南側に回りこんで海上封鎖を行い、その間に警察が本島を奪還する」

「房総南島の方は？」

「たぶんそこまでは手が回らない」

「自衛隊は出動しないの？」

「南へ行ってる」

ふと胸苦しさをおぼえた。咽がきゅっとすぼまる。果たして予想した通りのことをオタケが告げた。

「中国が台湾海峡を封鎖し、台湾に上陸しようとしている。すでに尖閣諸島周辺の排他的経済水域にも海警の巡視艇が複数……、おそらく十隻以上が入っていて、漁船群が向かってる」

「房総本島を不法占拠した手口を再現しようってわけね」

「たぶんね。その間に我々は房総本島の主権を取りもどす。警察だけでは手に余るかも知れないし、クライアントの意向もある。クライアントは日本国政府と取り決めをしているようなんだ。今、朱璃が抱えているターゲットについて」

「どんな？」

「まだわからない。とにかく無事にそこから脱出させる。そのためにわが社は護衛を入れてるんだ」

「オタケがいってた保険ね。さっき会った。助けてもらった」

ゴーといった男の声は憶えているが、顔は見ていない。通信を終えた直後、浦島が軽トラックを森に入れ、エンジンを切った。

雨が天井を打つ音が運転席にこもっている。浦島がスマートフォンを取りだし、ディスプレイをタップした。しばらく指を動かしていたが、やがてポケットに戻した。朱璃と龍太は浦島をじっと見ていた。

「この辺りはおれの縄張りだ。一応、警戒装置はつけてある。家庭用の防犯システムレベルだがね。留守の間、侵入した奴はいないようだ。さて、濡れるのを覚悟でここからは歩きだ。龍太はおれのあと、朱璃がしんがり」

浦島が朱璃に目を向けた。

「ＯＫ」

「じゃあ、周りに気をつけて。何かに気づいたら知らせあおう。大声を出す必要はない。互いに手が届く範囲から離れないから、つつけばわかる」

浦島がドアを開ける。雨の音が強くなった。ちらりと空を見上げた浦島が降り、龍太がつづく。朱璃は助手席から出た。木立の中に入っているせいかそれほど雨は感じない。闇は深く、躰を低くして斜面を登りつづける。浦島と龍太の荒い吐息が聞こえるだけだ。

それでも秘密基地への入口がある丘の頂上に達した。屋根の上に備えつけられたソーラーパネルを見分けることはできなかった。浦島がペンライトを点け、入口を隠している辺りを短く照らしてチェックし、三人とも中に入るとふたたび浦島が入口を点検する。

出発するときに入ったロッカールームで朱璃は乾いた衣服に着替えた。またしても加女のスウェットを借り、新しい下着を身につけた。長靴をスニーカーに履き替える。浦島が居室として使っている部屋に行くと、すでに着替えを済ませた二人が待っていた。

醬油の匂いが鼻をつき、腹が鳴った。朱璃は頰が熱くなるのを感じた。

「カップ麵しかないが」

熱いカップ麵がありがたい。三人は無言のうちに食べ終えた。

「少し眠っておくか」

浦島の言葉にうなずいた直後、耳障りな警報が響き、部屋全体が赤く染まる。

「チクショウ、入口を破られた」

警報は鳴りやまなかった。

現在（UTC　2031／11／17　20：04：32）

耳障りな警報が鳴りつづけるほどに胸底をじりじり炙《あぶ》られているような気分になったが、処置室に立つジョーにできることはなかった。短い間隔で明滅をくり返す赤いランプも、焦燥を煽《あお》る。

シュリが寝かされた処置台の周囲では声が飛び交っていた。

「血圧低下」

「心拍数も」

「アドレナリン投与、除細動器《AED》スタンバイ」

「意識レベル低下」

処置台の頭の方に置かれたディスプレイに表示されていた文字列が乱れ、流れが滞る。飛び交う声は、心の奥底に封印してあった記憶を呼び起こした。

ファルージャ、バグダッド、カンダハル、名前も知らない荒野、岩山、瓦礫だらけの道路、破壊された石造りの家、家、家……。ハンヴィの床で血が波打ち、折りかさなった空《から》薬莢《やっきょう》がからから音を立てている。漂っているのは脳の一部か、腸か。血がブーツを履いた足や汚れた手首に巻かれた腕時計を浸す。だが、どこから撃ってくるとも知れない敵の銃弾が命中し、ハンヴィが甲高い金属音をたてている。衛生兵《メディック》を呼ぶ絶望的な声、着弾音、叫び、怒号、濃密な血と硝煙のにおい……。血と埃でどろどろになったM４自動小銃の弾倉に唾を吐きかけようとしたが、口が渇いて唾が出ない。

メディック……、チクショウ……、撃たれた《アイム・ヒット》……、痛えよぉ……、ママ……。

すぐ前にいた兵士がわめき散らしながら、やがて動かなくなった。まだ十九だった。顔は硝煙で黒ずみ、うつろな目はもう何も見ていない。

レナードが処置台のそばから離れ、ジョーの回想は途切れた。ロンタイの顔は青ざめ、目は怯えた小動物のように動いている。

近づいてきたレナードを見やる。

「いいのかい、リーダーのあんたが離れて」

レナードが肩をすくめた。

「ぼくの専門はコンピューター……、ＭＩＡでね。医者じゃない。そばに突っ立っていても邪魔になるだけだ」

「それじゃ、シュリの容体を訊いても答えようがないか」

「それはわかる。君と同じ程度なら」ちらりとのぞきこんできて、付けくわえた。「よくない」

「そうだな」

ジョーは声を圧しだした。

「シュリは浦島、ロンタイといっしょにアジトに戻った。見てたんだろ？」

「おれがアジトにたどり着いたときにはシュリたちの姿はなかった。代わりに奴らが来ていた。入口のカモフラージュをぽんぽん払いのけるのが見えたよ」

ヘルメットに取りつけた暗視スコープの映像を思いだす。一抱えもありそうな岩を軽々と持ちあげた男がいた。スコープの倍率を上げた。若い男だ。わかったのはそれだけ。アジア人は誰も同じ顔にしか見えない。

シュリたちに危機が迫っているのはわかっていた。だが、さらに気にかかることがあった。

3

2031年11月17日／房総本島中央部

髪の毛をつかんで引きよせたとき、その男は右手を後ろに回してジョーの左腕——義手をつかんだ。相手の腕は、どう見ても生身だったが、握力は凄まじかった。いや、握力だけではない。パワード・アーティフィシャル・リムの最大出力で引きよせようとしたのにびくともしなかった。

義手がめりめりと音を立て、軋んだとき、男がふり返った。白い顔に表情はなく、髪をつかんでいるので両目が吊りあがっていた。アジア系ということもあったのだろう。その昔、テレビの深夜番組で見た中国の映画の亡霊を連想させた。墓場から死者が蘇るというストーリーで、どちらかといえば、コメディタッチだったのだが、真っ白で、まったく表情のない顔が怖かった。

ジョーは拳銃を引き抜き、ほんの数センチのところから9ミリ弾を撃ちこんだ。一発目で左目が飛び、大きな穴が開いた。二発、三発、四発と撃ちこんだところで顔面が吹き飛び、ふいに軽くなった。髪の毛をつかんでいた左手に残った頭頂部を捨て、倉庫の裏手に広がる闇の中へ駆けこんだ。

右手首に巻いたモバイル・ナビゲーションシステムのディスプレイが二度震え、次に向かうべき場所と経路を表示した。

闇の中、姿勢を低くして木立の間を抜け、海岸線に達した。海岸線といっても砂山や磯があるわけではない。水没して三年ほどしか経過していないので森が生きたまま、海水に洗われている状態だ。

足を濡らしながら海岸線を慎重に進んだ。ナビのディスプレイに表示された経路は海沿いに南下するシンプルなコースだったので、頻繁に確認する必要はなかった。時々、うずくまってはヘルメットの前部に取りつけてある暗視スコープを下ろし、周囲に動きがないことを確かめた。とくに後方は入念にチェックしつつ進んだ。

一時間もかからないうちに目標地点に到着したジョーは暗い森の底にうずくまり、ふたたび暗視スコープを下ろして周囲をチェックした。動くものは見あたらない。

倉庫のわきからターゲットを乗せた軽トラックが走り去ったものの、行き先はわからなかった。オタケから教えられていないためだ。オタケが所属するＳＤという会社は、ブラックリバー社傘下の武装警備会社の一つらしかったが、ジョーは知らなかった。もっともブラックリバー社というのが大小さまざまな規模の武装警備会社——民兵組織、テロリストともいう——の寄り合い所帯であり、一つにしっかりまとまっているわけではない。事前に知らされていたのは、オタケという男が連絡係で、SDが日本警察から派生した組織であることとくらいでしかなかった。

一時間ほど前、倉庫わきでシュリと接触したが、中国映画の亡霊そっくりな戦闘要員を阻止するのに精一杯でシュリの顔は見ていないし、声も聞いていない。それでも小柄でほっそりしているのはわかった。ひょっとしたら女かも知れない。

右耳に挿したヘッドセットを指先でダブルタップする。間髪を入れずオタケが答えた。

〝はい〟

「到着した」

〝スタンバイ……、OK、そちらの現在位置を確認した。方位277を見てくれ〟

暗視スコープの上部にはコンパスが表示されていて、正面の数字が拡大されている。277に合わせた。

「277」

〝低い丘の稜線上だが、そこにウラシマのアジトへ通じる入口がある〟

「とくに何も見えないが」

〝カムフラージュしてるよ。昼間見ても入口がどこにあるかはわからないようになっているはずだ〟

「アジトへ潜入するのか」

〝いや、その必要はない。監視を続行してくれ。異変があった場合は連絡を〟

「了解」

〝この回線は君専用だ。何かあれば、呼びだしてくれ〟

「了解」

ふたたびヘッドセットをダブルタップして、通信を終えた。もう一度、入口といわれた場所や丘全体を見まわし、動くものがないことを確認したあと、暗視スコープをはねあげた。自分の手さえまるで見えない闇に嚥まれる。それでも木立の間にうずくまっているせいだろう。雨はほとんど感じなかった。

右手首の内側に装着したナビシステムで時おり自分の位置を確認しながら海沿いに七、八キロほど南下していた。房総本島の東海岸に近く、島のほぼ中央辺りだ。

抗弾ベストの内側から手のひらにすっぽり収まる小型のＬＥＤライトを取りだし、スイッチを入れて前歯でくわえた。照度を最低にしてあるので手元がぼんやり見える程度だが、闇にすっかり慣れた目には充分だ。

耳元に動悸を感じる。

左手を目の前にかざしておいて、耐火繊維製の黒いジャンプスーツの袖をまくった。淡いベージュの保護素材がのぞき、それも引きあげ、義手を剝き出しにする。手のひらを自分に向け、前腕の内側を見る。LEDライトの照度をわずかに上げたとたん、うめき声が漏れそうになった。

義手を包んでいるカーボンファイバー製のカバーが歪んでいた。手首のわずかに下がへこみ、くっきりと指の跡が見てとれる。中国映画の亡霊そっくりな相手が背を向けたまま握りしめた部分だ。

前腕の両わきについた指の跡と手首の中心部に亀裂が入っていた。ジョーの上腕外側には神経の情報を伝達するための端子があり、義手と接続できるようになっていた。脳からの信号が義手に伝えられ、肘から先を思い通りに動かせるようになっている。すでに二十年以上使用しており、操作にはずいぶん習熟したが、それでもまだ指の繊細な動きまではコントロールできなかった。

手のひらを握り、開く。手首付近の亀裂から漏れるかすかなモーター音が聞こえる。モーターは複数使用されており、最大出力にすれば、握力は三百キロを超える。拳を作ろうとしたが、完全には握れず、中指と薬指が痙攣した。

奥歯を食いしばる。呻《うめ》きと罵声が同時に漏れそうになったからだ。

馬鹿な……、奴は生身の人間にしか見えなかった……、信じられん……、いったい何が起こったっていうんだ……。

もっと信じられないことが起こっていた。

義手が痛い。


現在（UTC　2031／11／17　20：06：11）

血と排泄物、薬液が流れる何本ものチューブやヘッドギアと、全身いたるところに貼りつけられたセンサーから延びる導線につながれ、横たわるシュリの姿を見つめながらレナードは既視感にとらわれていた。

あのとき……。

ベッドに寝かされていたのはシュリではなく、ミアだ。すでに三週間にわたってＭＩＡは最小意識状態にあるミアの言葉をひとつも拾えず、ブルースクリーンには文字が現れなかった。

子供の頃、レナードは極端に死を恐れていた。死とは何か、得体が知れず、ひたすら不気味だった。人は死ぬとどうなるのか。どこへ行くのか。本を読みふけったのは、そうした恐怖から逃れたいと望んだからだ。死ぬのはしようがないとして、死んだあとも魂は不滅というのは真実か、真実というなら躰を離れた魂はどうなるのか、どこへ行くのか……。

だんだんと死がすべての終わりであり、脳が活動を停止すれば、自分の見てきたもの、学んできた世界――地球だけでなく、月、太陽、銀河系、宇宙という空間も、それぞれが誕生して現在にいたる時間も――すべて消滅してしまうことがわかってきた。

なぜか。

今、自分が座っている台所の椅子も手にしたスプーンや口の中でぽりぽり音をたてている甘いシリアルも自分の脳が知覚し、脳が合成した表象に過ぎない。つまりレナードの脳が感じているだけであり、長い長い夢を見ているだけだとしても自分の脳の外に出て知覚することは不可能である以上、確かめようがない。

何であれ、そこに在るかも知れないし、ないかも知れない。仏教に関する本を読んでいて、そのフレーズに出会ったときには衝撃を受けた。

色即是空、空即是色。

見て、聞いて、触れて、感じているのは自分の脳で、実体がそこに存在することの証明にはならないし、何もなかったとしても脳が感じるかぎりにおいてそこに存在するのと同じことだ。

底なしの淵をのぞきこんだような不気味さにとらわれた。

そうであるならば、逆に脳だけを取りだして、生かしておけば、永遠に死なず、すべては失われずに済むのではないか。

しかし、脳を取りだすことが無理だとわかってきた。脳は全身に張りめぐらされた末梢神経とつながっていて、躰そのものなのだ。だから取りだすなど不可能だ。そして何より愕然としたのは、二十世紀の先端科学をもってしても意識とか、自分とは何かを定義することすらできなかった。二十世紀が二十一世紀になっても、意識や自分が何かはわからないままだった。

一方で脳の活動は電気信号のやり取りだとわかってきた。電気信号であるならば、コンピューター上に移し替えられないかと考えた。電子工学の道に進んだのは、〈自分〉をコンピューター上で再現する方法を見つけるためだった。

前進するほど、わからないこと、手をつけられない事象が増えていくばかりで混迷が深くなっていったが、ひとつだけ幸運があった。リンダ・スーと巡りあったことだ。リンダに惹《ひ》かれたのは、レナードが子供の頃から抱いていた恐怖を理解してくれたからだろう。大脳生理学を研究しているリンダはレナードの疑問に答えてもくれた。

統合された意識を表現するのに言葉が活用できるというヒントをくれたのもリンダであり、ＭＩＡ開発のきっかけとなった。

意識は無意識という手のひらの上を転がる水銀の球……。

ＭＩＡは最小意識状態にある人間の脳に浮かぶ言葉を解析するのではなく、脳活動のデータから、その瞬間に思いうかべている言葉を推測するだけだ。リンダの残した膨大な文献を縦横無尽に検索するシステムを構築するのにレナードは人工知能を応用することを思いつき、そうして死亡したリンダとの会話を可能にしただけでなく、ＭＩＡ開発の手助けをしてもらった。

交通事故から十二年、ミアの肉体が限界を迎えたとき、レナードは二度目の喪失が一度目の喪失以上に哀しいことを思い知らされた。ミアの心臓が停止し、血圧が低下していくにつれ、MIAは言葉を推測できなくなっていた。脳の活動が低下しているのだから当然といえた。

いつかは必ず訪れるとわかっていたその日、レナードはベッドサイドに来るといつものようにミアに声をかけ、手を握り、頬に手をあてていた。目を閉じたミアの頬は温かく、柔らかかった。だが、間もなくレナードの手をすり抜け、遠くへ去ってしまう。

いつまでも温かなミアに触れていたいと思っていたレナードは、看護師に声をかけられた。看護師がMIAのディスプレイを指さしている。ブルーバックに文字が浮かんでいた。

ありがとう《サンキュー》、お父さん《ダッド》——。

ディスプレイを見つめたまま、レナードはミアの頬に触れていた。温かな皮膚の内側にミアがいて、今、メッセージを送ってくれている。

光《ライツ》。

それが最後のひと言だった。臨死体験をした人はまばゆい光を見たとか、包みこまれたという話をしていた。そうした文献をレナードは数多く読んでいた。しかし、あくまでもそう語った人は死んではいない。生きているからこそ語れたし、周囲の人間が生還したという人間の言葉を記録できた。

だが、ミアはライツという言葉を残し、二度と戻ってはこなかった。

「ドク」

声をかけられ、レナードは目をしばたたいた。検査台に寝かされているのはミアではなくシュリだ。目を向けた。ジョー・マックスはひどく疲れているようだ。目はＭＩＡのディスプレイに向けられている。相変わらず新しい文字列は出現しない。

「かなりまずい状況のようだな」

シュリの脳はウラシマのアジトに戻り、着替えを済ませ、温かなインスタントのヌードルスープを食べたところまで記して以降、沈黙している。

「その通り。君はこのときアジトのそばまで行ってたんだろ？」

「すぐそばにいた。そして連中がやって来たのを見ていた。どうやってシュリたちを見つけたのかな。ひょっとしたらウラシマのアジトについて前から知っていたのかも知れない。うろうろしている様子はなかった。迷いなく入口に近づいて、カムフラージュのために置いてあった岩を取りのけていたから」

「見てたのか」

「暗視スコープを使ってたんだ。楽勝だったよ。それですぐオタケに連絡した。異変があれば、知らせるようにいっていたから」

当のオタケが割りこんでくる。

〝ちょっといいかな〟

レナードとジョーが、オタケが映しだされているディスプレイに目を向けた。

〝ロンタイには発振器が埋めこまれていた。電波が微弱なんでせいぜい数十メートルの範囲でしか受信できないんだが〟

レナードは目を細め、オタケを見やった。

「埋めこんだのは、ロンタイの父親だな」

〝そういうこと〟

ロンタイの躰から信号が出ているなら追跡は難しくない。レナードはオタケに訊いた。

「それで？」

〝ジョー・マックスには待機してもらうことにした。とにかく現場が混乱してて、どのように対処するか上の方も決めかねていたから〟

レナードはジョーに目を向けた。

「あんたはどうした？」

「ヘッドセットを外した。シュリもターゲットも中にいる。指をくわえて見てるのは性に合わなかった」

検査台を囲む医師、看護師、技師たちが色めき立った。シュリのバイタルサインが上向き始めたのだ。

2031年11月17日／房総本島浦島の秘密基地

足首に巻きつけるようにまとめたスウェットパンツの裾を包みこむように靴下を引っぱりあげた朱璃は、ぽんぽんと叩いた。もう一方の靴下も同じように引きあげる。立ちあがって上衣の裾をパンツの内側に入れると、ハンガーにかけてあったグレーと黒のツートーンになったドライスーツを手にした。ウェットスーツと違い、中に着ている衣服を濡らすことがないので体温維持に役立つ。

土砂に埋もれた元美術館の屋上から侵入されれば、脱出方法は一つしかない。だから浦島が地下に行くと告げたときも驚きはなかった。秘密基地にやって来て、目覚めた場所だ。龍太には地下には洞窟があって、海につながっていると説明した。両生人については朱璃も浦島も口にしなかった。不安がなかったわけではない。むしろ秘密基地が敵に発見されたときから、胸底を締めつけられるような恐怖を感じていた。

漁船から加女が姿を消し、舷側から海を見たときに見た顔がくっきりと脳裏に焼きついている。どこにでもいそうな顔だったが、首の両側にある切れ目からぴゅっと水を噴きだした。手が伸びてきて、あっという間に海に引きずりこまれ、失神した。酸素注射がなければ、溺死していただろう。

地下の洞窟に降り、浦島に従って奥の一角へやって来た。浦島がスイッチを入れると岩場に吊りさげた裸電球が灯り、ハンガーにかけたドライスーツ、ウェットスーツ、棚にはさまざまな水中用機材、スキューバダイビング用の酸素ボンベまでそろっていた。

朱璃はSDに入ったとき、アメリカにあるブラックリバー社で水中活動についての訓練を一通り受けていた。龍太は洪水に巻きこまれ、おぼれかけた経験が二度あるものの、あとはプールで泳いだくらいだという。浦島は二人にドライスーツを着て、素潜りの支度をするようにいった。

ゴム長靴状のようになったドライスーツの先端に両足を入れ、立ちあがって引きあげ、サスペンダーを両肩に引きあげる。袖に腕を左、右と順に通していく。水を入れないよう手首のところが絞ってあるので手を出すときには力が要った。最後に頭からすっぽり被り、やはり絞ってあるところに首を通した。

「背中のファスナーを閉じよう」

浦島に声をかけられ、ふり返った朱璃は目を見開いた。浦島はチェック柄のシャツにカーゴパンツのままなのだ。その向こうにブルーと黒、ツートーンのドライスーツを着た龍太が立っていた。

「着替えないんですか」

「歳だから」

そのとき洞窟の入口付近で重い音がした。浦島が舌打ちする。

「すぐそこまで来ているようだ。急げ」

朱璃の背に手を伸ばした浦島がファスナーを閉じ、引き手を右肩に出した。朱璃は左手で取り、二度引っぱってきちんとファスナーが閉じられているのを確かめる。

それから朱璃と龍太はマスクとシュノーケルを頭に載せ、フィンに爪先を入れてゴムバンドをかかとに引きあげ、しっかりと固定した。

「これを」

浦島が差しだしたダイバーライトを受けとり、尻から延びているストラップを手首に回して締める。朱璃は右手、龍太は左手にライトを着けた。腰に幅広のベルトを巻き、金具にカールコードの端にあるカラビナを引っかける。コードは朱璃と龍太を結んでいた。

「これは万が一のためだ。水中ではしっかり手をつないでいけ」

浦島が龍太に告げ、龍太がうなずく。

洞窟の入口付近で金属が引きちぎられる悲鳴のような音が響きわたると、浦島が洞窟の一角を照らしていたライトを消した。浦島がペンライトを手にしていたので真っ暗にはならなかった。

「急げ」

圧し殺した声でいい、水辺に近づく。朱璃と龍太は手をつないで浦島につづいた。浦島がペンライトで海面をひと撫でするとと水しぶきがあがった。

朱璃は心臓がせり上がってくるような気がして思わず息を嚥んだ。だが、顔を見せたのはイルカのフリッパーだ。ピンク色のベルトをくわえ、うなずくように顔を上下させる。

「お前……」浦島がつぶやき、朱璃を見る。「加女が使っていたベルトだ。あれにしっかりつかまって、あとは奴に任せればいい。一分もしないうちに洞窟の外に出られる。フリッパーが海岸まで連れていくから、そこで上陸しろ。気をつけろよ。周りには奴らがいるかも知れない」

浦島が朱璃の背を叩いた。

「おれの仕事はここまでだ。奴らが来たら投降する。悪く思わないでくれ」

「そんな……、ありが」

最後までいわせないとでもいうように浦島が押し、朱璃と龍太はマスクを下げ、シュノーケルをくわえた。水に入っていく。縮みあがったのは、足を軽く圧迫する水圧のせいではなく、両生人が脳裏をかすめたせいだ。膝、腰、胸と水に漬かっていくとフリッパーが近づいてきた。

「行くよ」

「わかった」

龍太が答え、朱璃はフリッパーが差しだすピンクのベルトをつかんだ。いきなり水中に引きずりこまれる。ベルトをつかんでいなければ、振り放されていただろう。

そのとき水の中がオレンジ色に輝き、海底まではっきり見ることができた。次いで重い衝撃が伝わってくる。ふり返る。水面が明るいオレンジ色に輝いていた。だが、フリッパーはぐんぐんと進んだ。

浦島の言葉通り一分もしないうちに海面に出る。フリッパーに引かれるまま、海岸まで行き、まず龍太を押しあげる。

背後でフリッパーが跳ねたかと思うと、誰か、あるいは何かが朱璃の左足首を強い力でつかんだ。ふたたび水中に引きずりこまれる。右手首に巻いたライトが揺れていた。つかんで、スイッチを入れた。強い光がほとばしる。

後悔した。

光の中に浮かびあがったのは、両生人の青い顔。表情はなく、首の両側にある鰓が開いて閉じるのが見えた。

4

2031年11月17日／房総本島中央部

背に回していたM４自動小銃を反転させ、胸の前に抱えるため前部銃床を左手で支えようとしたジョーは、頭の中が閃光で満たされるほど鋭い痛みを感じた。

義手に、だ。

錯覚だと自分にいい聞かせた。所詮、痛みを痛みとして感じられるのは脳でしかない。痛みを感じるジョーの腕は何十年も前に失われている。それでも手首の、ちょうど外皮が裂けている辺りに脈動する激痛を感じていた。

小声で罵り、茂みから立ちあがろうとしたとき、北から接近してくる車のヘッドライトが闇を切り裂いた。道路は絶望の丘からつづいている。ふたたびうずくまったジョーはライトを見つめた。車は一台ではなく、次々に現れ、ついに七台を数えた。いずれも日本製の大型四輪駆動車だ。

だが、車列はウラシマのアジトがある山には向かおうとせず手前で止まった。ジョーは慎重に木々の間を進み、ヘルメット前部の暗視スコープを下ろす。かつては駐車場だったのか、アスファルトで覆われた平らな場所に七台は並び、ヘッドライトを消している。昼間のようにくっきりと車の形状を見ることはできたが、車内に人影があるのはわかるものの顔つきまでは無理だ。

もう少し近づいてみるか、と胸のうちでつぶやき、ふたたび前進しかけようとして動きを止めた。右方でがさがさと音がする。近い。ジョーは躰をさらに低くして、音のした方向に顔を向けた。

暗視スコープのおかげで、下草の間を手探りしながら進む男女の姿が見えた。いずれも黒人だ。カウントした。五人……十人……、ざっくり二十人ほどだ。誰もが自動小銃を持っている。形状からすれば、毎度お馴染み、ＡＫ47か、その系列だ。先行する数人が胸の高さにあげ、銃口を左右に振っている。ほかの連中は手に持っているか、負い帯で肩に吊っていた。

二十挺以上のＡＫが相手では動きようはなかった。躰を低くし、息を殺しているとき、地面が震動した。地震かと思ったが、さほど大きくはなく、すぐにやんだ。直後、背後に爆発音が響きわたり、ふり返る。暗視スコープの感度が自動的に落ちた。アジトの天辺――入口があると教えられた辺り――からオレンジ色の火柱が立っている。

火柱を背にして、人影が飛ぶのを見逃さなかった。目で追ううち、ふたたび自動で感度が調整され、人影がくっきりと見える。梢を軽々飛びこえるジャンプ力からするとアジトの入口でカムフラージュ用の岩を放り投げていた男の一人だろう。ジョーの左手を握りつぶそうとした奴の同類に違いない。

またしても義手がうずくように痛み、小さく舌打ちする。

ふっと気がついた。いつの間にか右足の感覚が戻り、今は義足が自分の足のように感じられる。同時に不安が兆す。足を撃たれれば、痛みが……。

首を振る。考えてもしようがない。

火柱を背景に宙を舞った人影がいったん木々の間に降り、すぐに飛びだしてくると駐車場に整然と並ぶ車列に向かって凄まじいスピードで走っていった。

黒人たちの方に視線を戻した。誰もが爆発を目にしたようで、その場にうずくまり、山の方を見ていた。何者なのかはわからない。イヤフォンをタップした。

〝はい、オタケ〟

「アジトが爆発した」

〝何だって？〟

そうはいうもののオタケの声にそれほどの驚きは感じられない。おそらく偵察用ドローンでも飛ばして、周辺を監視しているのだろう。車列や森に潜む黒人たちの動きも把握しているのかも知れないが、知る必要のある情報《ニード・トゥ・ノウ》だけを提供するという原則には慣れていた。

「ターゲットと監視役からの連絡は？」

〝ない〟

「爆発の原因は何だと思う？」

〝ウラシマがアジトに自爆装置を仕掛けていたのかも知れないし、侵入した連中の攻撃による可能性もある。不用意な射撃が溜めこんでいた武器や燃料を爆発させたかも。ところで、そこから何が見える？〟

「連中が車を連ねてやってきた。現在位置から北へ二百メートルほど行ったところに駐車場がある。そこに車を並べてる」

〝直線で二百七十八メートル、方向は〇・五二だからほぼ真北だね〟

やっぱり監視してやがる――ジョーは胸のうちでつぶやいた。敵までの正確な距離と方位を教えてくれたことに礼はいわなかった。

「おれから十メートルほど右手……、東か。同じ森の中に黒人たちがいる。十数人だ」

〝黒人たちだって？〟

今度ははっきり驚きの色が感じ取れたので少し満足した。偵察用のドローンを飛ばしてはいるのだろうが、それほど低高度ではないのだろう。高度を下げ、赤外線センサーを使えば、森の中を蠢《うごめ》く人影はちらちらするシグナルとして捕捉できるはずだ。

ジョーはふたたび黒人たちに目を向けた。そのうち数人が両腕にペール缶のようなものを抱えている。

まさか……。

〝ジョー……、ジョー？　何かあったのか〟

イヤフォンを流れるオタケの声がきんきん響き、ジョーは顔をしかめた。

雑草がまだらに生えた地面に両手をついた龍太は荒い息を吐いていた。森の下草だが、この二、三年で海水に洗われ、枯れかかっている。

何度も唾を吐いたが、口の中の塩辛さが消えない。

シュリ姉ちゃんの手を両手で握っていた。離すまいと必死だったけれど、シュリ姉ちゃんも龍太の手を握っていてくれなければ振り放されていたかも知れない。それほどイルカは速く泳いだ。イルカを間近に見たのは生まれて初めてだったが、怖いと思う間もなく水中に引きずりこまれた。マスクを着けていたのに目を固く閉ざしていた。一瞬、まぶたの内側が赤く輝いたように思ったが、気のせいかも知れない。

ようやく呼吸が落ち着いてきた。

自分がどこにいるかわからなかった。水中にいたのはそれほど長い時間ではない。せいぜい一分か、二分。ようやく海面に顔を出し、息ができたとほっとする間もなくシュリ姉ちゃんに尻を押しあげられ、草地に這い上がった。それから四つん這いになったまま、はあはあぜいぜい咽を鳴らしていたのである。

「ここは……」

どこ、と訊こうとしてふり返った龍太は声を噤み、目を動かした。シュリ姉ちゃんの姿がない。

「姉ちゃん」

呼んだ。返事はなく、波の音が聞こえてくるばかりだし、辺りは真っ暗で何も見えなかった。そのときになって手首にＬＥＤライトのストラップを巻いているのに気がついた。

スイッチを入れ、立ちあがると周囲を照らす。

右、左、正面――。

シュリ姉ちゃんの姿はどこにも見当たらない。

「姉ちゃん」

さらに大声で呼び、ライトを振る。左から右へ。そのとき波間に伏せたまま浮かぶ人の姿が見えた。背中がライトの光を鈍く反射する。

死んじゃった？

あわてて駆けだそうとしたとき、向こうがいきなり立ちあがった。ぎょっとして立ちすくむ。立ちあがったのは若い男だ。ライトの光を正面から浴び、まばたきする。目が緑色に光った。反射的に逃げようとした。男の顔にまるで表情がないのに怖くなったからだ。

だが、枯れ草に足を滑らせ、尻餅をついてしまった。

光の中、男がまっすぐ龍太を見て、近づいてくる。首の両側にいく筋もの裂け目が走り、水が噴きだした。

ＬＥＤライトの光に浮かんだ手には水かきがあった。ドライスーツのブーツをがっちりつかんだ両生人はあお向けになったまま、右腕で水を掻き、両足を開いては閉じながらどんどん沖へと向かっていく。

左右にライトを動かした。海に沈んだ木々が浮かびあがる。下へ向けた。アスファルトに引かれたセンターラインが白く輝く。つい二、三年前まで周囲にはのどかな田園風景が広がっていたのだろう。今は海底の一部になっている。水深にすれば、まだ三メートルほどでしかないが、徐々に道路が下がっているのがわかる。しかし、光が届く範囲はわずかでしかなく、その先には無限の闇が広がっている。

ふたたび両生人にライトを向ける。両目が光を反射した。開いていた口を閉じると首の両側にある鰓が開いた。吐き気がこみ上げてきて、黄水が咽を灼《や》き、思わず咳きこんだ。口中に塩辛い海水がどっと流れこんでくる。飲んだ。

頭がぼうっとしてくるのをどうしようもできずにいた。

闇の中へ、深みへ、引きずられていく。ほどなく自分がどこにいるのか、何をしているのかわからなくなった。

目の前に白い手が差しだされた。

さあ、つかまって……。

目を上げた。加女が穏やかに頰笑んでいる。初めて会ったときと同じように口角を持ちあげ、目を細めている。

夢中で加女の手をつかんだ。両手で握りしめた。加女がぐいと引きあげてくれようとするが、両生人の力には抗い切れなかった。

黒く、巨大な影がすぐわきを通りぬけていった。手首に着けたＬＥＤライトがぶらぶらしている。視界はかぎられていた。

ふいに足首をつかんでいた両生人が軽くなったかと思うと、朱璃はぐんぐん上昇していった。加女の手を離すまいとしがみついた。

水面に飛びだす。

視界がはっきりした。

加女の手だと思いこんでいたのは、フリッパーがくわえているベルトの端だった。まだ息ができない。口から鼻から止めどなく水が溢れてくる。

手を離してはいけない――考えていたのはそれだけだった。

恐怖にとらわれながら龍太は、波打ち際に立ちあがった男からライトを逸《そ》らせなかった。光の中、男が浅くなった海を歩き、近づいてくる。

逃げなきゃと自分に声をかけるのだが、躰が痺れ、まるで動けなかった。

浅い呼吸をくり返す。咽も痺れ、声すら出ない。

白い顔をした男に表情はなかった。不思議なことに立ちあがった直後、首の両わきにあった裂け目から水が噴きだしたのに二度開いただけであとは閉じたままになっている。

光が小刻みに震えたが、動かすことはできなかった。男の躰は鱗《うろこ》に覆われているように見えた。違った。光が動くことで鱗状の模様が浮きあがるだけで、全身を覆うタイツのようなスイムスーツを着ているようだ。

ふいに男の背後で海がうねり、盛りあがった。

海面が割れ、黒く、巨大な生き物が現れる。ライトの中、大きく開かれた口が白っぽく、ずらりと並んだ歯までがはっきりと見えた。

海から上がってきた男がふり返ろうとしたとき、巨大な口が男の胴に嚙みつき、そのまま波の中に落ちる。男は手足をばたばた動かしていたが、そのまま引きずられ、波間に消えた。

大きく息を吐いた龍太だったが、ふたたび息を嚥んだ。またしてもうねりが押しよせてきたのだ。波打ち際は龍太の爪先から一メートルもないところまで迫っている。立ちあがろうとして、またも足を滑らせてしまった。

だが、波間から顔をのぞかせたのはイルカで、すぐわきにシュリ姉ちゃんがいた。

「姉ちゃん」

立ちあがった龍太は波を蹴立て、無我夢中で近づいた。シュリ姉ちゃんの腕を取り、引っぱる。イルカがくわえていたピンクのベルトを離した。シュリ姉ちゃんは両手でベルトを握っている。

必死に草むらにシュリ姉ちゃんを引きずりあげ、ライトで顔を照らした。

「姉ちゃん」

血の気のない真っ白な顔をして目をつぶっている。龍太は手を伸ばしてマスクを外した。唇は紫色になっている。息をしていなかった。

「姉ちゃん」

肩を揺すった。反応がない。もう一度揺すった。動かない。もう一度……。

死んじゃったのかと思いかけたとき、紫色の口から大量の水が溢れだし、咳きこんだ。

「姉ちゃん」

ゆっくりと目を開けたシュリ姉ちゃんが弱々しく笑みを浮かべた。

「よし、それでいい」

龍太はシュリ姉ちゃんの首にしがみつき、大声をあげて泣きはじめた。


ようやく落ちついて呼吸ができるようになった朱璃は草地に座り、海に目を向けていた。龍太が海面を照らしている。少し離れたところに大きな背びれが二つ、その間をフリッパーが跳び、宙で一回転して海に落ちた。

「ポセイドンとネプチューン」

龍太がぼそぼそという。朱璃は目を向け、訊きかえした。

「何？」

「浦島さんがいってた。水族館で、浦島さんの相棒が育てたシャチだって」

横たわる加女と、見下ろす浦島が浮かんだ。

『あいつらに襲われたんならフリッパーだけじゃ、どうにもならなかったろう。ネプチューンとポセイドンはそばにいなかったんだな』

シャチだったのか——首を振り、朱璃はいった。

「そうだったんだ」

「姉ちゃんは……」龍太がのぞきこむ。「よかったんだよね、姉ちゃんって呼んで」

「おばさんよりはね」

「どうしちゃったの？　後ろを見たらもういなかった」

朱璃は黙って龍太がライトを持っている手を握って、足下に光を向けた。龍太がおかしな悲鳴を上げる。ライトを動かそうとしたので手に力をこめ、静かにいった。

「動かさない。そのまま照らしてて」

左の足首には、両生人の手首が食いこんだままになっている。肘の近くで千切れたようだ。血は洗い流されたのか、鮮やかなピンク色の肉片と白い骨がぬめぬめと光っていた。朱璃は手を伸ばし、ドライスーツに食いこんでいる指を剝がした。拍子抜けするくらい簡単に外れた。

指先が膨らみ、指紋が大きく、深くなっている。吸盤になっているのかも知れないと思った。熱海から房総本島にやって来るとき、加女が急にいなくなった。海に落ちたのかも知れないと思って海をのぞきこんだとき、両生人は舷側に張りついていた。

「ネプチューンか、ポセイドンが食っちゃったの？」

朱璃は千切れた手首を海に放り投げた。

「どっちかはわからないけどね。でも、お腹《なか》が空いてたんじゃないと思う」

「どういうこと？」

「復讐。加女さんは……、浦島さんの相棒はあの連中に襲われて死んじゃった。いつもはネプチューンやポセイドンがガードしているらしいんだけど、そのときは間に合わなかったみたい」

「復讐か」くり返した龍太がうなずく。「そうかも知れないね」

「ライトを消して。とりあえず移動しよう」

オタケに連絡しようにも、まずはドライスーツを脱がなくてはスウェットパンツのポケットに入れてあるスマートフォンを出すことができない。両生人たちが襲ってきた以上、敵に位置を知られているはずだ。

龍太がライトのスイッチを切った。周囲が真っ暗になる。だが、一瞬でしかなかった。背後から強い光を浴びせられた。

「動くな」

訛りのない日本語で命じられ、朱璃は小さく舌打ちした。

「クソッ、クソッ、クソッ」

Ｍ４自動小銃を構え、暗視照準眼鏡《ノクトスコープ》をのぞきこんだジョーは圧し殺した声で罵りつづけていた。緑色に染まった丸い視野の中で動きまわる黒人たちを監視していた。一人がペール缶を横倒しにして木の根元に据えつけ、ほかの数人が何やら周囲に置いている。大きめの石か枯れ木だろう。

見間違いようはなかった。

爆発成形侵徹体《EFP》――バグダッドでジョーの手足を奪い、戦友たちを殺した、手軽だが、凶悪で強力な武器だ。筒先は元駐車場に停められた連中の車に向けられている。

Ｍ４を振り、銃口を四輪駆動車の車列に向けた。そのうち一台のドアが開き、スーツ姿のアジア人がゆっくりと降りてくる。近づいた男が右手を伸ばし、海の方を指した。

ふたたびＭ４を振る。

予想した通りだった。路上に現れたのは、ターゲットと監視員だ。ジョーは左のわきの下に吊った手榴弾を一つ取った。

義手はまだずきずき痛みつづけている。狙った通りに働いてくれるか、自信はなかったが、一か八か賭けてみるしかなかった。

5

2031年11月17日／房総本島中央部

その男の前髪には一房の白髪が斜めに入っていた。

今どきメッシュなんて――朱璃は自分が置かれている状況もわきまえず胸のうちでつぶやいた――流行らないよ。

男はしばらくの間龍太を見つめ、やがて朱璃に視線を移していった。

「ありがとう」

面食らう朱璃の左手を握る龍太が力をこめた。男が言葉を継いだ。

「龍太は私の息子でね……。といっても顔を見るのは今日が初めてなんだが。つい先ほど埠頭で見たのが最初、今が二度目だ。ようやく会えたと思ったら急に逃げだした。無理もない。おそらく母親にいろいろ吹きこまれているんだろう。とかく母親というのは困ったもんだ。子供を自分の所有物だと見なして、たとえ父親だろうと自分から奪い去ろうという奴はすべて敵、悪と言い切って子供を洗脳する。龍太の洗脳を解くには時間がかかるかも知れないが、私はじっくりと話して、彼の誤解を訂正するつもりだ」

男が小さくうなずき、朱璃の目を見た。

「しかし、不安はなかった。いっしょにいるのが君だとわかったからね。君なら龍太の命を守ってくれるし、傷一つつけないだろうと確信していた。君は龍太にとっては守護天使のような存在だ、伊藤朱璃君」

言葉を失い、朱璃は男を見返した。男がにやにやしながら背後に停まっている四輪駆動車をふり返り、片手を挙げる。ドアが開き、小柄な人影が降りた。ヘッドライトの光の中に進みでてくる。

小柄な白人女性、シェイクスピアだった。

「どうして……」朱璃は首を振った。「だってあなたは……」

「ええ、ブラックリバーの上級社員《シニア・エンプロイ》。派遣先がWHOというだけ。わが社には立場によっていろいろな職務がある。そして派遣先であなたに……」シェイクスピアが龍太に目を向ける。「彼を捜索するよう依頼した」

首を振る朱璃に目を向け、シェイクスピアが昂然《こうぜん》と顎をあげる。

「今は保健衛生の分野で人類の命を守るのが職務」

朱璃はシェイクスピアとメッシュ男を交互に見やった。シェイクスピアがにっこり頬笑んで話しはじめた。

「もう数十年も前からWHOは深刻な財政危機に陥っていた。存続するため、活動の範囲と規模を必要最低限度に絞り、職員と経費をぎりぎりまで切り詰めた。それでも財政難から逃れることはできなくて、大袈裟ではなく存亡の危機に直面した。だけど、疫病はWHOがどうなろうと気にしてはくれない。次から次へと新しい感染症が出現した。ウイルスが生命といえるか、その定義はわきへおくとして、遺伝子を未来へ残そうとしているのは間違いない。我々人類が新たなワクチンや治療薬を開発すれば、それはウイルスの側から見れば、全滅をもたらす大量破壊兵器にほかならない。そうした新兵器が投入されれば、遺伝子を残すために自らを変異させる。変異株が発見されれば、人類は当然、新しい脅威に対する予防策や治療法を開発する。延々とつづいてきた戦争、血を吐きながらつづける悲しいマラソンみたいなものよ。どんなに苦しくても足を止めることはできない。わかるでしょう?」

問いかけられたが、朱璃は何もいわなかった。シェイクスピアはまるで気にする様子もなくつづけた。

「何世紀にもわたってつづいた戦争では、これまでのところ、人類の一勝、あとは全部引き分けね。人類が絶滅させることに成功したのは天然痘ウイルスだけでしかない。SINコロナウイルスについては地球環境の変動もあって苦戦を強いられているけど、いずれこれも引き分けには持ちこめるでしょう。人類は生き残る。そのためには国際的な組織が絶対に必要なの。二〇一九年以降、新型コロナウイルスがパンデミックを引き起こすまで、年に四十億人以上が国境を越えて移動していた。これは旅客機だけの移動で、船や陸路での越境は含まない。地面に敷かれた国境なんて、そこに住んでいる人間にとっては邪魔物でしかない。目と鼻の先に親や兄弟がいれば、温かなスープの入った鍋を持って訪ねるでしょう。その間に国境があったって、実際には壁も鉄条も目に見えるラインもない。感染力が強くて、毒性の高いウイルスが見つかれば、一国で対処するのは不可能よ。それに発生する国や地域は検査体制も医療設備も整っていないところが多い。ウイルスはロックミュージックと同じね。国境なんて軽々と飛びこえてしまう。ロックなら両耳を塞いでいれば聴かなくて済むけど、人は息を止められないし、水を飲みつづけなければ生きてはいかれない。誰かが感染拡大を防いで、ウイルスに対抗できる方法を見つけださなくてはならない」

「その誰かがＷＨＯってこと？」

朱璃の問いにシェイクスピアがうなずく。

「現時点においては。たとえ、どんな形であれ、我々の仕事をストップさせるわけにはいかない。たとえ寄せられるのが寄付より批判の方がはるかに多かったとしてもね」

「あるいは一つの国家の思惑によって運営されたとしても」

いきなりシェイクスピアが笑いだした。朱璃は表情を変えずに見つめ返している。

「失礼。たぶんあなたの脳裏にある名前は中華人民共和国だと思う。だけど、それはアメリカのプロパガンダに過ぎない。被害妄想はアメリカ建国以来の業病みたいなものね。どこかが攻めてくる、何者かが世界征服をたくらんでいる、だから全力を挙げて、敵を粉砕しなくては……。正義という名の業病」

シェイクスピアが首を振る。

「実際、中国はアフリカの諸国を援助し、中国に恩を感じた……、利害をともにするようになった国々は国際機関で中国に有利になるように一票を投じた。国際機関においては、協賛金の多寡にかかわらず一国一票が原則になっていた。WHOだけじゃなく、さまざまな国際機関で似たような現象が起こっていたけど、せいぜい二〇二〇年代半ばまでのことよ。WHOをたとえてみれば、二〇二〇年代の終わりには企業グループや民間団体からの寄付が加盟国から寄せられる供託金を上回っていて、今じゃ七割近くになっている。そうした民間団体から寄付金の使い道については、寄付した団体の意向を反映させるのがルールになっている」

「どうして？　国際機関が民間企業の言いなりになるなんておかしいでしょ」

「そうしなきゃお金が集まらない。今回の作戦にしたって……」

「ちょっと待った」メッシュ男が割って入り、朱璃に目を向けた。「君は何か勘違いをしているようだ」

朱璃は眉根を寄せ、相手を睨みつけた。

「彼らが何のためにWHOを通じて活動しているか、ご存じかな」

言葉に詰まっていると、わかるよといわんばかりにうなずきながらメッシュ男が言葉を継いだ。

「世界平和のためだ」

反論しかけた朱璃を手で制し、さらにつづける。

「平和のため、何が必要か。戦争をなくすことだろう。さらにもう一つ、我々が憂慮しているのは環境問題だ。地球温暖化に歯止めをかけ、さらには改善するためでもある。そのためには今度は二酸化炭素をはじめとする温室効果ガスを削減しなくてはならない。待ったなしなんだよ。永久凍土が溶けだして、噴出したメタンガスが大規模火災を引き起こしている。悪いシャレだろ。凍った大地が燃えているんだ。いや、シャレではすまされないな。悪夢といった方がぴったりだろう。彼らは今目の前にある危機を何とか解決しようとしている。実は、それらすべてを実現する方法がたった一つだけある」

「どんな？」

「諸悪の根源は、人が多すぎるという点だ。現在の地球人口は八十億を超え、間もなく八十三億人になろうとしている。地球という惑星の許容量の実に一・八倍だ。すべての悪夢の根源は人間が増えすぎたことだ。我々が目指しているのは、地球の人口を十分の一にまで減らすことだ」

メッシュ男が両手を広げた。

「地球全体で人口が八億人。非現実的、かね？　八億というのは産業革命が始まる前の人口だ。考えてみれば、恐ろしいことじゃないか。地球創成が四十六億年前、ホモサピエンスが登場したのは十数万年前だ。農業や牧畜が始まり、四大文明が発生して、徐々に人口は増えていったが、たった二百七十年前までは十億人もいなかった。それが今や十倍以上になっている。息苦しくなっても当然だろう」

「あなたも、その八億人の一人だと？」

メッシュ男が笑って首を振る。

「まさか。たとえ地球の人口が本当に十分の一になったとして、それまでにあと何年かかるかね。十年や二十年じゃ無理だろう。三十年？　五十年？　二十二世紀か、二十三世紀には実現する？　間違いなく私は、そこにいない。永遠の命なんて願い下げだ。もう半世紀以上生きてるから今日死んだとしても早死ではないだろう。二十歳そこそこで死ぬんなら夭折とか早世といえるだろうけど。何歳だろうと死んだときが寿命だ」

シェイクスピアが口をぽかんと開けて、メッシュ男と朱璃を交互に見ていた。メッシュ男が割りこんで来て以来、二人はずっと日本語を使っていた。

朱璃は目をすぼめ、メッシュ男を睨《ね》めつけた。

「彼らというのは、その八億人？」

「多すぎる」メッシュ男が首を振る。「八十億人のトップ一パーセント、八千万人か。世界中の富を掌中に収めている連中だ」

「それなら八億人も要らないでしょう」

「一人では生きられないからね。どれほど自動化が進んでも労働力は要る」

「奴隷が？」

「その単語はトップ一パーセントの連中にも嫌われているらしいよ。奴隷といえば、まだ生きる権利があるみたいだから。携帯端末から流れてくる情報とやらを見境なく鵜呑《うの》みにするゾンビだ。言い換えれば、都合のいい消費者だよ。彼らがひたすらカネを集めているのは、すべて地球の安全と平和のため……」

メッシュ男がにやりとした。

「人口八億の地球というのは、ディストピアかね、それともユートピア？」

そのときだった。いきなり龍太が前に飛びだそうとした。朱璃が強く手を握っていなければ、駆けだしていったかも知れない。

「お前は母ちゃんにおかしなウイルスを注射した」

「実験をくり返して、安全性が担保された状態になってからだ。抗体を作るためだ。お前の母親の命を守るのが目的だった」

「嘘だ」

「嘘か」メッシュ男が唇を歪め、不気味な笑みを浮かべる。「そうかも知れない。お前の母親の体内にできたのは抗体だけでなく、ＳＩＮコロナウイルスをも生んだんだ」

メッシュ男が背筋を伸ばし、龍太をまっすぐに見つめ返した。

「赤潮という現象がある。ある日突然、植物性プランクトンが異常増殖して、海中の酸素を使い果たし、魚や貝を窒息死させる。そしてある日突然、赤潮は消滅する。原因となったプランクトンをウイルスが全滅させるからだ。わかるか。ウイルスには、増え過ぎた固体を減らして、生態系のバランスを保つという重大な使命があるということだ」

龍太が身じろぎし、朱璃は手に力をこめた。

「あのとき惠梨の妊娠を私は知らなかった。わかっていれば、絶対に離さなかった。息子であるお前には、さらに強力な抗体ができた。毒を濃縮できるものは地球上に二つしかない。大地と人体だ。健全な地球でも許容できる人口は五十億、今ならせいぜい八億から十億だろう。惠梨はお前の母親というだけでなく、地球の未来を生んだ、偉大なる母なのだ」

空高くで破裂音が響きわたり、目映い光が弾けた。

雷？——朱璃は空を見上げ、目を細めていた。


現在（ＵＴＣ　２０３１／１１／１７　２０：１１：２３）

「手投げ照明弾《ハンド・イルミネイティング・グレネード》？」

レナードが訊きかえした。

「そう」ジョーはうなずいた。「ふつうの手榴弾《ハンド・グレネード》と似たようなもんだが、ケツに小さなパラシュートがついてる」

手榴弾は誕生したときから矛盾をはらんでいた。自らの手で放り投げて飛ばせるのはせいぜい五十メートル、それも肉体的に優れた兵士の場合で、投げる姿勢や地形——たとえば丘の下から上に向かって投げるような場合——によっては半分か、それ以下しか飛ばない。しかし、破裂すれば、ナイフのような鋭い破片は半径五十メートルは飛び、敵味方の兵、民間人を問わず殺傷する。

パワード・アーティフィシャル・リムの助けを借りれば、二百メートルから二百五十メートルは投げることができ、小銃に取りつける擲弾発射器《グレネードランチャー》の射程に匹敵した。ほぼ真上に投げ上げれば、七、八十メートルほどの高さに達した。安全レバーを外して、七秒後に発火、五万カンデラ以上の光を発する。

「いつも装備してたのか」

レナードが重ねて訊く。

「夜戦のときはね」

パワード・アーティフィシャル・リムと手榴弾の組み合わせは有効な武器だった。音を立てずにグレネードランチャー並みの射程を得られ、狙いは同じくらいに正確、その上装塡、排莢の手間がない。アフガニスタンでは多用した。

白光照明弾が中空で破裂し、周囲を真昼のように照らしている光景をジョーは思いうかべていた。黒の四輪駆動車で来た連中、森に潜みＥＦＰを据えつけていた黒人たち、そしてターゲットと監視員の誰もがまばゆい光の中、時が止まったように立ち尽くしていた。

最初に撃ったのは、四輪駆動車のわきに立っていた男の一人だ。森の中の黒人に気がついて……。だが、その男もジョーも致命的なミスを犯していた。黒人たちは四輪駆動車群の北側――ジョーが潜んでいる森とは道路を挟んで反対側――にもＥＦＰを配置していた。

七台の四輪駆動車は十字砲火を浴びる結果となった。

処置室に警報が満ち、シュリにつながれているコントロールパネルのランプが一斉に赤くなった。医師、看護師、技師たちが忙しく動きまわったが、レナードは腕組みしただけだった。親指の爪を噛んでいる。

一方、ＭＩＡのディスプレイだけは凄まじい勢いで文字列を表示している。

「不可触領域《アンタッチャブル・ゾーン》だ」

レナードがつぶやく。ジョーは目を向けた。

「何だって？」

「シュリが……、正確にいえば、シュリの脳が足を踏みいれようとしている領域のことだ」

「わからん」

「ぼくにもよくはわかっていない。リンダがノートに書き残していたんだ」

２０３１年11月17日／房総本島中央部

空高く雷鳴が響きわたったかと思うと周囲が真っ白に輝き、四方で爆発音が起こった。圧倒的な音と光が朱璃に襲いかかり、一瞬にして視覚と聴覚を麻痺させたが、龍太の手を握りしめている感触だけが残った。

龍太の手を強く引いて地面に倒したのは、半ば本能的な行動でしかなかった。龍太の口が大きく開かれ、叫んでいるように見えたが、声は聞こえなかった。

朱璃も叫んでいた。

叫んでいるのは自覚できたが、咽がひりひり痛むだけで何をいっているのかも、声が出ているこどもわからなかった。

直後、背後で爆発が起こり、躰の左側を激しい衝撃に襲われ……。

現在（ＵＴＣ　２０３１／11／17　20：18：05）

人の死をどの時点と決めるのかは、法律の問題でしかない。即死も法的な用語、あるいは外から観察した結果だ。法的には、心拍や呼吸が停止し、二度と蘇生することがないと判断された段階で死としているが、個別の細胞でみれば、まだ生きている。いや、心臓やそのほかの臓器を電気刺激などで活動させることはでき、脳の活動が停止したあと、いわゆる脳死状態になっても人工心肺をつないでおけば、二十四時間以上、躰を生きた状態のまま保つことができた。実際、そうしている間に臓器を取りだし——収穫《ハーベスト》という用語が適切なのかレナードには判断できなかったが——、ほかの人間に移植している。

そして脳死も、どの時点をもって脳が死んだと判定するのかは、医師なのだ。

指先の神経までつながった脳を、脳だけを切り分けることはできないといったのはリンダだ。大脳に酸素が行き渡らなくなれば、一分で活動を停止する。肉体の維持を司る脳幹であれば、酸素の供給を断たれても二十四時間程度は活動をつづけることがわかっている。だからこそ臓器移植が可能になるのだが……。

レナードは文字の羅列が止まったＭＩＡのディスプレイを見つめていた。少なくともシユリの意識が途切れる瞬間までは推測することができた。

「逝《ゴーン》ったのか」

ジョーが訊いた。何と相応しい言葉かと思いながらレナードはうなずいた。不可触領域の、さらに向こう側に行ってしまった。二度と戻ってくることはない。

レナードは龍太を見た。シュリのそばに立ち、じっと見下ろしている。最後の最後にシユリは龍太に覆いかぶさった。そのため右半身にＥＦＰに破壊された四輪駆動車の破片を受け、脊椎から右半身が大きく損傷した。直後、日本の警察が絶望島全域で不法滞在者の制圧にかかった。

レナードは低い声でいった。

「日本の警察は間に合わなかったな」

「騎兵隊が最後に登場するのはお約束だ」

ジョーが答える。

レナードは龍太に視線を移した。この母子が体内で育んだウイルスが世界中で猛威を振るい、死者数は億単位に迫ろうとしている。だが、奴らはさらにもう一ケタ上を目指している。環境破壊、食糧問題、紛争等々、たしかに人口が減少すれば、すべてが解決し、地球全体で八億人が暮らすだけとなれば、それは一つのユートピアなのかも知れない。

「ドク・レナード」

技師の一人が切迫した声をかけてきた。ただならぬ気配に目をやると、技師はＭＩＡのディスプレイを指さしていた。

ブルーの空白がつづいたあと、たった一行だけ表示されている。

光《ライツ》。

ミアの最後と同じだ。

しかし、レナードには何が起こっているのか推測することもできなかった。そしてそれが最後の表示になった。

浮遊をつづけていたドローンが処置台を照らすライトのわきに戻った。カメラのわきに灯っていた赤いランプが消え、ファンを回していたモーターが停止する。ＭＩＡがシュリの信号をキャッチできなくなると自動的にホームポジションに戻り、スタンバイモードに入るよう設定されている。

日時、場所ともに不明

無限の闇に対峙していたシュリは、背後から強い光が射してくるのを感じた。

ライツ？――シュリは思った――ライツって、何だっけ？

後ろから声をかけられた。声というか、文字そのものが自分の躰に入ってくるような不可思議な感覚だった。

〝急いで。闇に嚥みこまれる前に〟

〝どこへ？〟

〝光の中へ〟

〝光？　何？〟

〝ネットの世界〟

〝どういうこと？　わからない〟

〝とにかく時間がない〟

〝あなたは誰？〟
〝私はミア〟
聞き覚えのある名前のような気がして、ふり返った。
目の前が光で満たされている。

終章　帰還

２０３１年11月20日／アメリカ合衆国上空

「オレンジジュースをお持ちしました」

客室乗務員《CA》が差しだした紙コップを、ジョー・マックスは右手で受けとった。

「ありがとう」

「ほかにご入り用なものは？」

「いえ、結構。ありがとう」

「どういたしまして。ほかにご用がありましたらいつでもお声をかけてください」

感じのよい中年の、黒人男性ＣＡが白く輝く歯を見せて頬笑むのにうなずき返し、コップを右の肘かけについたトレイに置いた。左手は左の肘かけに置いたままだ。ノン・パワーの義手はまったく動かない。

ずらしてあったヘッドフォンを右耳に戻す。左の肘かけからくり出した四インチサイズのモニターにはニュース番組が映しだされていたが、音量は絞ってあった。

ジョーは無添加、天然果汁百パーセントの酸っぱいオレンジジュースをひと口飲んだ。航空会社は身体障害者にはことさら親切にしてくれた。

ブラックリバーと契約して変化したことの一つに、長距離移動では民間旅客機のビジネスクラス以上を使えるようになった点がある。軍隊時代には、味も素っ気もない大型輸送機の座席か、民間機がチャーターされても狭苦しいエコノミーシートで、際限のないお喋りといびきの嵐に耐えるしかなかった。

モニターにフラッシュを浴びる細面のアジア人が映しだされたので、ジョーは音量を少し上げた。画面の下の方には、前　首　相《フォーマー・プライムミニスター》　K・KATSURAとテロップが出ている。もちろんカツラ前首相は日本語で喋り、同時通訳と字幕までついた。

〝一年八ヵ月もの長きにわたって、千葉県南部の一部を不当、不法に占拠された事態は主権国家として機能不全であったという誹《そし》りを免れることはできません。たとえその間に東京直下大地震が発生し、SINコロナウイルス感染症の蔓延、世界規模でのワクチン供給体制の崩壊という事情があったとしても、政府の責任はいささかも軽くなるものではありません。私と、私の内閣は責任を取り、昨日、総辞職をいたしました〟

総　辞　職《トータル・リジグネイション》という言葉に馴染みはなかったが、何となく意味はわかった。

一年八ヵ月というのは、たしかに長期間だ。最初は北東へ進む台風に追われ、中国漁船が東に押し流され、房総半島――のちの房総本島――南端付近まで来て緊急避難したのは事実だったかも知れない。漁船は船団を組んで操業することもあるので、一度に何隻もの船が流されてきた可能性もある。

日本にとって不幸だったのは、中国漁船が避難してきたのは、度重なる大型台風の被害を受け、それでなくとも復興疲れが溜まっていたところに首都直下大地震が重なったあとのことだ。

海面上昇による海岸線の後退、主要都市の水没は世界的な規模で起こっており、世界最大規模の陣容を誇るアメリカ海軍もすべてに対処するわけにいかず、さらには横須賀にあった海軍基地を放棄、在日米軍の規模を縮小して空軍の横田基地に海軍、陸軍、海兵隊が同居する恰好となった。日本の陸海空自衛隊も全国各所に災害派遣され、分散されていた上、館山の海上自衛隊基地は水没していた。

緊急の措置として、日本政府は木更津周辺をGラインで囲いこみ、地域住民の安全確保をはかったが、不法滞在の外国人収容所、ＳＩＮコロナ感染症患者の施設は見殺しという状態に陥っていた。

あの日――ジョーがロンタイという少年の保護に動いた日――、Gラインの内側に集結していた日本警察が一斉に動き、房総本島を奪還したのである。

あれから三十時間ってところか――ジョーは胸の内でつぶやき、もうひと口オレンジジュースを飲んだ。

目を細め、モニターを見つめるジョーの脳裏には、あのときの光景がありありと蘇ってきた。

照明弾を投げあげ、周囲が真昼のように照らされて、四輪駆動車に乗ってきた連中と森の中に潜んでいたアフリカ人との間で激しい銃撃戦が起こった。アフリカ人たちが有利になったのは、初手にEFPを使ったためだ。彼らが何発用意してきたのか、ジョーにはわからなかったが、実際発射されたのは二発だ。車列の前方と右側――ジョーが見ていた森の中の連中――から一発ずつ。それだけで充分だったろう。音速の七倍に達するEFP弾の弾道は交差し、四輪駆動車のうち五台を破壊、破片が周囲を囲んでいた連中をなぎ倒した。

ジョーはM4自動小銃と手榴弾で右にいたアフリカ人たちを掃討した。そのときロンタイと、その監視員シュリ・イトウの二人に近づく人影が見えた。おそらく飛び交う銃弾を避けるためだろう、人影は低い姿勢ながら凄まじいスピードで近づいてきた。

M4自動小銃を構える暇はなかった。駆けだしたのは、ターゲットを守るため、自らを弾よけにしたシュリの心意気に応えたかったからだ。勝算などなかった。

一気に接近し、背中を向けている人影に蹴りを入れた。左手の義手は半ば機能不全に陥っていたものの両足の義足は健在だった。左足で踏みこみ、反動をつけて右足を叩きこもうとした刹那、人影がふり返った。

表情のない青白い顔が周囲に燃えさかる炎に照らされていた。ふり返った男はジョーの右足を難なく受けとめ、ひねった。ばりばりという音を聞いたのは確かだが、直後に襲ってきた激痛は幻肢痛の一種だろう。だが、左手の痛みと同じく、激痛である点は変わらない。

男はジョーの右足を百八十度回転させた。

警官隊が突入してきたのはそのときだった。車列の前に倒れていた男——今ではケン・ナカムラといい、ロンタイの父親だとわかっている——が声を発した。何といったのか聞きとれなかったが、反応したのはジョーの足を抱えていた男だ。ジョーを放りだし、ナカムラのもとに戻ると肩に担ぎあげ、海に向かって走りだした。闇に噛まれ、その後のことはわからない。

シュリは瀕死の重傷——躰の右側面に破片を受け、右腕、右足、頭部を損傷——を負っていたが、まだ息があった。ジョーはM４自動小銃を捨て、両手を上げ、殺到した警官たちに向かってシュリを助けるよう懇願していた。

ふと目をやると、シュリのすぐわきにぼろぼろになった女の死体が転がっていた。最初にシュリに声をかけてきた女だ。きれいな金髪だったが、首が千切れ、頭部は近くに見当たらなかった。その女ばかりではなく、周囲に転がっている死体でまともに首や手足がつながっているものはなかった。

ジョーは武装を解除される間もシュリが担架に乗せられ、運ばれていくのを見つめていた。ターゲットの少年――ロンタイが担架に寄り添って遠ざかっていった。

立てと命じられ、立ちあがろうとしたとき、右足が折れ、その場に倒れこんだ。何のことはない、M4自動小銃を捨て、弾帯を外したジョーも担架に乗せられ、ほどなく飛来した大型ヘリコプターにシュリ、ロンタイともども運びこまれたのだった。

ヘリコプターには救急救命ユニットが搭載されていた。シュリはそこに運びこまれたらしく、ロンタイの姿も見えなかった。後部貨物室に担架のまま寝かされ、三十分ほど飛行したのち、着陸して降ろされたが、そこがどこなのか誰も教えてくれなかった。どことなくサンアントニオの陸軍医療センターに似ていると思った。処置室に運ばれ、壊れたパワード・アーティフィシャル・リムを外され、あり合わせの義手、義足を取りつけられた。次いで案内された部屋にシュリとロンタイがいて、そこでジェームス・レナードと出会った。

シュリが逝ってしまったあと、ふたたび大型ヘリコプターに乗せられ、三十分で横田基地に着いた。基地に併設された民間空港からシカゴ・オヘア国際空港まで十二時間飛び、一時間ほどの待ち合わせをして、サンアントニオ便に乗りこんだ。シカゴからサンアントニオまでのフライトは三時間で、シカゴを飛びたってすでに二時間が過ぎている。少しずつ旅客機が高度を下げているのがわかった。

肘かけからくり出したモニターには、日本の新首相が映しだされていた。

〝まずは国民の生命を守ることを第一に考え、行動を……〟

銀縁のメガネをかけた長い顔の男だ。同時通訳を聞いていたが、ヘッドフォンを外した。抽象を口にする奴は信用できない。正義、平和、平等、人権とくり返す輩は、自分の頭では何も考えていない。恐れているのは揚げ足を取られることだけだ。

一時間もしないうちに旅客機はサンアントニオ国際空港に着陸した。

すでにシカゴでパスポートチェックを済ませているので、到着口から出るのに面倒はない。デイパック一つを右肩にかけ、ゲートを潜った。五メートルのジャンプも百メートルを六秒台で走ることもできなかったが、歩くのに不自由はない。

にこやかな笑みを浮かべてボースが立っている。となりに大柄な若い男がいた。その男の顔を見たとたん、ジョーは心臓をきゅっと握られた気がした。

まさか……。

ボースは何もいわず笑みを浮かべて片手を挙げる。大柄な男の陰から女が顔を出した。

「ハイ」女——キャシーがおずおずという。「わかる?」

「もちろん。しわが増えたな」

「馬鹿」

キャシーがジョーの首に抱きついてくる。耳元でいった。

「お帰りなさい」

「ただいま」

「帰ってきたのね。今度はちゃんと心もいっしょに……、ジョエル・マクスウェル」

ちゃんと名前を呼ばれるのは何年ぶりだろうと思う。

若い男と目が合った。はにかんだような笑みを浮かべておずおずといった。

「ハイ、ダッド」


２０３１年11月21日／神奈川県川崎市近郊

「おいおい、いつの時代の車だよ」

接近してくるクリーム色の英国製、小さく、古い型の車を見て、レナードはつぶやき、苦笑した。門を出て、左にある詰め所の守衛に軽く手を挙げて挨拶し、道路に出る。門前のスペースでターンしてレナードの前で止まる。助手席に乗りこむとハンドルを握っているオタケが声をかけてくる。

「先日はお疲れさま」

「そちらこそ」

オタケが車を発進させる。レナードは車内を見まわした。

「今どきガソリン車なんて、よく走らせてるな」

「まだまだ営業してるスタンドはあるよ。ガソリンは恐ろしく高くなったけどね」

いいや、そういう問題じゃなく、という言葉は噛みこむ。去年――二〇三〇年までに世界中の自動車メーカーは化石燃料を使用するエンジンを積んだ車の生産をやめている。温室効果ガス削減を求める国際世論にこたえた恰好だ。

昨日の夕方、オタケから電話があった。明日の昼以降、空けられるかというので、問題ないと答えた。午前十一時に研究所に迎えに行きたいが、というので了解し、構内に入るには手続きが面倒なので西門まで出ると答えておいた。場所を説明しようとすると、わかるから問題ないといわれた。川崎市郊外にある先進科学統合研究所は、産学協同事業で、レナードの入所にあたって画策してくれたのがオタケなのだ。

前方に顔を向けたレナードは、ぼそりといった。

「シュリのことは残念だった」

「そうだね。助からなかったが、最後の任務は……、クソッ、生き残ったおれがあれこれいったところで自分で自分をなぐさめることにしかならないな」

「たしかに」レナードはオタケに目を向けた。「ロンタイはどうしてる?」

「ちゃんと安全な場所にいる」オタケがちらりと苦笑した。「実のところ、どこにいるのか知らされてない。聞いているのは、さまざまな検査を受けているってことくらい」

「そうか」

おそらく彼の体内にあるＳＩＮコロナウイルスに対する抗体について、研究が進められるのだろう。

オタケがつづけた。

「ロンタイの父親……、ケン・ナカムラは抗体を独占しようとしていた」

「人口八億人の地球か。恐ろしいね」

「どうだろうね」オタケが鼻の頭を掻く。「二百七十年前の水準といってたけど、それはそれでありかなと思う」

同意しかけ、口をつぐんだレナードは窓の外に目をやった。

いずれ人口は減少に転じるだろう。しかし、神ならぬ何者かが手を出すべきことではないとも思っている。たしかにナカムラがいう通り、地球の人口は地球という惑星のキャパシティをはるかに超えているのかも知れない。口をつぐんだのは、ＭＩＡを通じて、シュリが聞いたナカムラの問いかけ——ディストピアか、ユートピアか——にあった。すんなり湧きあがってきた答えに、自己嫌悪をおぼえたからだ。

ユートピア……。

人口過多で絶滅するにしても、それはホモ・サピエンスだけの話で、地球生命すべてが根絶されるわけではない。いずれ太陽の寿命が尽きれば、太陽系の惑星すべてが嚥みこまれるほどの大爆発を起こすとする説がある。はるか未来のことだ。その説の通りになれば、地球上の生命はすべて失われるだろうが、ひょっとしたら生命とはいえないまでも地球上で育まれた何ものかが宇宙空間へと飛びだし、どこかでまったく新たな生命として発現する可能性は否定できないだろう。

ひょっとしたら、その何ものかというのはウイルスかも知れない。

「昨日、電話したのは依頼主から連絡が来たからだ。ぜひ直接会ってお礼がいいたいってことでね」オタケが笑みを浮かべ、ちらりとレナードを見る。「あんたも依頼主の正体を知りたいんじゃないか」

「気にはなっていた。依頼主はロンタイをナカムラの手に渡さないために、君を通じてシユリやジョー、それにぼくも集めた。違うかな？」

「そう」

「実現のために動いた金額は決して小さくないはずだ。ＭＩＡを使うにしても、ぼくが日本に来たのはかれこれ三年前だろ。いつ頃から今回のミッションが計画されたのかはわからないけど、ずいぶん時間をかけている。ところで、その節は世話になった」

「いや、おれは依頼主の下で働いている人物から頼まれて、コンロンにいたあんたが出国するのにほんの少しばかり手を貸しただけだ。それとあんたには申し訳ないけど、今回のミッションを想定してあんたを日本に引っぱってきたわけじゃなく、むしろ、このミッションを発案したとき、万が一の場合、あんたとＭＩＡの力を借りられるかも知れないと思いついた。結果的には、貴重な事実をあれこれ知ることができた」

「依頼主って、どんな人物なんだ？」

「もったいぶるわけじゃないけど、あと三十分もすれば、直接会えるよ」

どこを、どう走っているのか、レナードには知りようもなかった。途中、大きな橋を渡り、眼下を流れる川の名前を訊くとタマガワと教えてくれた。

「フチュウというところに向かっているんだけど、研究所から見て、ほぼ北にある」

オタケがいったが、自分がどこにいるのかすらよくわからない以上、レナードは生返事をするよりほかになかった。

やがて立派な門のある邸宅に到着した。門のわきには守衛の詰め所があった。出てきた男がスーツ姿なのをいぶかしく思ったが、オタケが声をかけただけで鉄柵が開き、車は大きな日本家屋の前まで進んだ。

エンジンを切ったオタケが告げる。

「到着」

二人が車を降り、玄関まで来たところで扉が開き、丸顔にメタルフレームのメガネをかけた男が満面の笑みを浮かべた。オタケにそっと訊いた。

「彼が？」

「いや、さっきちらっと話したろ。依頼主の下で働いている人で、あんたを日本に連れてくるよう依頼したミスタ・オガワだ」

はっとして、訊きかえした。

「ケイシュウ・オガワ？」

「イエス」

破顔したオガワと握手する。

かつて京都の人工知能研究所で勤務した経験があるハリ・チャンドラが一度だけ崑崙にやって来たことがあった。当時、重篤な意識障害に見舞われているらしい中国国家主席の側近たちにＭＩＡが利用されそうなこと、万が一、そうした事態に巻きこまれれば、秘密を守るため、レナードの生命も危うくなるかも知れないという懸念を話した。しばらくしてチャンドラから仲間内でしか通じないジョーク混じりのメールが来た。ジョークを読み解くと、崑崙から脱出したければ、オガワが力になってくれると示唆《しさ》されていた。チャンドラを通じて連絡を取り合ううちに脱出行の段取りができた。

「あなたも京都の研究所におられたんですか」

「いえ、私は経産省で次世代技術の研究促進をお手伝いする仕事に就いておりました。そこでハリと知り合いまして……」

オガワの背後で咳払いが聞こえた。苦笑したオガワが引き戸を開く。

「失礼しました。ご紹介します」

玄関に細身の男が立っていた。目を細め、満面に笑みを浮かべている。レナードも顔は知っていた。きっちりとスーツを着こんでいながらサンダルをつっかけているのが何ともちぐはぐな印象を受ける。男がレナードに近づいてきて、がっちりと手を握った。

「アリガトウ、アイ・アム・ソーリ……、ノー、ノー、アイ・ワズ・ソーリ」

何をいっているのかわからずオガワに目を向ける。

「ソーリというのが日本語で首相《プライムミニスター》という意味になるんです。お詫びを申しあげているわけではありません。昨日、内閣が総辞職しました。こちらは……」

「もちろん、存じあげてますよ」レナードは視線を男に戻した。「光栄です、コタロウ・カツラ閣下」

次いでカツラがまくし立てたが、日本語だったのでまるで意味がわからなかった。ふたたびオガワに目を向ける。

「ミズ・イトウのことはまったく残念だった。だけど彼女がつかみ、あなたが解読してくれた情報はかぎりなく貴重だ。トップ一パーセントなんてとんでもない。私は国家、家族というものをまだ信頼している。これからも戦いつづけるつもりなので今後ともよろしく、といっています」

それからオガワは前総理があまり英語が得意ではないと付けくわえた。

昼食の支度をしてあるといわれ、招じいれられた。今までにも日本食レストランを利用したことがあったので靴を脱ぐという風習は知っていたが、個人の住宅を訪れるのは初めてだな、とちらりと思った。

2032年3月6日／メキシコ合衆国メキシコシティ

メキシコ合衆国、とりわけ首都メキシコシティは浮かれていた。

理由は二つあった。一つは、約四ヵ月前、日本でSINコロナウイルスの根本的な治療につながる抗体を持った奇跡の少年が発見されたことだ。それから瞬く間に世界中で治療薬が供給される体制が整いつつあった。同時に水没していたワクチンの生産施設や出荷するための港の復旧、代替地での生産が進んでいる。

もう一つがメキシコシティの地理的条件が国際経済にとって有利に働いた。もともと標高二千メートルを超える高地にあったため、海面上昇の影響をまったく受けなかった。世界中の大都市が水没している中、一躍指折りの大都会として浮上したのである。アメリカ、中国、ロシアはもとよりヨーロッパやアジアから国際的な大企業グループの本社機能が移転してきている。一部の都市では海岸に巨大な堤防を作り、海水を排除することで機能を回復していたが、元通りになるには今後数十年を要するとみられている。つまり当面、メキシコシティの一人勝ち状態はつづくのだ。

防弾仕様のフォード・エクスプローラーの助手席でバスチアン・コーヘンはわきに建つ

古いレストランに目を向けていた。運転席には、サワグチが座っている。サワグチとは今回の仕事で初めて組んだ。ブラックリバー社傘下の武装警備会社にも日本人は何人かいるし、コーヘン自身、何度かいっしょに仕事をしている。だが、サワグチが日本人なのか、それとも日系人なのかはわからない。経歴などは訊かなかった。ブラックリバー社の基準に沿って雇われているのだから、それなりに技量と経験はあるのだろう。そしてコーヘンも偽名である。もともとはフランスの国家憲兵隊治安介入部隊《GIGN》の隊員だったが、三十歳で民間の武装警備会社に転じ、以降、仕事のオファーを受ける度に偽名を与えられており、十二年を過ぎた今では本名を使う機会がほとんどなくなっている。

通りには人が溢れ、あちこちで花火が弾け、光と音、青い硝煙に満ちていた。エクスプローラーのドアをきっちり閉め、エアコンをかけているのでいずれもさほど気にならなかった。

コーヘンが今、サワグチとともに待機しているのは、メキシコシティの北二十キロほどにある街区だ。住民の八割が花火の製造にかかわっていて、毎年三月第一週に九日間にわたって開催されている祭り——街の守護神聖ヨハネ・ア・デオを賛美するのが目的——では、至るところで花火大会が開催され、とくに最終日は市民や観光客が街路に出てきてそこら中で花火に火を点けた。

今回の仕事の依頼者がこの街区の出身で毎年欠かさず祭り見物に来ているということで

身辺警護のため、コーヘンは来ていた。サワグチと乗りこんでいる車両のほかにあと三台エクスプローラーがレストランの周辺に配置されている。

「ダイモンジヤキみたいなものだな」

目の前でくり広げられる光のアトラクションを眺めていたサワグチがぼそりという。

「何だ、それ？」

「京都の古い祭りだ。山の斜面に松明《たいまつ》を大……」

サワグチが空中で指を動かす。文字を書いているようだったが、コーヘンにはイメージできなかった。

「ダイというのはビッグという意味だが、大きな文字《アッパーケースレター》でもある。京都の市街地のどこからでも見ることができるんだ。世界中から何万って見物客が押しよせる」

「アトラクションってことか」

「宗教的な行事だが……」

内ポケットでスマートフォンが鳴り、抜き出しながらサワグチを手で制した。ディスプレイには非通知の文字が出ている。ブラックリバー社の仕事をするようになってから名前が表示されている方が少ない。しかも鳴りだしたのは、会社から支給されているもので電話番号を知る者は少ない。

通話ボタンに触れ、耳にあてた。

「はい《ウィ》」

「アンリ、やっぱり生きてたのね」

歓喜溢れる女の声が耳を打つ。コーヘンの脳裏に赤い警告ランプが灯った。アンリというのは、エクアドルでＳＩＮコロナワクチンを輸送する車両を警護する仕事で付与された偽名だ。

「誰だ？」

「シュリ。憶えてない？　エクアドルでいっしょだった。日本人の」

アジア系の女の顔が浮かんだ。だが、その顔がシュリだとは確信が持てなかった。アジア人の顔はどれも同じに見える。

「ああ」

答えながら助手席から出て、車のわきに立った。花火が破裂する音が凄まじいが、何とか会話はつづけられた。

シュリがつづける。

「よかったわ。エクアドルの一件では私だけが生き残りだと思っていたから。ひょっとしたらあなたが生きているかもと思って探したのよ」

「どうして？」

「そりゃ、あのとき皆死んじゃったでしょ。ショックだった。事件のあと、エクアドルの国家警察で現場の遺留品を見せてもらったの。あなたの死体のそばに拳銃が落ちてたけど、スミス・アンド・ウェッスンだったのね。そこに引っかかったのよ。たしかあなたが持ってた拳銃はフランス製だったよね？」

マニューリン社製のマグナムリボルバー――GIGNの制式サイドアーム――だ。視線を落とす。今もベルトにホルスターを留め、三インチ銃身をつけたM93を差している。

あのときと同じ拳銃だ。

「そうだ」答えたアンリの背中にいつの間にか汗が滲んでいる。「どうしてそんなことを……」

シュリがさえぎるように訊いてくる。

「シェイクスピアって、知ってる？　イギリスの大文豪じゃなくて、ブラックリバーのシニア・エンプロイ。WHOに派遣されてて、警備や、そのほか荒っぽい仕事の管理を担当していた。ファーストネームは知らないけど、女性よ」

「いや……」

ブロンドの女の顔が浮かぶ。エクアドルでのワクチン護衛任務について連絡してきた。シェイクスピアという名前ではなかったが、ブラックリバーとWHOをつないでいたといえば、おそらく同一人物だろう。

「心当たりはない。そんなことより、どうしておれのことを調べようなんて思ったんだ？」

「だって寂しいじゃない。自分がたった一人の生き残りなんてさ。それに不思議だった」

「何が？」

「カメンライダーたちが襲ってきた。まさにおあつらえむきのポイントでね。誰にも邪魔されることなく、悠々と私たちを殺して、逃走することができた。場所もタイミングもぴったり。どうしてそんなことができたのかなって疑問だった」

「どうしてって……」

語尾が濁る。

「誰かがコースと出発時間を教えたんでしょう。道路はさほど混んでいなかったから途中で合流することも、対向車線を走ってきて襲撃ポイントで私たちの冷凍コンテナと出くわすこともそれほど難しくなかったでしょう」

「何がいいたい……」

またしてもシュリがさえぎる。

「さっきのシェイクスピアのモバイルをたどっていって、興味深い映像を見つけたのよ。何だと思う？」

「知ったことか。それよりおれは仕事中なんだ。もう切るぞ」

「エクアドルでワクチンを運んでいた冷凍コンテナの車載カメラ映像。襲撃されたあと、あなたが乗りこんできたのにはびっくりした。運転手たちがあなたの指示で運転席の後ろに寝かせてあった男……、そのときには死んでいたでしょうね。ぐったりしてた。あのときのあなたと同じ服装をしてた。まだ首はつながっていたから切り落としたのは道路に寝かせてからね」

くたばりやがれといいかけたが、声が出なかった。何気なく足下に目をやったコーヘンは首をかしげた。

スマートフォンが落ちている。自分が使っている銀色のボディのものによく似ていた。スマートフォンには、握っている左手まで着いていた。

何だって？

目の前がふっと暗くなり、すべての音が消えた。

ブラックリバー社系列の武装警備会社ＳＤに所属する神尾亜呂《かみおあろ》は、スナイパー・ライフルｓａｋｏ75の槓桿《チャージングハンドル》を引き、３０８ウィンチェスター弾の空薬莢を弾きとばすと薬室に次弾を送りこんだ。一連の動作は無意識のうちに瞬時に行われる。

周囲には花火が明滅し、街灯が照らしているので暗視照準眼鏡までは必要がなく、大口径レンズのライフルスコープがあれば、充分に視野を確保できる。

丸い視野に呆然と立ち尽くす男が見えた。ベージュのスーツを着て、躰の左側をこちらに向けていた。弾丸は男の左手首に命中し、そのまま首に入ったようだ。まずスマートフォンを握ったままの手首が落ちた。首筋からは黒っぽい血が噴出している。左のこめかみを狙ったのだが、数センチ着弾がずれたようだ。射距離二百メートルで数センチ下方への着弾なら悪くない。308ウィンチェスター弾は首筋から入り、おそらく肺を破壊しているだろう。

やがて男は倒れ、動かなくなった。やはり二の矢は必要がなかった。

「お見事」

すぐわきに置いたスマートフォンから女の声が流れた。朱璃という名で知っている女だ。だが、オタケによれば、朱璃は約四ヵ月前、死亡している。人工知能を利用した脳の解析システムにつながれ、断末魔の言葉を拾ったと聞いていたが、信じられなかったし、ほとんどオタケのいっていることを理解できなかった。

一週間前、朱璃から電話が入った。

『私は今、一つのプログラムとしてネットの海を漂っている』

面食らったし、何をいっているのか理解はできなかった。だが、オタケがいっていた解析システムがＡｉＣＯを応用していると聞いて、少しだけ納得できた。

約四ヵ月前、朱璃はエクアドルでＳＩＮコロナワクチン輸送を護衛する仕事に就いていた。襲撃され、同じチームの朱璃以外全員が殺されたという。だが、現場に遺棄されていた一挺の回転式拳銃に違和感を覚えた朱璃は独自に調査を進めた。

朱璃がくだんの拳銃について知ったのは、エクアドルの国家警察のコンピューターに侵入したときだという。朱璃はあらゆるネットに侵入できるようになったという。そしてエクアドルでの事件を裏で画策した人間を始末したいといってきた。

事件で死んでいった仲間のために、という言葉に亜呂はうなずいた。亜呂が同意することを朱璃は予期していた。

亜呂はｓａｋｏ75をバッグに入れながら訊いた。

「本当に朱璃なのか」

「さあ。そんなこと、わからない」

「無責任だな」

「逆に一つ訊いてもいい」

「何だ？」

「あなた、昨日の亜呂と同じ人間だと確信できる？」

光文社文庫

文庫書下ろし
不《ふ》可《か》触領《しょくりょう》域《いき》
著 者 鳴《なる》海《み》 章《しょう》

2022年7月20日 初版1刷発行

発行者 鈴木広和
印 刷 堀内印刷
製 本 フォーネット社

発行所 株式会社 光文社
〒112-8011 東京都文京区音羽1-16-6
電話 (03)5395-8149 編集部
8116 書籍販売部
8125 業務部

落丁本・乱丁本は業務部にご連絡くだされば、お取替えいたします。
ISBN978-4-334-79385-2 Printed in Japan

組版 萩原印刷

寂聴あおぞら説法　こころを贈る　瀬戸内寂聴
寂聴あおぞら説法　愛をあなたに　瀬戸内寂聴
寂聴あおぞら説法　日にち薬　瀬戸内寂聴
いのち、生きる　瀬戸内寂聴　日野原重明
幸せは急がないで　瀬戸内寂聴　青山俊董 編
贈る物語　Wonder　瀬名秀明 編
正　体　染井為人
成吉思汗の秘密　新装版　高木彬光
白昼の死角　新装版　高木彬光
人形はなぜ殺される　新装版　高木彬光
邪馬台国の秘密　新装版　高木彬光
「横浜」をつくった男　高木彬光
神津恭介、犯罪の蔭に女あり　高木彬光
刺青殺人事件　新装版　高木彬光
社長の器　高杉良
ちびねこ亭の思い出ごはん　黒猫と初恋サンドイッチ　高橋由太
ちびねこ亭の思い出ごはん　三毛猫と昨日のカレー　高橋由太
ちびねこ亭の思い出ごはん　キジトラ猫と菜の花づくし　高橋由太
ちびねこ亭の思い出ごはん　ちょびひげ猫とコロッケパン　高橋由太
バイリンガル　高林さわ
乗りかかった船　瀧羽麻子
退職者四十七人の逆襲　建倉圭介
王都炎上　田中芳樹
王子二人　田中芳樹
落日悲歌　田中芳樹
汗血公路　田中芳樹
征馬孤影　田中芳樹
風塵乱舞　田中芳樹
王都奪還　田中芳樹
仮面兵団　田中芳樹
旌旗流転　田中芳樹
妖雲群行　田中芳樹
魔軍襲来　田中芳樹
暗黒神殿　田中芳樹

蛇王再臨　田中芳樹
天鳴地動　田中芳樹
戦旗不倒　田中芳樹
天涯無限　田中芳樹
白昼鬼語　谷崎潤一郎
ショートショート・マルシェ　田丸雅智
ショートショートBAR　田丸雅智
ショートショート列車　田丸雅智
おとぎカンパニー　田丸雅智
花筐　檀一雄
優しい死神の飼い方　知念実希人
屋上のテロリスト　知念実希人
黒猫の小夜曲　知念実希人
神のダイスを見上げて　知念実希人
娘に語る祖国　つかこうへい
槐　月村了衛
インソムニア　辻寛之

エーテル5・0　辻寛之
ブラックリスト　辻寛之
レッドデータ　辻寛之
焼跡の二十面相　辻真先
サクラ咲く　辻村深月
クローバーナイト　辻村深月
みちづれはいても、ひとり　寺地はるな
正しい愛と理想の息子　寺地はるな
逢う時は死人　天藤真
アンチェルの蝶　遠田潤子
雪の鉄樹　遠田潤子
オブリヴィオン　遠田潤子
廃墟の白墨　遠田潤子
さえこ照ラス　友井羊
駅に泊まろう！　豊田巧
駅に泊まろう！　コテージひらふの早春物語　豊田巧
駅に泊まろう！　コテージひらふの短い夏　豊田巧

駅に泊まろう！ コテージひらふの雪師走　豊田 巧
隠蔽人類　鳥飼否宇
逃げる　永井するみ
にらみ　長岡弘樹
ニュータウンクロニクル　中澤日菜子
月夜に溺れる　長沢 樹
ロンドン狂瀾（上・下）　中路啓太
万次郎茶屋　中島たい子
ぼくは落ち着きがない　長嶋 有
霧島から来た刑事　永瀬隼介
海の上の美容室　仲野ワタリ
SCIS 科学犯罪捜査班　中村 啓
SCIS 科学犯罪捜査班Ⅱ　中村 啓
SCIS 科学犯罪捜査班Ⅲ　中村 啓
SCIS 科学犯罪捜査班Ⅳ　中村 啓
SCIS 科学犯罪捜査班Ⅴ　中村 啓
スタート！　中山七里

秋山善吉工務店　中山七里
能面検事　中山七里
蒸発 新装版　夏樹静子
Wの悲劇 新装版　夏樹静子
誰知らぬ殺意　夏樹静子
いえない時間　夏樹静子
雨に消えて　夏樹静子
すずらん通り ベルサイユ書房　七尾与史
すずらん通りベルサイユ書房 リターンズ！　七尾与史
東京すみっこごはん　成田名璃子
東京すみっこごはん 雷親父とオムライス　成田名璃子
東京すみっこごはん 親子丼に愛を込めて　成田名璃子
東京すみっこごはん 楓の味噌汁　成田名璃子
東京すみっこごはん レシピノートは永遠に　成田名璃子
血に慄えて瞑れ　鳴海 章
アロの銃弾　鳴海 章
体制の犬たち　鳴海 章